황제의 외동딸

* 이 책은 ㈜디앤씨미디어가 저작권자와의 계약에 따라 발행한 것으로 저작권법의 보호를 받는 저작물입니다. 본 서의 내용을 무단 전재 및 무단 복제하는 것을 금합니다.
* 작가와의 협의에 의해 인지는 생략합니다.

황제의 외동딸

I

윤슬 장편소설

파피루스

1. Hello, I'm baby · 9

— End. Ariadna · 91

2. You! My papa! · 99

— End. Caitel · 207

3. World is mine! · 213

— End. Dranste · 319

1. Hello, I'm baby

1. Hello, I'm baby

내가 정신이 든 건 태어난 지 얼마 안 되었을 때의 일이었다.

그래, 표현이 조금 이상하긴 한데, 정말 태어난 지 얼마 안 된 어느 날이었다. 그 전까지는 마치 꿈이라도 꾼 것마냥 모든 것이 깊은 수면 속에 가라앉아 있었으니까.

흐릿하지만 끝자락을 겨우 붙든 내 마지막 기억은, 낯선 남자가 예리한 칼로 내 배를 찌르고, 나는 처음 보는 남자의 무자비한 손길에 제대로 저항 한 번 못해 보고 죽었다는 사실이었다.

아, 나! 기분 더럽네! 하필 죽어도 묻지 마 살인으로 죽냐.

"응아으."

순간 치민 짜증에 멋대로 입을 벌렸지만 나오는 건 말이 아니었다. 나는 단지 '짜증나'라고 말하고 싶었을 뿐인데, 도리어 이도 없는 잇몸이 생으로 부딪히는 느낌에 미간을 찌푸린다.

뭐지, 이 이상한 목소리는?

고민도 잠깐. 그제야 미련하게 다시 깨달았다. 아, 맞아. 이제 나 애새끼였지. 뭔가 참담한 심정이었다. 죽자마자 환생이냐.

"어머, 우리 공주님께서 언제 깨셨담."

그러게. 근데 넌 언제 온 거니?

나를 안아 드는 손길을 느끼며 괜히 하품을 한다. 사실 시야가 거지 같아서 지금이 밤인지 낮인지도 잘 구별이 안 갔다. 물론 요 며칠 정신이 들면서 급속도록 좋아지고 있긴 하지만.

그런데 진짜 나 언제 깬 거지?

나도 내가 언제 깬 건지 모르겠네.

원래 애라는 건 이런 종족인지 하루 종일 자고도 졸렸다. 그것도 엄청. 잠을 자는 데도 성이 안 차는 이 기분은 대체 뭐람. 그렇게 잠을 자고도 또 잠을 게걸스레 자야 직성이 풀렸다.

아, 또 졸려.

그래도 애라서 하루 종일 자도 아무도 뭐라고 하지 않아서 좋았다. 말 나온 김에 다시 잠이나 잘까?

잘 떠지지도 않는 눈을 다시 감는데, 순간 코끝에 향긋한 냄새가 풍긴다. 윽, 이 냄새가 향긋하다니. 끝장이다. 나는 이제 정말 얄짤없이 응애응애 애기였다. 슬며시 눈을 뜨니 역시나 내가 생각하는 그것이다.

바로 맘마.

젖이라는 걸 알고 있는 데서 오는 거부감도 잠시, 내 몸이 스스로 반응한다. 배고파. 처음엔 눈도 못 떴으니 열심히 먹었다지만 이젠 눈도 뜰 수 있는데! 그래도 상황은 별반 달라지지 않았다. 그래, 먹어야지 뭐 어쩌겠나.

그래도 이게 맛있게 느껴지는 게 어디야.

입에 물려진 것을 열심히 빨아먹으며 배를 채우기에 여념 없었다. 어쩌다 환생을 하게 된 건지는 모르지만, 기억도 안 나는 아기의 생을 멀쩡한 정신으로 경험하는 건 나름 색다…… 를 리가 있나! 이게 대체 뭔 짓이야!

"그렇게 서둘지 않아도 돼요. 옳지, 그래."

귓가를 채우는 다정한 언어에 괜히 의아하다. 분명 아기가 언어를 배우는 건 자라나면서 습득하는 걸 텐데. 태어난 지 얼마 되지도 않은 애새끼가 인간의 언어를 알 리가 없건만 신기하게 귀에 들리는 목소리는 언제나 내게 자동으로 해석되어 들어왔다.

그럼 저게 한국어인 건가? 그럴 리가 없는데.

"공주님, 우리 공주님."

밥을 다 먹고 늘어지게 있자니 여인이 날 안고 등을 쓰다듬는다. 트림하라는 거구나. 마음 같아선 빨리 해 주고 싶은데 목도 제대로 못 가누는 마당에 뭘 제대로 할 수 있겠나. 이 몸이 내 몸이지만 내 마음대로 할 수가 없어.

"공주님……."

아, 진짜! 자꾸 왜 부르는 건데!

그것도 엄청 눅눅한 애처로운 목소리로 불러 대서 누가 들으면 내가 다 죽어 가는 줄 알 정도다. 나도 저 목소리만 들으면 내가 다 죽어 가는 중환자가 된 기분이니까.

그래요, 나 안 죽고 여기 잘 있어요, 유모님.

내 몸짓에 유모가 웃는다. 그나마 그게 웃는 거라는 걸 알아차릴 수 있어서 다행이었다.

이건 여담이지만 난 저 공주님 소리에 내 이름이 공주거나, 아니면 어디 귀한 집 자식으로 태어난 건 줄 알았다. 근데 설마 진짜 공주였다니.

끄응, 이것도 반전이라면 반전인가?

아, 하긴 그렇게 따지면 더 큰 반전은 다른 곳에 숨어 있었다. 이왕 공주로 태어났으니 나는 내가 정말 행복한 왕가에서 태어나길 바랐는데, 글쎄 그게⋯⋯.

"폐하!"

어라, 이틀 뒤에 온다더니, 벌써 온 모양이네. 깜짝 놀라 유모의 옷자락을 쥐었다. 유모도 놀라 하얘진 얼굴로 그 자리에 굳어 선다. 나오던 트림이 도로 들어갔다. 아, 깜짝이야.

"폐, 폐하!!"

그러니까 나는 환생을 했다. 내가 환생을 한 이 몸의 이름은 잘 모르겠고, 아무튼 어마어마한 신분으로 태어나긴 했는데 한 가지 문제가 있었으니. 하필 생물학적인 아버지 되시는 분이 피에 미친 폭군, 황제 카이텔.

카이텔 아그리젠트.

바로 지금 저 문을 발칵 열고 들어오는 저 미끈한 미남자였다.

"에반젤리움Evangelium이 닿기를."

황제의 발꿈치가 보이기가 무섭게 유모가 나를 안고 무릎을 꿇는다. 그러나 선홍빛으로 빛나는 눈동자는 유모를 훑어보시도 않았다.

이 자식이구나.

지난 일주일 내내 귀에 못이 박히도록 들은 이야기 속의 주인공.

처음 본다. 그런데 이상하게 처음 본다는 느낌은 들지 않았다.
하도 들어서 그런가?
순식간에 차갑게 가라앉은 공기와 팽팽하게 늘어난 긴장감. 나는 애써 등을 곧추세웠다. 그래 봤자 티도 안 난다지만.
단지 시선이 마주쳤을 뿐인데 몸이 떨려 온다. 어린아이에게, 아니, 자기 자식에게 보낸다고는 믿을 수 없는 살기 어린 시선. 그 사나운 시선에 나는 울고 싶은 기분을 꾹 참아 눌렀다.
저 미친놈은 내가 울면 운다고 죽일 테니까.
핏빛이 어린 것처럼 선홍색 눈동자가 유난히 붉다. 노을이라도 그을린 것 같은 은적색의 머리카락이 눈처럼 내려앉았고, 어지러이 그려지는 그 미모는 과연 천상의 생명체라 칭송 받을 만큼 아름다웠다. 그래, 이 남자. 태어나 처음 보는 아버지를 상대로 이런 느낌은 옳지 않았지만 나는 정말 불만 가득한 얼굴로 물끄러미 올려볼 수밖에 없었다.
그러니까 눈앞의 이 살 떨리게 잘생긴 매끈한 미남자가 바로 아그리젠트 제국의 황제이자 내 아버지. 그리고 제위한 지 5년도 안 돼 10개의 왕국을 잡아먹고 거대한 제국을 세운, 이 제국의 미친 황제라 불리는 폭군이었다.
아, 신이시여.
"……."
묵직한 침묵이 가라앉는다. 아무것도 드러나지 않는 무표정과 서늘하고도 무감각한 눈동자가 오만하게 나를 응시했다. 내려다보는 시선에 괜히 목이 말라 왔다. 이런 게 위압감인가.
"이 아이가 내 아이라고?"

찰나 입술 끝이 비틀리며 길게 뻗은 속눈썹이 눈동자를 가린다. 그제야 나를 짓누르던 공기가 조금 가벼워졌다.

하, 저런 미친놈에게 어울리지 않는 신의 미모야, 저건.

저절로 뺨이 부푼다. 볼 살이 많아 금세 티가 났다. 내가 흥미로운지 순간 그가 웃었다.

"폐, 폐하!"

"폐하!!"

당황한 유모의 목소리와 함께 다른 남자의 목소리도 들린다. 그러나 나는 새로 등장한 남자가 어떻게 생겼는지 확인할 기회를 갖지 못했다. 목에, 그래, 바로 내 목에 큼지막한 녀석의 손이 닿았기 때문이었다.

짧은 숨이 오고 간다.

나는 내 목을 틀어쥔 녀석의 눈동자를 빤히 응시했다. 올려다보는 만큼 내려다보는 시선이 더 위협적인 건 사실이었다. 그래도 죽고 싶을 만큼 공포스럽지는 않다.

그저, 그저……

아, 이 새끼가 내 아빠라니.

새로 시작된 내 인생은 이미 90퍼센트가 똥이었다.

속으로 한탄과 눈물을 흘리며 탄식의 한숨을 내쉰다. 새근새근, 어린아이라서 유난히 작은 숨소리가 내 귓가에 들렸다. 그게 녀석에게도 들린 모양이었다. 황제의 눈동자에 이채가 감돌았다. 자신이 내 목을 한 손으로 쥐고 있음에도 내가 별다른 반응을 하지 않는 게 신기한 모양이었다. 하긴 그건 나도 좀 신기해.

"……폐하."

뒤에서 쩔쩔매는 목소리가 들린다. 심각할 정도로 쩔쩔매는 게 괜히 내가 더 안쓰러웠다. 하기야 저게 정상이긴 하지만. 그나저나 죽음을 목전에 두고서도 태연하다니. 이미 한 번 죽은 경험 때문에 그런가?

그러긴 뭐가 그래!

그냥 이미 태어나자마자 이 생을 포기해서 그런 모양이었다. 하아, 뭐 들려오는 소문이 오죽 흉흉했어야지. 기본이 대량학살에, 뭐 제가 품은 여자 전부를 살육한 미친놈이다. 자식이라고 다를 바 없겠지.

그래, 에라이 죽일 테면 죽여라. 이미 저건 아빠의 눈이 아니었다. 아, 서러워. 기껏 죽어서 다시 태어났더니 뭐 저딴 놈이 아빠래? 난 언젠가의 전생에서 분명히 나라를 팔아먹었다. 그런 게 아니라면 내 인생 왜 이래?!

"아리아드나."

한참을 가만히 내 목을 쥐고 있던 카이텔의 입술이 달싹였다. 그 순간 목을 죄던 차가운 손이 사라진다. 갑작스런 빈자리에 내가 적응하지 못하고 고개를 흔들자 그가 픽 웃었다.

"이름은 그걸로 하지."

이것이 미친 폭군과 그의 외동딸의 첫 만남이었다.

아기의 삶은 단조롭다. 먹고 자고 먹고 자고 먹고 잔다.

그래, 정말 저게 일과의 끝이다. 때문에 아빠가 와서 보고 갔건 말건 살아남은 나는 내 일과에 충실해야 하기 때문에 바로 요람에 눕혀졌다. 푹신푹신한 이불의 보드랍고 향긋한 향기가 내 코끝을

간질였다.

토닥토닥. 들어간 트림이 다시 나올 때까지 내 등을 슬그머니 두들겨 주었던 우리 유모가 이젠 내 위에서 웃고 있었다. 한시름 놓은 얼굴이었다.

"잘하셨어요, 우리 공주님. 거기서 울음을 터뜨리셨다간 그대로 목이 날아가셨을 거예요. 잘하셨어요."

맞는 말이지만 울컥하는 건 어쩔 수 없었다. 와, 넌 지금 그걸 애기한테 할 소리니? 많이 억울했지만 나는 말을 못하고, 무엇보다도 이도 안 났고, 그리고 애기였다! 응애응애!

"자, 코하고 주무셔야지요."

너 미워! 진짜 미워! 정말 미워!

아무리 내 유모라지만 이제 겨우 스물셋인 세르이라를 흘겨보며 나는 눈을 감았다.

그래, 자라니까 잔다.

죽기 전 나이가 스물다섯이라 그런지 아무리 세르이라를 보며 유모라고 세뇌를 시켜 놔도 나보다 어리게만 보였다.

난 망했어.

일단 아빠부터 글러먹었다는 게 내 인생은 반쯤 망했다는 걸 명백하게 시사하고 있었다. 남쪽의 왕국 이차르타를 쓸러 갔다던 카이텔이 벌써 돌아온 거 보니 그 나라는 이미 쓸린 지 오래인 모양이었다. 어린 나야 피비린내가 뭔지는 모르지만 유모는 아까 황제에게서 그 비슷한 걸 맡았다고 그랬다.

"잠이 안 오세요? 자장가 불러 드릴까요, 공주님?"

그래, 한 곡 뽑아 봐.

졸린 눈을 감으며 내가 고개를 끄덕인다. 고작 그뿐인 작은 움직임인데, 뭐가 그리 좋은지 세르이라가 웃는다. 웃는 모습이 정말 예뻤다. 듣기론 제 아이를 친정에 맡기고 입궁했다던데, 저런 여린 얼굴로 용케 잘도 그랬구나 싶다.

"잘 자라, 우리 아가. 앞뜰과 뒷동산에."

진짜 아기 때 들었던 것 같은 친숙한 자장가에 어느새 스르륵 눈이 감긴다. 졸린 건 모르겠는데. 그래, 일단 잠이나 자고 보자. 그렇게 생각하면서도 슬프다.

아, 어떡해. 나 진짜 애새끼인가 봐.

졸음이 쏟아진다. 동시에 기억과 생각이 서로 얽혀 들었다.

지난 일주일 내내 내가 지겹도록 들은 이야기는 그거였다. 곧 죽을 목숨이다, 황제가 가만 놔둘 리 없다, 뭐 그런 거.

더 자세히 언급하자면 그 전 여자들은 이렇게 죽었고, 다른 여자는 저렇게 죽었으니 이번에도 뭐 이런 식으로 죽을 거다. 뭐 그렇고, 그런 내용이 전부였다.

게다가 내 엄마는 이미 죽었고, 엄마가 날 낳을 때 아빠란 놈은 그 와중에 군대를 일으켜 남쪽의 왕국들을 치러 갔다는 이야기도 포함해서. 난 내가 공주라고 불리기에 정비의 딸인 줄 알았는데, 역시 아버지란 새끼는 비범했다. 나이 스물여섯, 그 나이가 되도록 그 어떤 후后도 비妃도 두지 않았단다.

그럼에도 내가 공주公主라고 불리는 건 그의 슬하에 자식이 나 하나뿐이라서였다.

"웬일로 폐하께서 공주님을 내버려 두셨네요. 이름도 주시고."

"쉿, 그런 소리 하면 못 써."

아, 쟤 또 왔어. 잠결에 들리는 목소리에 짜증을 내며 내가 이마를 찡그린다. 지금 내 지식들의 제공자이자 나에게 배정된 전속 시녀, 일린은 정말 수다쟁이였다. 진짜, 겁나 시끄러워. 내가 저 목소리에 자다가 깬 게 하루 이틀이 아니다.

"공주님께서 깨셨잖아."

"에이, 잘 주무시고 계시잖아요."

웃기시네. 너 때문에 깼거든! 일린에게 한 소리 해 주고 싶었지만, 곧 애기라서 그럴 수 없다는 사실을 깨달았다. 아, 진짜 서러워서.

"일린!"

"아, 알았어요. 조용히 할게요."

유모의 목소리에 일린이 풀이 죽자 그제야 마음이 풀린다.

나는 다시 편안한 표정으로 잠을 청했다. 조근조근 고새를 못 참고 일린이 또 새로 들은 소식들을 이리저리 풀어냈다. 그 이야기를 한 귀로 흘리며, 나는 그동안 들어왔던 이야기들을 다시 회상했다.

아무래도 카이텔은 미모도 미모지만 지위도 지위라서 듣자 하니 수많은 여자들이 그를 노렸다고 한다. 물론 그 수많은 여자들의 뒤엔 수많은 권력자들도 존재했다지. 하긴 미친놈이긴 해도 제국의 황제다. 그 옆자리를 꿰찰 수만 있다면 뭔 짓을 못하리. 벗은 채로 그의 방에 숨어드는 것도, 창부처럼 그를 유혹해 하룻밤을 보내는 것도 전부 마다하지 않았단다. 그 덕에 수많은 여자들이 아이를 가졌다. 하지만 그 여자들 중 누구도 그 아이를 제대로 낳지 못했다고 한다. 전부 하나같이 아이로 카이텔를 옭아매려다가

끔찍한 결말을 맞았다고…….

거기까지 생각하고 나는 얼굴을 찌푸렸다.

아, 미친놈! 원래 제 핏줄에 대한 애정이 극렬하게 없는 인간이라 황제는 여자들이 아이로 자신에게 갚잖은 요구를 할 때마다 가차 없이 입에 담을 수 없는 끔찍한 짓을 저질렀다 한다. 하긴 실물을 못 봤을 때면 모르겠는데, 아까 본 그 새끼라면 능히 가능하다. 그럴 만해, 그놈은.

"잘 주무시네요."

"쉿, 그러다 깨실라."

"칫."

그래, 그런 놈이라서 내가 태어났을 때 모두가 놀랐다고 한다. 하긴 나라도 그럴 거야.

결국 자다가 깨 버려서 눈을 뜨니 천장이 눈앞에 아른거린다. 빛을 보는 아이의 시력은 대체적으로 나쁘다는데, 이 시력에 불편을 겪는다는 생각은 들지 않아서 조금 신기했다. 어째 별 차이 없는데?

"또 깨신 거예요?"

일어나자마자 웅얼웅얼대는 나를 보며 유모가 웃는다.

세르이라는 참 예쁜 처녀였다. 물론 내 기준에서. 안타깝게도 나랑 다르게 이 나라 사람들의 미적 기준은 상당히 높았다.

"근데 정말 귀여우신 거 같아요."

옆에서 일린이 끼어들어 얼굴을 내민다. 둥글고 귀여운 얼굴이 내 시야에 들어왔다. 저 얼굴로 수다쟁이라니. 일린은 이미 목소리만 듣고 알아차릴 수 있는 경지라서 정말 반갑지 않았다.

넌 싫어.

"아, 귀여워라."

그 손 저리 치우지 못하겠니. 내가 얼굴을 찡그리자 유모가 일린의 손을 쳐 낸다. 일린이 풀이 죽어서 손을 거두었다.

"공주님은 나만 싫어하셔."

그거야 네가 시끄러우니까. 대답해 주고 싶었지만 입을 웅얼거리기만 할 뿐 말은 할 수 없었다. 아, 애기라는 건 상당히 불편하구나. 빨리 이라도 났으면 좋겠는데. 간단한 단어라도 말할 수 있는 날이 빨리 오길 간절히 빌었다.

"그래도 예뻐요. 부러워."

"폐하를 쏙 빼닮으셨으니까."

"하긴 그건 그래요. 설마 은적발까지 유전될지 누가 알았겠어요?"

유모의 뒤에서 빼꼼하게 고개만 내놓고 일린이 나를 본다. 저 얼굴을 치워 버리고 싶은데, 그러면 일린이 울 테니 아니꼽지만 냅두기로 했다. 흥, 이건 다 내가 마음이 넓어서 그런 거야.

"아이구, 귀여워라."

"무례하다. 공주님이셔."

"에, 그래도 아기인 걸요."

일린이 빙그레 웃자 유모가 이마를 찌푸렸다.

사실 귀엽다고 하는 건 좋은데……. 나 귀엽다는 거잖아. 예쁘다는 거잖아. 수다쟁이는 싫지만 칭찬은 좋다. 방긋방긋 웃자 일린이 좋다고 웃었다.

그래, 그래도 네 덕에 우리 아빠가 미친놈이라는 걸 알았으니 그동안의 수다는 용서해 줄게.

그래도 일린이 내 뺨을 건드리는 건 짜증난다고 생각하며 인상을 찌푸리는데, 별안간 궁의 문이 열리며 사람들이 들이닥쳤다.

응?

누워 있어서 시야가 좁은 나도 누가 많이 들어왔다는 걸 알 수 있었는데, 하물며 직접 보는 유모나 일린은 얼마나 놀랐겠는가. 둘은 깜짝 놀란 채로 섰다. 물론 유모는 나부터 품에 안았다. 새파랗게 질린 얼굴을 보니 마음이 많이 안 좋다. 뭐지?

아, 설마 미친 아버지께서 날 죽이라는 명이라도 내린 건가.

"무슨 일이죠?"

날이 선 세르이라의 목소리는 제법 매서웠다. 그러나 곧 철컹거리는 소음에 의해 묻힌다. 나는 고개를 들어 누가 온 건지 확인하고 싶었다. 쇳소리라니, 갑옷이라도 입은 건가?

으차, 으아.

고개가 유모 품으로 돌아가서 누가 나온 건지 내 눈으로 확인할 수 없었다.

"폐하의 명입니다."

"명이요?"

아, 진짜 태어난 지 얼마 되지도 않았는데, 이대로 내 생을 마감하는 건가. 괜한 좌절감으로 슬픈 와중에 기사의 목소리가 내 귀에 똑똑히 와 박혔다.

"아리아드나 공주님을 솔레이 궁으로 옮기라는 폐하의 명이 있었습니다."

솔레이 궁은 그냥 쉽게 말해서 황제의 궁이었다.

더 정확히는 황제의 침실과 집무실을 포함한 모든 거처가 집합되어 있는 궁. 더불어 모든 국정이 이루어지는 궁이었다. 솔레이 하나를 그냥 작은 황궁이라고 부를 정도로 어마어마한 크기의 중요하고 대단한 곳이라는데, 그곳에 내가 이사를 간다는 건 꽤나 의미 있는 일인 듯했다.

"진짜 공주님을 받아 주시기라도 하실 모양이신가 봐요."

웬일로 일린이 심각한 목소리로 말한다.

나는 옷을 껴입고 포대기에 감싸인 상태로 실눈을 뜨고 그녀를 바라보았다. 항상 상기되어 있는 얼굴이 어쩐지 침울하다. 그녀가 아무리 수다쟁이에 꿈에 부푼 18살 소녀라지만 그래도 미친놈이 무섭긴 한 모양이었다. 나는 그게 신기했다. 그리고 심각하게 겁에 질린 모습이 되레 안쓰럽다.

"쉿, 함부로 입 놀리지 마. 여긴 에셀론이 아니야."

"네에……."

일린이 말꼬리를 흐린다. 나는 다시 눈을 감았다.

에셀론은 내가 머물고 있던 궁 이름이었다. 뭐하는 궁인지는 모르겠는데, 내가 그 궁에 대해 알고 있는 게 한 가지 있다면 그게 황궁의 구석에 처박힌 볼품없는 궁이라는 것과 내 어미가 살았던 궁이라는 사실이었다.

"제르에이나 왕녀님이 가여워요."

"입을 함부로 놀리지 말래도!"

따끔한 질타에 일린이 입술을 깨문다. 엄중한 시선이 그녀에게 닿는다. 나는 그걸 지켜보다가 유모의 머리카락을 잡아당겼다. 세르이라가 내려다본다. 시선에 맞닿은 푸른 눈동자가 제법 시야를 시원하게 해 주었다.

"괜찮으실 거예요. 불안해 하지 마세요."

내가 언제 불안해 했다고 그래? 멍한 얼굴로 입술을 오므렸지만 유모는 그냥 애틋하게 웃고 말았다. 정말 아까도 생각한 건데, 세르이라는 비련미 넘치는 여인이었다. 뭘 해도 애절, 애틋, 애처롭다. 저것도 능력이야.

"폐하께서 공주님께 손을 대시는 그런 몹쓸 일은 정말 없을 거예요. 암요, 그렇고말고."

아니, 일단 나한테 손을 대면 그건 미친놈 수준으로 안 끝나. 그냥 희대의 개새끼다. 애기한테 손을 대다니, 뭐 그런 미친놈이…….

아, 그런데 전에 들었던 이야기 중에 그런 게 있었다. 북부의 어느 왕궁을 쓸었을 때 궁전 하나에 왕족 모두를 어른, 아이 할 것 없이 다 몰아넣어 통째로 불살랐다고.

그냥 개새끼구나, 평범한 희대의 개새끼.

……내 인생은 망했어.

"그 방이 아닙니다."

"예? 이 방이 아니라고요?"

자연스럽게 찾은 방에서 우리 일행을 제지하며 명령을 받아 왔다는 기사가 다른 곳으로 안내했다. 유모와 일린은 놀란 목소리였다. 무슨 상황인지는 모르겠지만 원래 내가 가야 할 방이 이곳인데, 황제 그 미친놈이 다른 곳으로 넘겨준 모양이었다.

아, 뭐든 좋으니 요람으로 돌아가게 해 줘. 자고 싶다고!

"졸리세요?"

"으앙."

"어떡해? 졸리신가 봐."

내 칭얼거림에 기사마저 당황하는 기색이 여기까지 느껴진다. 허겁지겁 움직이는 사람들이 내 흐린 시야 사이로 배회했다.

아, 눈 아파.

어린애의 눈이란 건 원래 이렇게 섬세한 건지 금세 눈에 피로가 몰린다. 일단 눈을 감고 그냥 내 몸이 흔들리는 감촉만을 느꼈다.

그래도 유모의 품에 안겨 있어서인지 편안하다.

크면 이 품에 이렇게 못 안기겠지? 전생에 어렸을 때도 이렇게 엄마 품에 안겨 봤을 텐데. 지금은 그 사실을 기억을 못해 낸다는 사실이 조금, 아주 조금 슬펐다.

"자자, 공주님, 다 왔어요."

슬쩍 눈을 뜨니 세르이라가 웃고 있다. 등에 닿는 감촉이 낯선 걸 보니 새로운 요람인 모양이었다. 나는 칭얼거렸다.

이거 말고, 이거 말고, 옛날 거!

"공주님, 이게 더 좋은 거예요. 더 널찍하고."

그래도 옛날 게 더 편하단 말이야!

"쭈쭈쭈, 아니에요. 이게 더 편해요. 자, 이렇게 하면 더 좋죠?"

유모의 손은 마법의 손이었나 보다. 진짜 그녀의 말대로 뭔가를 하니까 금세 편해졌다. 우와, 신기해. 내가 입을 벌리니까 세르이라가 웃는다. 나도 그녀의 창백한 뺨을 보며 웃었다.

"귀여우셔라."

이마에 닿는 손이 따뜻하다. 아마도 이런 게 온기라는 거겠지. 나는 다시 한 번 방긋 웃고 그대로 눈을 감았다.

졸려. 잠이 마구 쏟아진다…….

무슨 꿈을 꾸었는지는 기억나지 않았다. 단지 구름 위를 둥둥 떠다니는 것만 같은 느낌. 그 느낌만 모호하게 느꼈다.

그래, 구름 위를 걷는다면 이런 느낌이겠지. 몽롱하고 어딘가 솜사탕 같은 기분이었다. 뭉글뭉글한 게 몽실몽실한 거랑 얽혀서 내 몸을 이리 흔들고 저리 건드리는 느낌.

간지러워. 나는 나도 모르게 꺄르르 웃었다.

그런데 별안간 갑자기 공기가 무거워진다. 끙, 가슴이 눌리는 것 같았다. 갑갑해. 가슴이 답답하다. 어쩐지 숨을 쉬기가 힘겨웠다. 나는 칭얼거리며 힘겹게 눈을 떴다.

어둠에서 해방된 흐릿한 시야. 그리고 그 순간 나를 내려다보는 시린 시선과 눈이 마주쳤다.

"……"

까, 깜짝이야!!

하마터면 그대로 울어 버릴 뻔했다. 거칠게 오르락내리락거리는 가슴이 내 눈에도 훤히 보였다. 애써 큰 눈동자를 굴려 주변을 확인하니 어느덧 시간은 밤인 모양이었다.

밤에 잠이나 자러 가지 여긴 왜 온 거야?

나는 불만스레 놈을 올려다보았다. 내 시선이 녀석의 시선과 맞닿는다. 허공에서 시선이 얽혔다.

나는 가만히 고민했다. 저런 색채를 크림슨이라 부르던가.

진홍의 색채가 시야를 어지럽힌다. 게다가 사나운 눈빛과 맞물려 더 날 곤란으로 몰고 가는 기분이었다. 살의인가, 적의인가. 알 수 없는 눈빛이다. 그리고 그건 카이텔, 내 아버지도 마찬가지인 모양이었다. 그가 흡사 바람 빠지는 소리를 내며 웃는다. 그것은 어쩌면 허탈해 보이기도 한 미소였다.

"아까도 느낀 거지만……."

요람에 눕혀져 그저 올려다보기만 하는 내 뺨에 서늘할 정도로 차가운 손이 닿는다. 차가웠다. 아니, 서늘하다. 마치 마른 물속에 잠긴 기분이었다.

"울지 않는군."

한 마디 단언.

그는 내가 자신을 보고 울지 않는다는 게 신기한 모양이었다.

하긴 그건 나도 신기하다니까. 물론 나도 보통 애들처럼 울어 젖히고 싶긴 하다. 그런 욕구는 충분히 있었다. 근데 뭐가 문제냐면, 그러면 이 녀석이 내 목을 가차 없이 벨 것이란 사실이었다.

시끄럽다고. 하, 안 그럴 거 같다는 생각은 애초에 들지 않는다. 미친놈이라니까.

"공주님께서 매우 순하십니다."

아, 유모 있었구나. 없는 줄 알았다.

목소리가 들린 곳으로 고개를 돌리니 그곳에서 세르이라가 두 손을 맞잡은 채 서 있다. 원래 창백한 얼굴은 한층 더 창백해져 표백제로 빤 것같이 하얗다. 안절부절. 혹시나 황제가 나를 죽이기라도 할까 봐 세르이라는 어쩔 줄을 몰라 했다. 게다가 괜히 목소리 한 번 냈다고 카이텔이 고개를 돌려 쳐다보는 그 시선이 제법 부담스러운 듯하다.

아, 뭐, 그건 나도 부담스러워.

내가 부담스러운데 세르이라야 오죽하겠는가.

다행히 카이텔은 고작 한 번 쳐다봤다고 사색이 되어 고개를 숙이고 숨을 죽이는 세르이라에게 더 찾아낼 흥밋거리가 없었던 모양이었다. 카이텔의 시선이 곧 내게로 돌아왔다.

"그래도."

녀석의 차가운 손이 내 뺨을 쓸어내린다. 솔직히 말하면 오돌오돌 소름이 돋는 기분이었다. 그리고 그 뺨을 쓸어내린 채 내 짧고 얇은 목을 향한다.

이 자식은 교살絞殺에 취미라도 있는 건가, 왜 자꾸 목에다 손을 대?

"자신을 죽이려는 살의 정도는 느낄 텐데."

그래, 충분히 느끼고 있다.

긍정의 의미로 고개라도 끄덕여 주고 싶은데 목을 죄고 있는 손이 너무 차가워서 그럴 수도 없었다. 아, 진짜 내가 죽는다면 저 녀석의 손에 목 졸라 죽을 거 같다. 한숨인지 한탄인지 구별 안 가는 표정으로 끙끙대자니 녀석이 픽 웃었다.

웃음이라고 하기도 그렇고, 그렇다고 아니라고 하기에도 미묘한 그런 웃음. 그래, 굳이 정의하자면 그것은 비웃음에 가까웠다.

"내 따님은 너무 무방비하군."

네 딸이야, 병신아. 남의 딸 부르듯 하지 마라.

턱을 괴며 녀석이 내 쪽으로 몸을 기울인다. 그 바람에 내 머리 위에 그늘이 졌다. 그렇게 밝은 방도 아닌데, 녀석이 불빛마저 가리니 세상이 마냥 어둡다. 그럼에도 붉은 눈동자만은 형형해서 제법 공포스러웠다.

"불쾌하게도 제 어미는 하나도 닮지 못했군."

그래도 내 엄마가 어떻게 생겼는지 기억은 하는 거니? 뚱하게 녀석을 올려다보자니 느닷없이 그 녀석이 웃는다. 그것도 엄청 미친놈처럼 쳐웃는다. 목까지 젖혀 가며.

엄마, 여기 미친놈이 있어요!

112에 신고하고 싶은 기분을 꾹 누르며 올려다보니 카이텔이 내 이마에 손을 댔다.

"저주라."

저주? 나는 두 눈을 크게 떴다.

"그것도 좋지."

얘가 뭘 잘못 처먹었나, 왜 갑자기 헛소리지?

"기대하마. 네가 내게 어떤 저주를 내릴 건지."

내 이마에 닿는 입술마저 차갑다. 그 순간 나는 나를 내려다보는 진홍빛의 눈동자에서 반짝이는 무언가를 보았다.

우리 엄마는 북쪽의 어떤 왕국의 왕녀였다고 한다. 통칭 제르에이나 왕녀라 불리었지만 그건 그녀의 이름은 아니었다. 원래 그녀의 이름은 좀 더 북쪽식으로 딱딱한 어감을 가진 이름이라 한다. 그러나 그 이름은 나라의 멸망 대신 제 아비에게 팔려 이 황궁으로 끌려왔을 때 지워졌다. 그리고 그녀는 이곳에서 아그리젠트 제국식 이름을 받았다. 그게 제르에이나. 그래서 그녀는 제르에이나 왕녀였다.

"아리아드나라니, 이름이 너무 길어요."

아침부터 일린은 괜히 내 이름 가지고 고뇌를 시작했다. 입에 물리는 젖병을 열심히 빨아먹으며 나는 일린에게서 시선을 거뒀다.

"리아라고 부르는 게 좋을까요, 아나라고 부르는 게 좋을까요?"

둘 다 이상해. 나는 혼자서 열심히 싫다고 의사를 표명했지만 애새끼가 뭐 그렇지. 어리다는 이유 하나만으로 내 의견은 묵살 되었다. 더러운 세상!

"리아로 가자."

그래, 아나보단 리아가 나은 거 같기도 해.

그런데 둘 다 싫은 건 마찬가지라고! 나는 속으로 울부짖으며 입으로는 열심히 젖병을 물었다. 쪽쪽쪽. 아, 이게 맛있다니, 난 끝장났어. 정말 얄짤없이 애새끼다.

"리아 공주니임."

밥을 다 먹고 트림을 시키려 유모가 나를 들자 고새를 못 참고 일린이 끼어든다. 나는 일린의 얼굴이 보이자마자 얼굴을 찌푸렸다. 너 싫어, 너.

"싫어하시잖아."

역시 당신은 나의 슈퍼맨. 유모는 내 마음을 알아차리는 마법사였다. 우리 엄마 같아.

흑흑, 세르이라, 당신밖에 없어요.

없는 몸으로 뺨을 부비부비 부비는 애교까지 보이며 나는 유모의 품에 찰싹 안겼다. 한편 일린은 충격인 모양이었다. 두 뺨을 잔뜩 부풀리더니 애처럼 푸념한다.

"공주님은 나만 미워해!"

미워하는 건 아냐. 근데 넌 좀 귀찮아.

몸도 훨씬 크고 무엇보다 말도 할 수 있는 일린이 얄미워서 괜히 칭얼거리니까 세르이라가 인상을 쓴다. 냉엄한 표정에 일린은 입을 꾹 다물었다. 그리고 시무룩한 얼굴로 옆에 앉는다. 그러고 보면 내가 명색이 공주인데, 시녀가 쟤 하나밖에 없다니. 나름대로 내 처지가 처량하긴 했다. 뭐, 그래도 더 많이 있어서 이런 짜증도 두 배일 거라고 생각하면 지금 이게 훨씬 나았지만.

"그런데 조금 신기해요. 폐하 앞에서 우시질 않으니까. 원래 잘 안 우시긴 하는데, 그래도."

"어려도 알아보시는 게지."

둘의 시선이 나에게 닿는다. 나는 나오는 트림을 거하게 하고 밝게 웃어 주었다. 거의 본능적인 행동이었다.

"그분이 제 아버지라는 걸."

음, 근데 말이지.

알긴 아는데 내가 본능으로 알아본 건 아니거든? 내가 마치 본능으로 제 아비를 알아본 천재 아가가 된 기분이라 영 느낌이 좋지 않았다. 이런 착각은 옳지 않습니다!

"왜 그러세요, 어디가 불편해요?"

내 칭얼거림을 다르게 받아들인 유모가 걱정스레 물끄러미 쳐다본다.

하, 아니야. 됐어. 그냥 이건 내가 알아서 처리할게.

그래도 유모는 날 붙잡고 기저귀도 확인하고 이것저것 불편 사항을 확인한다. 그 섬세하고 자상한 손놀림에 나는 그녀가 아이를 제법 많이 길러 봤다는 걸 알 수 있었다. 초보 엄마의 솜씨가 아닌걸.

"……정말."

다시 편안하게 유모의 품에 안겨 쪽쪽이를 입에 문다. 이 쪽쪽이가 바로 애기들의 상징이지. 처음엔 뭐 이런 걸 물리나 했는데, 나름 입이 심심하지 않게 보완하는 역할을 했다.

"왕녀님은 하나도 닮지 않았네."

일린이 말을 꺼내자 유모의 안색이 한층 어두워졌다. 나는 둘의 심각한 표정에 괜스레 쪽쪽이만 빨았다. 왜 이래, 이 두 사람.

"눈부신 금발도, 녹색 눈동자도 아니에요. 하물며 이목구비도……."

"누가 말하지 않는 한 알아차리는 건 불가능할 것 같구나."

"저도 그렇게 생각해요."

아, 내 생김새.

그래 봤자 태어난 지 고작 몇 주 지난 생명체인데 뭘 저리 열심히 누굴 닮았고, 누군 닮지 않았고 논하는지 모르겠다. 물론 내가 애기를 보면 똑같이 저 바보짓을 되풀이하고 있겠지. 그런데 아기 입장에서 보니 참 바보 같았다.

"왕녀님은 대체 왜 그러신 걸까요?"

일린은 어쩐지 착잡한 표정이었다. 내가 자꾸 거절해서 얘가 풀이 죽은 건가. 그래도 나름 오뚝이 같은 면이 있어서 상처 안 받을 줄 알았는데. 이제는 귀찮아도 장단 좀 맞춰 줄까 고민하며 또 그새 피곤해진 눈을 감는데, 그 위로 한숨 섞인 유모의 목소리가 내려앉았다.

"우리가 그 뜻을 어찌 알겠느냐?"

둘이 이야기하는 건 언제나 비슷했다. 나에 관한, 그리고 내 어미와 내 아비에 관한 이야기다. 지난 일주일 내내 누워서 지겹도록 들은 이야기이기 때문에 나는 둘이 어떤 주제로 말을 하고 있는 건지 금세 알아차릴 수 있었다.

카이텔. 그 미친 황제란 놈은 제 자식을 밴 모든 여인을 죽였다.

물론 이렇게 저렇게 따지고 보면 그 아이를 가지고 황제에게 무언가를 뜯어내려던 여인들이 자초한 말로였지만 어쨌건 그 모든 여자들을 죽인 건 그였다. 그중 아이를 낳을 때까지 숨기려던 여인들도 있었단다. 허나 낌새를 알아차린 카이텔이 산 채로 그 배를 갈랐다고 했다.

아무튼 상종도 못할 미친 새끼.

어떻게 제 자식을 그렇게 아무렇지 않게 내팽개칠 수 있는지, 난 그 이야기를 듣고 처음엔 진저리를 쳤다. 그리고 곧 내 목숨에 대한 격렬한 번뇌를 했지. 그래서 내린 결론은 '이왕 죽일 거라면 아프지 않게 죽여다오'였다.

그래, 나도 알아. 겁나 비굴한 거.

"그저 폐하께……."

유모가 무거운 얼굴로 내 뺨을 쓰다듬는다. 나는 그녀를 보며 방긋 웃었다. 그녀의 입가에도 금세 부드러운 미소가 퍼졌다.

"이 작은 아이를 사랑할 수 있을 온정 하나 정도는 있길 빌 뿐이다."

정이라…….

힘들 것 같은데. 그놈한텐 그런 게 없어. 애초에 제 자식을 가졌다는 여자들을 거리낌 없이 죽이는 놈이다. 물론 그놈이 그럴 수 있는 가장 직접적인 원인은 얼음 같은 성정 때문이지만. 그래도 그런 놈에게 정을 기대하는 것보다 차라리 가뭄들 때 하늘에게 비 좀 뿌려 달라고 비는 게 나았다.

제 부모는 물론 제 형제도 돌아보지 않는 냉혈한이다. 제 친아비를 제 손으로 죽이고 황위를 꿰찬 걸로도 모자라 여자 형제는 모조리 외국에 팔아 치우고 남자 형제는 한곳에 모아 놓고 그대로 도륙했단다. 나는 거기까지만 듣고도 학을 뗐다. 그런데 그걸로도 모자라 그 여자 형제들마저 죽이기 위해 전쟁을 일으켰다. 그리고 모든 전장을 바람처럼 휩쓸고 다니며 순식간에 이 대륙을 전란으로 들끓게 한 주범이었다.

아, 바쁜 현대인을 위해 한 줄 요약을 하자면, 그냥 한마디로 히틀러가 생각날 정도의 개새끼란 소리였다.

하물며 그런 놈이 제 자식쯤이야. 아니, 그래도 자식에겐 다를 거라 말하던 사람들이 일부 있긴 있었다 한다. 하긴 고슴도치도 제 자식은 예뻐한다는데. 하지만 황제가 자기 아이를 뱄다는 여인의 목을 쳐 낸 이후 그런 소리는 쏙 들어갔다. 굿 바이.

"어쨌든 왕녀님이나 황제 폐하나 두 분 다 놀라운 분들이신 것만은 틀림없어."

그런 황제여서 그런지 그런 놈한테서 나를 지켜 낸 어머니는 황궁에서도 꽤 대단한 여자로 인식되는 모양이었다. 하긴 단 하룻밤으로 나를 가진 어머니는 나를 가졌다는 사실을 알자마자 자신이 스스로 에셀론에 감금당했단다. 거의 유폐에 가까운 생활.

황궁의 끝자락, 가장 구석진 곳에서 그녀는 그 여린 몸으로 나를 키웠다. 그 사실이 발각된 건 나를 낳기 한 달 전. 당연히 황제는 그녀를 죽이려 했다. 아니, 사실은 어떤지 잘 모른다.

그저 왕녀는 무사히 살아서 나를 낳다 죽었고, 황제는 왕녀가 나를 낳는 시간에 남부 이차르타나 치러 갔다는 사실뿐.

나는 멀뚱멀뚱 유모인 세르이라를 올려보았다. 세르이라가 부드럽게 웃는다. 몇 개월인지는 모르겠는데, 이 몸에 들어온 이후부터의 기억에 대부분을 차지하는 여인. 기분이 묘하다. 아마도 엄마라는 이름을 내가 붙일 수 있는 거였다면 나는 이들이 말하는 그 왕녀가 아니라 바로 내 눈앞의 세르이라가 엄마라고 생각했다.

"아, 근데 세르이라 님은 그 소문 아세요?"

"응?"

"폐하께서 저주 받으셨다면서요?"

"아."

일린의 말에 세르이라의 표정이 어두워진다. 나는 바로 일린을 노려보았다. 감히 우리 유모를! 일린이 또 풀이 죽는다. 아, 이제 잘해 주기로 해 놓고 또 노려보다니. 나는 조금 미안했다. 그래도 나를 엄청 좋아해서 죽고 못 사는 아이인데.

그 순간 세르이라가 나를 요람에 내려놓는다. 이제 잘 시간인 모양이다.

"저주가 아니야."

나를 멀거니 내려다보는 세르이라의 표정은 음울했다. 아마도 회상하고 있는 거겠지.

"아마도 그것에 이름을 붙일 수 있다면……."

그녀의 손이 내 작은 손을 꽉 쥐었다. 그저 보기에도 확연히 차이 나는 크기가 되레 안쓰럽다. 나는 내 손을 잡으려는 그녀의 새끼손가락을 꼭 쥐었다.

"나는 '절규'라 부르겠다."

절규라…….

그러고 보니 떠오르는 기억의 한 자락. 기억이 수면 밑에서 마치 그물에 건져 낸 생선처럼 팔딱팔딱 뛰었을 때 같이 딸려 왔던 목소리가 떠올랐다. 그윽하고 지나칠 정도로 처절한, 누군가의 한이 어린 목소리.

"증오한다, 황제여. 내 육체와 피가 너를 용서치 않으리라. 내 몸마저 으스러지면 내 피를 이은 이 아이가 나 대신 너를 저주하리라."

나는 눈을 감으며 홀로 중얼거렸다.
아무튼 어린아이한테 별걸 다 시켜.

내가 생각하기에도 살벌했던 첫 만남 이후 의외로 황제는 곧잘 나를 찾아오곤 했다.
나는 마냥 귀찮았는데, 일린과 유모는 그 사실을 내심 기뻐하는 기색이었다. 뭐, 그 이유를 모르는 바는 아니니까. 사실 내가 공주이긴 한데, 막상 따지고 보면 혼인한 관계에서 태어난 딸이 아니기 때문에 위치가 애매하고 어정쩡했다. 그래서 일부 잡것들이 '얜 이러이러해서 공주가 아니에요!' 라고 우겨도 그 짜증나는 입들을 한 번에 닥치게 할 만한 정통성이 내게는 눈곱만치도 없다는, 뭐 그런 슬픈 사실이다.
흑흑, 그래, 사실이 그러하다니까 나도 나름 아비란 작자가 딸이라고 찾아온다는 사실이 좋긴 했다. 아무리 이리 보고 저리 보고 요리 봐도 내 애비 같지 않은 새끼라 하지만 그래도 미모 하나는 죽이잖아.
눈요깃거리도 되고, 무엇보다 설마 딸인데 죽이겠어?
"안 자는군."

아, 그래, 미안. 내가 너를 잘못 봤다. 넌 딸이라도 죽일 놈이었지.

고개를 딱 들었는데, 언제 온 건지 하필 녀석의 시선과 내 눈이 마주친다. 재수 옴 붙었다. 그래도 몇 차례 마주한 시선이라고 처음 보았을 때처럼 마구 떨리진 않았는데, 그냥 정도의 차이일 뿐 저 시선에 심장이 심각하게 요동치는 건 자연적인 생리 작용이라 어쩔 수 없었다.

아, 차라리 너무 잘생겨서 숨을 쉴 수가 없어, 이런 거라면 정말 좋을 텐데. 죽을 거 같아서 심장이 거칠게 뛴다니. 이게 대체 무슨 일이요, 하느님 양반?

딱히 날 죽이고 싶어서 살기 넘치는 시선으로 내려다보는 건 아닌 것 같은데, 원래 저런 눈동자라는 것도 나름……. 흠, 좀 무서웠다. 그래, 무섭다!

"내가 있어서 그런가?"

착각은 자유라죠, 고객님.

씩 웃는 시선에 썩은 표정으로 고개를 돌리고, 나는 우물우물 쪽쪽이나 빨았다. 모유 수유가 아기 성장에 좋다는 이야기는 정말 귀에 박히도록 들었는데, 우리 엄마는 이미 죽은 뒤라 어디서 모유를 공급할 길이 없다.

아, 설마 내가 마시는 그 우유가 다 모유인가? 에이, 설마. 그런 것치곤 맛이 좋던데.

설마 좋은 분유를 쓰는 건가?

"응아!"

그대로 무념무상의 세계로 떨어지나 했는데, 어느새 열심히 빨던 쪽쪽이가 내 입에서 사라졌다. 원인을 몰라 소리를 내며 허둥

지둥 내 쪽쪽이가 사라진 하늘을 올려다보니. 아, 이런!

"줄까?"

……하느님, 지금 제가 느끼는 이것이 살기라는 것이옵니까?

아빠란 새끼가 제 딸 쪽쪽이를!! 나는 분개하며 올려다보았다. 물론 그래 봤자 포동포동한 애새끼 얼굴로 얼마나 살벌하겠냐만 그래도 그것이 내 최선이었다. 녀석은 내 쪽쪽이를 든 채로 밉살맞게 웃고 있었다.

아오, 얄미워!

그래, 이게 문제였다. 자주 찾아오는 것도 좋고, 저 얼굴이 잘생긴 것도 좋고, 다 좋은데! 문제는 저 새끼가 날 딸이 아니라 한때의 제 심심함을 달래 주는 장난감처럼 생각한다는 것이었다.

저 개새끼!

"기분 나쁠 정도로 붉은 눈이네."

그 눈동자를 너한테 물려받았거든? 이 기분 나쁜 붉은 눈깔 괴물아.

"너무 붉어."

아, 글쎄 너님한테 받았다고요.

"뽑아 버리고 싶다."

헐. 순간 놀라서 입을 벌리니, 녀석이 시원스레 웃는다. 정말 눈이 시원해질 정도로 반짝반짝거리는 미모에 미소였는데, 나는 그게 그대로 마냥 아름답게 보이지 않았다.

저 안엔 악마가 있어.

그렇게 웃고 바로 내 쪽쪽이를 내 입에 꽂아 준다. 그 폼이 제법 진지해서 나는 나를 저 쪽쪽이로 베려는지 알았다.

……아니라서 미안.

"작다."

아직 태어난 지 2개월도 되지 못한 애새끼를 보고 한다는 소리가 걸작이다. 나는 입술을 삐죽이며 쪽쪽이를 빨았다. 또 시선이 마주친다.

그래, 볼 테면 봐라. 그래 봤자 네놈이 나한테 할 소리는 거기서 거기라는 걸 나는 이미 알고 있다. 저놈이 날 구경하며 하는 말은 주로 저런 것이었다. 감정, 평가, 감상.

내가 무슨 물건이냐?

나는 이제 저놈의 말은 전부 개소리로 취급하기에 이르렀다. 나무관세음보살, 저를 저 미친놈에게서 해방시켜 주세요. 그래도 나름 몇 시간마다 한 번씩 툭 내뱉는 말들이었는데. 흑흑, 그냥 귀를 쫑긋 세우고 어떻게든 들으려 애쓰던 내가 병신.

"진짜 작네."

그래도 이놈이 열심히 찾아와 줘서 덕분에 알게 된 사실이 몇 가지가 있긴 했다. 그건 일린이나 세르이라의 수다에서 알 수 없는 것들이라 나는 그 새로운 발견들이 마냥 신기하고 재미있었다.

"흐음."

그 첫째가 바로 이 새끼가 생각보다 이성이 올바르게 박혀 있는 사이코란 사실이었다. 심지어 도의나 윤리의식 같은 것도 가지고 있다.

다만 문제라면 그걸 전혀 지킬 생각이 없는 그 태도나 자세라고 해야 할까. 그건 사람들이 처음엔 우스갯소리로 속어로 미친놈이라 불렀지만 곧 그것이 실제로 일어났다는 것과는 좀 다른 일이었다. 그래, 그러니까 이놈이 미친놈이라는 사실이 변하는 건 아닌데, 그렇다고 엘리자베스 바토리아름다움을 위해 처녀들을 잡다가 그 피로 목욕을 했다는 16세기 트란실바니아의 백작 부인처럼 피로 샤워하고, 루마니아의 블라드 3세드라큘라 백작의 유래가 된 왈라키아 공작, 루마니아 공국의 둘째 왕자처럼 적군을 쇠꼬챙이에 끼워 죽이거나 그러진 않았다. 일단 그런 변태는 아니라는 것까지는 좋은데, 그렇다고 미친놈이 아니냐 하면 그건 또 아니라서…….

굳이 정의하자면 또라이 같은 미친놈?

아, 나, 이건 정의가 아니잖아.

"울어 봐."

……미친놈. 진짜 이건 할 말이 없다. 얘, 뭐니? 무서워, 진짜. 다른 것도 아니고 울어 보라니. 진짜 어이가 없어서 할 말이 없다.

"응아응아으."

한심한 놈. 그래, 울어 보라니 울어 봤다.

진짜 내가 아직 인간의 말을 할 수 없다는 게 이렇게까지 다행일 줄은 몰랐다. 만약 이게 이딴 외계어가 아니라 저놈이 알아들을 수 있는 언어였다면 난 이미 죽어 있겠지, 흠흠.

근데 너 좀 안 가니?

신경질을 내며 쪽쪽이를 열심히 빨아 대는데, 녀석이 신기한 눈으로 내려다본다. 저놈이 내 아버지라니. 진짜 하루하루 이보다 더 와 닿을 수 없는 사실들이다.

내 인생은 망했어.

아무튼 그렇게 알아낸 두 번째 사실은 그거였다.

이놈이 더럽게도 일을 안 한다는 거! 그게 아니라면 뭔 놈의 황제 폐하가 이렇게 한가해? 그 넓고 넓은 영토에 사는 사람들 통치는 안 하니?

"폐하."

아무 소리도 들리지 않았는데, 이 자리에 또 다른 누군가가 있다는 사실에 깜짝 놀라 두 눈을 동그랗게 떴다. 그 표정 변화를 눈여겨보던 카이텔이 얼굴에서 미소를 지운다. 원래 그런 얼굴이긴 했지만 더 건조하고 더 고조枯凋, 말라서 시듦한 얼굴로 녀석이 시선을 틀었다. 단지 뒤돌아보는 것뿐이었는데, 그 시선이 닿은 기사의 몸이 순간 움츠러든다.

요람 안에서 흔들리며 기사를 신기한 눈으로 보다가 나는 좀 묘한 기분이 되어야 했다. 아니, 저 눈빛이 기사도 쫄게 할 정도였어? 그런 눈빛을 이제 태어난 지 얼마 되지도 않은 나한테 마구마구 쐈단 말이야? 아무튼 이 무식한 놈.

"이차르타에서 끌고 온 포로들이 도착했습니다."

"페르델 보고 알아서 하라 그래."

흥미 없다는 듯 고개를 돌리던 그가 갑자기 불현듯 무언가가 생각났는지 그 즉시 다시 고개를 돌렸다.

"아, 아니다."

그리고 좋은 생각이라도 난 모양인지 웃는다. 굳이 웃는다고 표현하기보다 비웃는다는 게 맞을 정도로 입술 끝만 비트는 미소였는데, 아무래도 미모가 돼서 그런지 오싹할 정도로 매혹적인 미소가 금세 만들어졌다.

"일단 다 수용소에 처박아 둬. 이후의 처분은 내가 직접 한다."

"이차르타의 국왕은……."

기사가 말이 끝나지 않았는지 마저 물어보았지만 그 이상의 흥미는 없는 모양이었다. 카이텔은 다시 나를 보았다. 그리고 무슨 생각인 건지 아까 웃는 그 얼굴 그대로 내게 손을 뻗는다.

야, 야야, 너 무서워. 좀 저리 가.

"날짜 잡아서 사형시켜."

그렇게 말하는 목소리는 그 어느 때보다 냉정했다. 듣는 내가 다 오싹할 정도로. 그러나 내 뺨에 와 닿는 손길만은 더없이 자상하다. 달콤한 어조로 잔인한 말을 내뱉으며 착각할 정도로 다정하게 쓰다듬는 녀석을 보며 나는 조용히 소름을 삼켰다.

그런 나를 알아보기라도 한 건지 카이텔이 웃는다. 초승달처럼 휘는 녀석의 두 눈동자가 나를 향했다.

"네 아비가 어떤 인간인 줄도 모르고 태어난 네 처지가 가엾구나."

그래, 그건 그렇지. 너도 아는구나.

"그런다 해도 달라지는 건 없겠지만."

아오, 진심으로 가여이 여기고서 그딴 소리를 지껄여 봐, 너.

속으로 분개하며 인상을 쓰는데, 갑자기 녀석이 내 머리를 쓰다듬었다. 그만 쓰다듬어, 내가 네 장난감이냐!

"너를 낳으려 애쓰던 그 여자가 생각나는군."

생각이 나긴 하는 모양이구나? 그래, 너도 인간이었어.

나는 카이텔을 올려다보았다. 녀석은 좀 웃다가 다시 표정을 거두었다. 내가 어린 아가라서 그런지 녀석은 곧잘 이런 표정으로 나를 내려다보곤 했다. 아무것도 느껴지지 않는, 어쩐지 허탈하기까지 한 얼굴.

"울어 봐."

아오, 시발.

내가 진짜 웬만하면 욕을 안 하는 사람인데, 이 자식이 진짜!!

"애새끼는 하나같이 쉴 새 없이 울어 젖힌다던데."

그래, 하긴 그게 정상이긴 하지. 나는 고개를 끄덕여 주며 녀석의 말에 맞장구를 쳐 주었다. 물론 녀석의 눈에는 그냥 내가 좋아하는 걸로 보이겠지만. 흑흑, 난 왜 애새끼인 건가요, 엉엉.

슬픔을 참을 수 없어 고개를 돌리니, 그 순간 내 위로 녀석의 심각한 목소리가 떨어졌다.

"좀 떨어지는 건가?"

아, 근데 이 새끼가!

"날씨 참 좋죠?"

이제 나도 태어난 지 어느덧 3개월째에 접어들게 되었다. 한 달 반이 어떻게 지나갔는지 모르겠네…… 는 거짓말이고, 똑똑히 다 기억하고 있지만 별로 기억하고 싶은 기억들은 아니었다.

훠이훠이, 사라져라!

"이맘때면 늘 이래요. 맑고 화창한 날씨가 지속되죠. 이러다가도 금세 가을로 접어들어 울긋불긋 물든 나뭇잎들이 떨어지면 또 추워질 거예요."

나긋나긋한 목소리가 내게 말을 건다. 그맘때쯤의 아기들은 소리에 민감하다는 말 때문인지 세르이라는 유난히 내게 말을 많이 걸고는 했다. 물론 그 미친 황제도 나한테 말을 걸었지만 그건 말을 건다기보다 개소리에 혼잣말에 불과했고.

아오 씨, 갑자기 지난 한 달 반씩이나 시달린 걸 생각하니 열불이 터진다. 개새끼, 그놈을 유아교육과로 보내서 아기에 대해 배우고 오라고 소리치고 싶은 게 정말 한두 번이 아니었다.

"어디 불편하세요?"

상냥한 목소리가 내게 말을 건다. 나는 실눈을 뜨고 세르이라를 올려다보았다.

그동안 알게 된 사실이었는데, 세르이라는 평범한 유모가 아니었다. 아니, 정정. 평범한 유모지만 그녀는 평범하지 않았다. 페이스트릴 백작 부인, 그게 그녀의 공식적 신분이었다. 명색에 백작 부인이 황궁으로 들어와 내 유모 노릇을 하고 있다니. 난 처음 그녀의 신분을 알았을 때 정말 깜짝 놀랐다.

"왜 그렇게 보세요, 바깥이 많이 신기한가요?"

아니, 네가 신기해서.

스물세 살의 백작 부인이 나는 정말 신기했다. 그러니까 뭐냐. 백작이 전쟁에서 목숨을 잃어 영지를 잃지 않고 지위를 유지하기 위해 황궁으로 들어왔단다. 사실 유모라는 직위를 제안한 것이 황제였다니, 그것도 나름 반전이다. 그 때문에 자신이 낳은 아이는 친정에 맡겨야 했는데, 그래도 그녀는 내 유모 생활에 나름대로 만족하는 듯했다.

"우리 공주님, 어찌 이리 순하신지."

애처로운 미소가 입가에 걸린다. 언젠가 말했던 것처럼 세르이라는 뭘 해도 애처롭고 안쓰럽고 서글펐다. 그땐 그냥 왜 이런가 싶었는데, 막상 그녀의 사정을 알고 나니 그게 그렇게 애틋할 수가 없다. 칫, 괜히 울고 싶어지네.

"우아으."

"그래요."

"우으아."

엄마라고 불러 보고 싶었는데, 혀 운동도 잘 안 되는 상태라 아예 발음이 힘들다. 그냥 애기가 지껄이는 개소리라고 생각할 수도 있을 텐데, 세르이라는 자리에 앉아서 나와 시선을 맞추며 내 말을 주의 깊게 들어주었다. 정말 친절하다.

너무 친절해서 기대는 게 도리어 미안해지는 그런 온정.

"어머, 눈에 뭐가 들어가셨나."

그새 내 눈에 눈물이 고였다. 세르이라를 보니 갑자기 저 세상에서의 내가 떠올라서였을까. 전혀 연관은 없는데 말이지. 나는 침울한 표정을 했다.

우리 엄마, 아빠, 충격이 클 텐데.

사고도 아니고 살인이다. 묻지 마 살인. 범인이 든 식칼에 여러 차례 난도질당한 그 고통을 나는 아직도 기억하고 있다. 물론 더럽게 아팠지만 아프다는 사실보다 그대로 죽어서 엄마, 아빠에게 제대로 작별 인사도 못했다는 사실이 더 아팠다. 백번 양보해서 내가 거기까지만 살고 죽는 운명이라고 해도 적어도 작별 인사는 하게 해 줘야 할 거 아니야, 이 신 나부랭이들아!

"괜찮아요. 울지 마세요. 뚝!"

안되겠다 싶었는지 세르이라가 나를 안아 들었다. 두 달 전과는 달리 나는 제법 몸집이 커져 있었다. 머리도 더 많이 나고, 이제 전보다는 오래 깨어 있을 수 있다. 또 유모가 엎어 놓으면 머리도 들 수 있고, 많이 힘이 들긴 했지만 뒤집기도 할 수 있었다.

아, 나열해 놓고 보니 별거 없네. 할 수 있다고 자랑할 만한 게 저 정도라 나 자신이 서글프지만 뭐 괜찮아. 나는 울지 않을 거야! 난 애기라고!

"일린이 곧 맘마를 가져올 거예요. 그럼 저 벤치에 가서 드세요. 어때요, 좋죠?"

처음 나온 산책에 그녀는 제법 신이 난 기색이었다. 하긴 나도 처음으로 바깥공기 쐬니까 정말 기분 좋다. 가끔 한두 번 잠깐 나올 기회가 있긴 했는데, 그건 고작 테라스에 나가는 정도에 불과했다. 이렇게 유모차까지 끌고 나와서 바깥 공기를 마시는 건 처음이라는 말씀.

다른 평범한 애기들이었다면 병원 가서 예방접종 같은 거 맞을 때나, 친척집 갈 때나, 엄마가 부득이하게 밖에 나가야 할 때 같이 나갔겠지만 내가 자라는 환경은 좀 많이 달랐다. 황실에선 내 전용 의원이 하루 24시간 대기 중이고, 살아 있는 친척이 없으니 친척집도 갈 수 없다. 게다가 세르이라는 오로지 나를 위해 모든 것이 제공되는 사람이라, 세르이라가 급한 일이 생길 일도 없었고, 세르이라가 급한 일이 생겨서 밖에 나가야 한다 쳐도 나를 돌봐줄 다른 사람이 항시 대기 중이다.

정말 꽁꽁 싸매어서 키워지는구나. 과보호도 이런 과보호가 또 없다고 생각한다. 정말 과보호야, 이건.

"어머, 정말 좋으신 모양이다."

세르이라와 시선이 마주치자 내가 밝게 웃었다. 꺄르르 웃으니까 세르이라도 환하게 웃는다. 그녀는 우수에 가득 찬 표정보다 지금 저런 얼굴이 더 어울렸다.

그래, 이제 나이 스물셋. 제국법이 재혼을 금지하지 않으면 재가를 해 봐도 좋을 것 같은데…….

나중에 나이를 먹고 세르이라가 내 말을 존중해 주는 때가 오면 한번 권유해 봐야겠다고 생각하고 나는 눈을 감았다.

"세르이라 님!!"

아, 일린.

목소리만 들어도 누군지 딱 알아맞히는 난 진짜 천재.

한숨을 내쉬며 나는 눈을 떴다. 세르이라가 몸을 트니 일린이 방정맞게 뛰어오는 모습이 시야에 잘 보인다.

저 꼬라지 봐라, 꼬라지. 저러다 넘어지겠다.

혀를 차며 쪽쪽이를 빨고 있으려니 거의 가까이 다가와서 일린이 진짜로 넘어졌다. 윽, 저주한 건 아니었는데.

"으아악."

그런데 문제는 넘어진 게 하필이면 혼자 발 잘못 디뎌서 넘어진 그런 게 아니었다는 것이었다. 일린은 넘어졌다. 그것도 누군가와 부딪혀서.

"페일린 공주님!"

뒤에서 터져 나오는 날카로운 목소리를 듣고 나는 본능적으로 무언가를 직감했다. 지금 일린과 부딪혀서 쓰러진 저 가냘픈 인영의 주인공이 분명 카이텔에게 억지로 바쳐진 어느 왕국의 공주일 거란 사실을. 그리고…….

"지금 대체 이게 무슨 무례죠?"

매우 성가실 거란 사실을 말이다. 이마를 짚을 수도 없는데 이마를 짚고 싶다. 한숨이 절로 새어 나왔다.

카이텔에겐 악취미가 몇 가지 있는데, 그중 하나가 바로 쓸어버린 왕국의 공주나 왕녀들을 데리고 와서 자기 후궁에 처박아 놓고 가지고 노는 것이었다. 그래, 가지고 노는 거.

그런데 그게 또 미묘한 게 능욕이라 딱 꼬집어 표현하기는 또 좀 이상했다. 자기 성 노리개로 삼거나, 성적으로 학대를 하는 건 아니었으니까.

"괜찮으십니까, 공주님?! 어디 안 다치셨어요?"

페일린이라는 이름도 분명 아그리젠트 제국식 이름이었다. 아마 본디 저 공주의 이름은 다른 것이 틀림없을 터.

나는 쪽쪽이나 빨았다. 우리 쪽쪽이, 예쁜 쪽쪽이. 내 쪽쪽이는 핑크색이 도는 예쁜 공갈젖꼭지였는데, 진짜 엄마 젖이라도 문 것 같은 부드러운 감촉이 일품이었다.

"네 이년, 이분이 뉘신지 알고 감히!"

뒤에 있던 시녀들이 날뛴다. 세르이라가 한숨을 내쉬었다.

응, 알아. 나도 그 마음 이해해, 유모.

저건 한숨을 쉴 만한 사건이다. 일린은 어느새 주섬주섬 일어서서 어쩔 줄을 몰라 하며 쩔쩔매고 있었다.

그런데 저 공주님은 몸이 쿠크다스로 만들어진 건가? 왜 아직도 안 일어나? 그렇게 세게 쾅 부딪힌 건 아니었기 때문에 나는 당연히 의아했다.

그런 내 의아함도 잠시. 그녀는 곧 고개를 들었다. 그러면서 드러난 미모는 제법, 아니, 꽤 예뻤다. 흐트러진 푸른 머리카락이 흔들린다. 머리카락과 맞춘 푸른 드레스 자락을 잡고 시녀들의 부축을 받으며 그녀가 일어섰다.

그나저나 아그리젠트까지 와서 공주라고 불리는 걸 보니, 적어도 제국의 공주일 듯한데. 카이텔한테 죽고 싶은 게 아니라면 당연히 제 직계 자손을 보냈을 테다. 아니면 제국의 공주란 공주는 다 쓸어서 보냈던지. 어쨌든 어리다고 하기엔 제법 성숙해 보이는 미모가 이제 막 물이 오르기 시작했다는 걸 알려 주고 있었다.

진짜 예쁘네. 꼭 할리우드 스타 같다.

"네 이름이 무엇이냐?"

날이 선 목소리는 제법 신경질적이었다.

일린은 대답하지 못하고 울상으로 그대로 고개만 푹 수그렸다.

저 바보, 닥치고 빌어야지 저렇게 어정쩡하게 서 있으면 오히려 더 호통치고 싶다는 걸 진짜 모르는 걸까?

한심함에 눈살이 절로 찌푸려진다. 만약 나만 이 자리에 있었으면 그냥 무시했겠는데, 아쉽게도 나는 애였고, 나를 안고 있는 건 유모인 세르이라였다. 세르이라는 사뿐사뿐한 걸음으로 금세 그 장소에 도착했다.

"죄송합니다, 공주님."

흠 잡을 데 없는 예의로 공주에게 인사를 한 뒤 세르이라가 고개를 들었다. 나를 안고 있어서 거동에 심히 불편이 많을 텐데 그래도 그녀의 행동은 깍듯하다.

아, 설마 황제 그놈이 이런 예법을 배우라고 나한테 유모로 붙여 준 건가? 서, 설마…….

"제 휘하의 시녀가 공주님께 큰 실례를 범하였습니다. 부디 용서를."

일단 제삼자의 난입으로 인해 바로 한 대 칠 기세였던 공주는 그 기세를 잠시 누그러뜨렸다. 일린이 눈에 띄게 숨을 내쉰다.

그렇게 무서웠냐?

매일 같이 황제를 맞이하는 시녀치곤 참 작은 간 덩어리였다. 저러다가 우리 아빠한테 찍히면 어쩌려고. 하기사 우리 아빠가 그냥 아빠가 아니지, 참.

"너는 누구냐?"

페일린 공주는 기분 나쁘게도 대놓고 세르이라의 위아래를 훑어보았다. 노골적인 시선에 도리어 이쪽이 불쾌하다.

네가 뭔데 우리 유모를 물건 평가하듯 쳐다봐? 원래 높으신 분들은 다 그런 건지, 도도하기 짝이 없는 시선이 몸을 훑을 때면 정말 죽어 버리고 싶은 기분이 들었다. 내가 이성을 가지고 인권을 가진 하나의 인간이 아니라 다른 사람에 의해 가격이 매겨지고 팔리는 상품이 된 기분이랄까. 뭐, 그건 전생에서도 마찬가지였다만.

"세르이라 이빌라스트. 아그리젠트 남부에 영지를 가진 페이스트릴 백작 부인이옵니다. 현재는 폐하의 명으로 입궁하여 아리아드나 공주마마를 모시고 있습니다."

"아리아드나?"

의아한 목소리. 좀 놀란 것도 같았다. 나는 그 공주의 마음을 십분 이해했다.

맞아. 공주의 유모라기에 세르이라는 너무나 수수한 옷차림을 추구했다. 말이 좋아 수수한 거지, 초라하다고 해도 할 말이 없다. 워낙 본 성정이 깔끔하고 정갈하고 사치를 좋아하지 않는다는 건 알겠지만 그래도 뭐랄까. 수수함이 도를 지나쳐 자기 자신의 매력마저 퇴화시켰다, 쯧.

놀란 시선도 잠시. 페일린 공주는 무언가를 생각하는 듯했다. 그래 봤자 표정에 그 생각이 다 드러났지만. 보나마나 나를 간 보는 거겠지. 내가 음식이냐, 간 보게. 짜증스러워서 시선을 돌렸다.

아무리 예쁘면 뭘 하는가. 예뻐도 귀찮으면 땡이었다.

난 쟤가 무지무지 귀찮다고, 지금!

"설마 그 아이가 아리아드나 공주마마인가?"

그래, 난 공주다! 그러니까 그 아이가 아니라고.

그래도 마마라는 경칭은 제법 낯 뜨거웠다. 마마媽媽라니. 그건 확실히 내가 저 공주보다 우위에 있다는 걸 알려 주는 경칭이었다.

그런데 왜 저렇게 뜨거운 눈초리로 날 바라보는 거지?

나는 조금 부담스러웠다. 나 아직 3개월밖에 안된 응애응애 애기인데, 왜 저렇게 뜨겁고 열렬한 눈초리로 바라보는 건지 정말 알 수가 없다. 왜 저래, 저 공주?

"예, 그렇사옵니다."

세르이라는 입술을 꾹 깨물고 겨우 대답했다. 꼬라지를 보아하니 어떻게 된 건지는 몰라도 세르이라는 내가 아리아드나 공주라는 걸 밝히는 게 꺼려지는 모양새였다.

음, 근데 알 것도 같아. 하긴 아비에게 원한이 있을 법한 여인에게 무방비한 어린아이를 내보이는 것은 좀……. 거시기하다, 응.

"주어라. 한번 안아 보자."

네?

나는 놀라 쪽쪽이를 빠는 것도 잊어버렸다. 저 미친 아줌마가 뭐래? 날 안아 본다고? 네에? 너 나 아세요? 우리 오늘 처음 만난 것 같은데.

야, 나 아직 우리 아빠한테도 안 안겨 봤어.

날 안을 수 있는 건 오직 세르이라밖에 없다!

"저 그것이……."

세르이라도 그것이 못내 불편한 모양이었다. 거절해, 거절하라고! 너 여기서 나 넘겨주면 나 삐질 거야, 엉엉.

망할, 서러워서 내가 살겠나.

애새끼라고 이놈이 안고 저놈이 안는 거 나도 하는 짓이었지만 막상 당하자니 너무 싫다. 그것도 얼굴 몇 번 익힌 익숙한 얼굴이 그러자고 하면 그러려니 하겠는데, 저 여자 오늘 나 처음 봤다고!

"왜? 내가 못된 짓이라도 할까 염려되느냐?"

공주는 우리 유모를 핍박했다. 저 망할!

싫어. 나 가기 싫어. 저 여자 싫어!

나는 세르이라의 옷깃을 잡았다. 안 돼, 엄마. 나 보내면 나 울 거야. 울 거라고! 저 여자 눈초리에도 뭔가 살기 비슷한 게 있단 말이야!

진짜 가기 싫어서 괜히 치는 거짓말이 아니라 정말로 저 녹색 눈동자에서 뭔가 다른 종류의 적의가 느껴졌다. 너무나 또렷하고, 그래서 더 부담스러운 그런 적의가. 빌어먹을, 왜 내가 아빠 새끼 하나 잘못 둔 것 때문에 이런 눈초리를 받아야 하는데! 어째 처음 나온 산책이 점점 나락으로 굴러 떨어지는 느낌이다.

넘기지 마, 싫어! 넘기지 마!

"고, 공주님, 발버둥치지 마시고."

"으아아아아앙!"

나는 결국 태어나서 처음으로 크게 울음을 터뜨리고 말았다.

싫어! 이 여자 싫어!

뭐하려고 뿌린 향수인지는 모르겠지만 몸에서 나는 진한 장미향도 싫었다. 화장하느라 분칠해서 나는 분내도, 정리도 안 한 긴 손톱도 정말 진짜 모든 게 너무 너무 싫었다.

"시끄러워! 다물지 못하겠느냐!"

넌 애가 다그친다고 입 다무는 거 봤냐! 너 싫다고!

울고 싶다. 아니, 지금 울고 있구나. 정말 눈에서 열심히 눈물이 흐르고 있다. 시야가 한 치 앞도 보이지 않았다. 그저 발버둥치고 입을 벌리고 죽을힘을 다해서 울 뿐.

아, 애기들이 왜 그렇게 열심히 우는지 이제야 알겠다.

싫다는 의사표현을 우는 것밖에 할 수가 없구나. 내가 이렇게 무기력한 존재라니. 아직 기지도 못해서 혼자서는 어디로도 가지 못하는데! 무엇보다 세르이라보다 마른 몸은 내가 마음껏 부비부비하기에는 너무 딱딱했다. 싫어, 여기!

"으아아아아아아에엥."

"시끄럽다! 왜 이렇게 시끄러운 건지!"

어린애는 다 이러거든. 아오, 넌 애 키우지 마라.

옆에서 세르이라가 안절부절, 일린은 놀란 눈으로 나를 본다. 그래, 내가 이러는 거 처음 보지? 나도 그래. 나도 처음 울어 보는 거야. 근데 진짜 울 정도로 싫다고!

"으에에에에에에엥."

이쯤 되면 날 안는 것을 포기하는 것이 정상일 텐데. 대체 어디서 배워 먹은 오기인지, 페일린 공주는 내 몸을 꽉 붙잡고 놔주지 않았다. 그 바람에 손목과 허리가 너무 아프다.

아파!! 넌 애기 안는 법도 모르냐!

"대체 누구 성질을 닮은 게냐? 누가 보면 내가 고약 짓이라도 한 줄 알겠다!"

네 얼굴이 호러야, 아줌마.

"으에에에에에에엥!!"

망할, 누가 나 좀 도와 달라고!

정말 이러다가 페일린 공주가 날 놓쳐서 떨어지는 거 아닌가 싶을 정도로 발버둥을 치며 몸부림 아닌 몸부림을 치고 있는데, 그 순간 낯익은 목소리가 위에서 떨어졌다.

"무슨 일이지?"

나지막한 목소리. 나는 눈물로 젖은 고개를 들어 흐릿한 잔영을 확인했다.

어, 아빠다!

두 눈을 동그랗게 뜬다. 동시에 나를 안는 몸도 딱딱하게 굳었다.

황제의 등장과 함께 분위기는 한순간에 찬물을 뒤집어쓰고 착 가라앉았다. 하필이면 지나가도 황제가 지나가는 복도 아래에서 이 난리를 친 거냐? 나는 어이가 없어서 입을 다물었다. 물론 황궁의 특성상 카이텔이 있는 곳과 거리가 꽤 있었지만 이 상황이 못 보일 정도로 먼 것은 아니었다.

페일린 공주가 순식간에 새하얗게 질린 얼굴로 고개를 든다. 카이텔은 공주의 시선이 자신과 마주치자 그대로 픽 웃었다. 늘 짓던, 다른 자들은 전부 벌레 취급하는 듯한 비웃음이었다.

"에반젤리움Evangelium이 닿은 분을 뵈옵니다."

기쁜 소식이라는 뜻의 복음, 신의 소리가 닿았다 하여 황제라 칭하는 아그리젠트 황제에게 남녀노소 불문하고 읊어야 하는 인사다.

파랗게 질린 얼굴로 푸른 머리를 가진 언니가 파르르 떨면서 고개를 숙이니까 조금 무섭다. 나는 아빠가 나타난 이후로 울던 걸 멈추고 훌쩍이고 있었다.

저 녀석 앞에서 울면 돼져.

"에반젤리움이 닿기를."

제국인이라 그런 건지 뒤이어 인사하는 세르이라의 인사는 또 말이 다르다. 나중에 크면서 그 차이를 차근차근 배워 가겠지만 나는 당장 왜 그런 건지 궁금했다. 왜지?

하지만 그 궁금증을 해소하려 들기엔 지금 상황이 매우 좋지 않았다. 천천히 바깥에 나 있는 계단을 통해 내려온 황제는 이 상황에 난입하자마자 삐딱한 자세로 좌중을 주시했다. 나는 이제껏 그냥 미친놈이라고 생각했던 아빠였기에 그에게서 느껴지는 위압감이 평범한 걸 거라고 착각을 하고 있었나 보다. 방에서 봤던 것보다 더 막대한 위압감이 이 공간 안을 무겁게 짓눌렀다.

"왜 내 따님이 저렇게 울고 있는지 누가 설명 좀?"

누가 네 딸이야? 아, 내가 네 딸이지.

엉엉, 아니라고 우기고 싶다. 그리고 따님은 남의 딸에 대한 존칭이거든. 무식한 거 티 내는 것도 아니고, 여식이라고 바꿔 불러라, 제발.

내 속마음은 언제나 그렇듯 그 누구도 알아주지 않았다. 나는 결국 훌쩍거리며 내 엄지손가락이나 빨았다. 아까 열심히 우느라 사랑스런 쪽쪽이가 어디로 가 버렸어. 대체 어디 간 거야, 내 쪽쪽이. 쪽쪽아, 언니가 미안해, 대체 어디 간 거야!

"저 그것이······."

공주가 손에 힘을 주는 바람에 내 옆구리가 따끔했다. 아오, 진짜! 마음 같아선 진짜 엄청 크게 울어 젖히고 싶은데, 저 아빠가 내 아빠라서 그럴 수가 없다.

울면 분명 죽일 거야.

없는 줄 알았던 본능이 그렇게 말한다. 지금은 울면 안 된다고.

저 나쁜 놈, 결국 이마를 찡그리는 걸로 만족하고 세르이라를 애타게 바라보는데, 그 순간 카이텔이랑 눈이 딱 마주쳤다.

응? 근데 왜 웃어?

나는 이 미친놈이 또 뭔 짓을 하려는지 몰라 인상을 찌푸렸다.

얘, 왜 이래?

맨날 날 보면 비웃던 놈이 웬일인지 해사한 미소를 짓는다. 아, 근데 진짜 미모 하나는 죽이는구나. 신이 밸런스를 잘못 맞춘 게 확실한 모양이었다.

어떻게 성격과 인성 빼고 모든 걸 갖췄냐, 너는.

"이리 온."

카이텔이 나를 향해 손을 뻗었다. 나는 잠시 갈등했다.

이 미친 여자, 아니면 저 미친 아빠?

순간이지만 정말 깊은 내적 갈등을 했다.

아, 그래, 내 옆구리를 쥐어뜯을 것처럼 쥐어짜는 이 여자보단 그래도 네가 낫겠지. 나는 당장 손을 벌렸다.

아무래도 상대가 미친놈이라서 그런지. 아니, 정정. 상대가 황제라서 그런지 페일린 공주는 금세 나를 넘겨주었다. 하긴 지가 안 주고 어떻게 배겨? 처음 안는 거라 그런지 정말 안는 자세가 어정쩡했지만 나는 훌쩍거림을 겨우 멈출 수 있었다. 그래, 적어도 내 옆구리는 안 뜨겁잖아. 한결 편하다.

아, 근데 이거 진짜 큰일이네.

그래도 그새 많이 봤다고 엄청 익숙해졌다. 쿵쿵쿵, 냄새가 익숙해, 썩을.

내가 품 안에서 적응하는 걸 또 지켜본 모양이었다. 나는 고개를 들어 나를 내려다보는 시선을 바라보았다. 그리고 꺄르르 웃는다.

나 절대 아부하는 거 아니야. 아니라고!

……그냥 살고 싶어서 그랬어.

나의 살고 싶다는 몸부림을 어떻게 저렇게 알아듣긴 한 건지 황제가 웃었다. 제법 봄바람이 생각날 법한 부드러운 미소였다. 물론 곧 살벌한 표정으로 바뀌었지만.

넌 진짜 천 개의 가면을 소유하고 있기라도 한 거니, 어쩜 사람이 저렇게 금세 얼굴이 변해. 우리 이만 헤어져! 너같이 쉽게 변하는 남자랑은 더 이상 부녀지간을 이어 갈 수 없어!

하지만 안 되겠지? 망했네.

아무튼 살벌한 얼굴이 향한 곳은 내가 아니라 내 앞에서 떨고 있는 페일린 공주였다. 아, 이젠 저 모습이 안쓰러워 보이려고 해. 아깐 정말 더럽게 싫었는데. 그렇다고 미친놈 앞에 생으로 대령하고 싶을 정도로 싫은 건 아니라서 기분이 좀 미묘했다.

그러게 누가 날 안으래니.

"누구더라?"

딱 한마디. 원래 말이 짧은 놈이라 그런지 공주 앞에서도 말이 짧았다. 하긴 황제가 공주 앞에서 말이 길어 봤자 얼마나 길겠냐만.

그래도 조금 무섭다. 괜히 품에 안겨 있는 나까지 숨을 죽일 정도였으니까. 이 살기는 도대체 어디서 가져온 건지.

"프레치아에서 온 세지스타이옵니다, 광명을."

"아니, 그 이름 말고."

피식 입술이 비틀린다. 진심으로 즐거워서 짓는 미소가 아니다. 하물며 늘 짓던 비릿한 비웃음도 아니었다. 속이 뒤틀릴 정도로 무언가 잔잔히 소름이 발끝에서부터 올라온다.

"내 후궁에 처박혔을 때 받았던 그 이름 말이야. 그 전에 네가 쓰던 이름 따위가 아니라."

와, 이 사디스트 새끼.

제 옷자락을 쥔 공주의 손이 어느새 새하얗게 질렸다. 나는 이제 그녀가 가엾기 시작했다. 어쩐지 저 마음 내가 알 것 같아.

그래, 무섭지. 나도 무서워.

저게 지금은 저 공주가 이러고 있지만 저 자리에 언젠가의 내가 없으리라는 보장이 없다. 나는 괜히 카이텔의 옷자락을 잡아당겼다.

저기 아빠, 이만하면 나는 괜찮은데 그만두는 게 어떠십니까?

"페일린."

순간 그 정적을 깨고 뒤에 있던 공주의 시녀가 고개를 숙인다.

"페일린 공주님이시옵니다."

카이텔의 표정이 순식간에 얼어붙었다. 살기도 두 배는 짙어진다. 숨을 쉬기 힘들어질 정도로 짙은 살기에 나는 울음이라도 터뜨리고 싶었는데, 아, 망할. 눈앞의 이 아버지 때문에 진짜 되는 일이 하나도 없어. 결국 얼굴을 찡그리며 작게 칭얼거릴 뿐이었다. 힝, 싫어! 이런 거!

"네가 누구기에 내 앞에서 나서는 거지?"

직설적이고, 지나칠 정도로 공격적인 언사. 정말 그에겐 자비라는 단어가 없는 모양이었다.

"지금 이 자리가 감히 너 따위가 끼어들 자리인가?"

시녀는 당장에 무릎을 꿇었다. 그리고 비명을 지르듯 소리친다. 그 처절한 모습에 괜히 지켜보던 내가 다 깜짝 놀라서 몸을 뒤로 뺐다.

"죽을죄를 지었사옵니다! 살려만 주세요! 송구하옵니다. 잘못했습니다."

눈물까지 흘려 가며 외치는 시녀의 모습은 그 사건과 아무 관련 없는 내가 보기에도 안쓰러웠다. 단지 제 주인의 변호를 하고 싶었던 것 같은데……. 그 상대가 나였다면 얼마든지 용서를 해 주었겠지만 안타깝게도 저 시녀가 걸린 건 하필이면 미친 또라이였다.

"끌고 가."

냉정한 목소리에 그 자리 모두가 숨을 죽인다. 물론 나도 죽였다.

한 치의 자비도 그 이상의 여지도 없다. 미친놈은 대체로 매가 약이라던데, 황제라서 때릴 놈도 없으니 넌 그냥 답이 없구나. 정말 답이 없다.

"우리 공주님이 우는 건 처음 보는군."

그래서 죽일 거야?

"장난감은 어디 있지?"

뭔 장난감? 아쉽게도 나한테 묻는 게 아니어서 대답을 해 줄 수가 없었다.

"예?"

세르이라는 갑자기 황제의 시선이 자신에게 와 놀란 얼굴이었다. 그러나 그녀를 상대하는 황제의 얼굴은 평이했다.

"장난감. 맨날 물고 있던 거."

그건 장난감이 아니라 공갈젖꼭지라는 걸세, 친구.

일명 쪽쪽이라고, 애칭도 있는 어린 아가들의 친구였다. 넌 애비라는 작자가 그런 것도 모르니? 아, 진짜.

"아, 그게……"

당황한 세르이라가 주변을 살피다가 공주 옆에 떨어진 공갈젖꼭지를 찾아냈다.

아, 지지. 더러워.

저걸 어떻게 다시 입에 넣는다냐. 이 생각은 황제도 나와 동일한 모양이었다.

"버려."

주워 들자마자 버리라고 명령질이다.

세르이라는 차마 바닥에 버릴 수는 없었는지 제 품에 그 젖꼭지를 잘 갈무리했다. 결국 젖꼭지가 없어서 나는 내 엄지손가락이나 빨았다. 쪽쪽쪽.

아, 내 손가락이지만 짜다.

"정말 열심히도 울었군."

그래, 알아줘서 고마워. 그러니 이만 나를 우리 유모에게 놔주지 않으련?

나의 바람은 늘 그랬듯 애새끼라서 묵살되고, 황제는 나를 안은 자세로 다시 페일린 공주를 내려다보았다. 공주는 이미 죽을상으로 고개를 푹 수그리고 있다. 하, 안쓰러워.

"그대인가. 내 딸이 이렇게 열심히 울게 된 원인이."

우리 아빠라지만 평소에도 자주 찾아오는 카이텔을 보면서 '고놈 참 잘생겼네' 하며 혀를 차던 날이 많았다. 그런데 그때는 장소는 내 방이요, 비교 대상이라고는 고작 세르이라뿐이어서 그냥 그렇구나 했는데…….

"왜 대꾸가 없지?"

빈정거리는 태도로 입가에 흐릿하게 짓는 저 미소가 저 얼굴을 이렇게 빛나게 할 줄은 진정 몰랐다. 아, 눈이 부셔. 나한테 빈정거릴 땐 저 얼굴을 한 대 쳐 보고 싶더니, 다른 사람한테 화살이 돌아가서 그런 건지는 몰라도 지금 카이텔의 자태는 매우 바람직했다. 음, 그래서 제 점수는요.

공주는 애처로울 정도로 떨고 있었다. 육안으로도 너무 확연히 알아볼 수 있을 정도로 덜덜 떨고 있다. 고작 스물 몇밖에 안 되었을 텐데. 내가 괜히 울어서 악마를 불러온 건가, 살짝 후회가 되기도 했다.

그러게 나를 왜 안으래! 나를 누가 안으랬어!

괜히 마음이 착잡해서 기분이 요상했다. 그 순간 공주가 고개를 숙였다. 아, 불쌍해.

"그, 그저 안기만 했을 뿐이옵니다."

그녀의 목소리는 이미 공포에 질려 울먹이고 있었다. 가녀린 여인네가 저리 떨며 말하면 없다가도 생기는 게 측은지심일 텐데. 우리 애비는 고자인 건지, 남자가 아닌 건지 아니면 배가 부른 건지 전혀 가엾게 여기는 표정이 아니었다.

"누구 맘대로."

단박에 말을 자르는 카이텔의 시선은 서늘했다. 전에 느꼈던 차가운 물속이 아니라 이건 시베리아라도 온 듯한 한파다. 사람이 저렇게 얼어붙은 시선으로 같은 인간을 내려다볼 수 있다는 걸 나는 처음 깨달았다.

"누구 맘대로 그대가 내 따님을 안을 수 있는 거지?"

어, 음……. 아깐 딸이라고 잘도 부르더만 왜 또 따님이래?

근데 이게 문제가 아니라 순간이었지만 오싹했다.

아, 소름.

내가 평범한 아가였다면 이미 목숨의 위협을 느끼고 울고불고 난리를 쳤을 정도의 살의다. 근데 이 인간 진짜 시한폭탄일세. 차라리 비아냥거릴 때의 그 비웃음이 백번 나았다.

가끔 나와 단둘이 있을 때 보여 주는 그 표정이 아니다. 같은 무표정이었건만 사람의 얼굴에 표정이 없다는 사실 자체로 공포를 느끼는 건 처음이었다. 어떤 생각을 하는지 모르겠다, 무슨 감정을 느끼는 건지도 모르겠다.

스물스물 무언가가 내 피부를 타고 기어오르는 느낌.

나는 결국 참지 못하고 낑낑댔다.

세르이라, 살려 줘! 아무리 아빠라도 이건 좀 아니야!

내가 소리를 내자 카이텔이 시선을 내린다. 나는 마주친 시선에 찡그리던 얼굴을 폈다.

설마 삼 개월 된 아기가 얼굴을 찡그린다고 죽이겠어?

……는 죽이겠지.

설마는 언제나 사람을 잡는 법이었다. 그리고 설마가 아니라도 이 자식은 정말 그럴 거 같단 말이야! 결국 낑낑대지도 못하고 나는 시선이나 내리깔았다. 깨갱깨갱.

그런데 그 순간 녀석이 웃었다.

"심지어 나도 오늘 처음 안아 봤는데 말이야."

눈꼬리가 부드럽게 휘어 반달이 된다. 입가에 그려진 미소는 화가가 그리기라도 한 것처럼 매혹적이었다. 레오나르도 다빈치의 모나리자Mona Lisa가 그 신비한 미소로 몇 세기에 걸쳐 인류를 사로잡았다 한다. 그러나 눈앞의 이 남자는 제 미소로 지금 이 동시대에 현존하는 모든 인류를 사로잡을 수 있을 것 같았다. 지나친 아름다움은 치명적인 독이라더니.

이 꼴이 그 짝이구나. 나는 속으로 한탄했다.

새하얗게 질린 페일린 공주는 이미 돌이킬 수 없는 강을 건넌 듯했다. 원래 창백한 얼굴이었지만 핏기가 아예 쏙 빠진 얼굴은 하얀 A4 용지를 떠올릴 수 있을 정도였다. 붉은 꽃잎 같던 입술도 어느새 보라색으로 변해 있었다.

"금괴 오천 개였던가."

갑자기 웬 금 타령인가요, 아버지.

정말 뜬금없다고 생각했는데, 어디선가 작은 한숨 소리가 내 귀에 들렸다.

응?

슥슥 고개를 돌리니 세르이라는 두 손을 맞잡은 채 그저 서 있기만 하다. 유모는 페일린 공주만큼은 아니었지만 창백한 얼굴로 겨우 자리만 지키고 있었다. 물론 이 사건의 원인인 일린은 나 죽었소 하며 그 옆에 고개를 숙인 채로 서 있었고.

넌 진짜 사고뭉치야.

"그대의 몸값이?"

살짝 고개를 치켜든 채 벌레라도 보는 것마냥 깔보는 시선에는 멸시와 경멸이 가득했다. 심장이 얼어붙을 것 같은 싸늘한 시선. 무표정도 아닌 화사한 미소가 입가에 걸려 있었지만, 그 다정한 미소가 되레 상대방을 더 나락으로 몰아넣었다.

아, 진짜 싫다.

원래 천상천하 유아독존인 건 알지만, 그걸 이렇게 태도로 극명하게 드러낼 수 있는 인간은 정말 난생처음이다. 물론 전생도 포함. 오만불손하다, 라는 단어로도 뭐라 표현해 낼 수 없었다. 건방지고 오만하고 거만한데, 그 걸로도 표현이 불가능했다.

내가 이리도 표현력이 부족한 인간이었던가? 국어 다시 배우고 어휘력 좀 길러야 할 것 같다. 내 이 감상을 말로 표현해 내지 못하다니.

"대답이 없군."

고양이라도 쓰다듬듯 내 뺨을 다른 한 손으로 쓰다듬으며 카이텔이 나른하게 중얼거렸다.

혼잣말. 아니, 혼잣말을 가장한…… 독촉.

"이, 이만오천 개이옵니다."

그걸 못 알아들을 바보는 아니라서 페일린 공주가 겁에 질린 목소리로 열심히 떠들었다.

"저와 제 동생의 지참금이 금괴 이만오천 개였사옵니다."

동생도 있구나. 아, 어떡해. 진짜 불쌍하다.

나는 이제 다른 의미로 울고 싶었다. 난 내 맘대로 우는 것도 못 하냐! 한 번 잘못 울었다가 대체 이게 무슨 대형 사건이람. 이러다 태어나서 3개월도 안 되어 외국의 공주 하나를 죽이는 신기록을

세울 것 같다.

아, 아빠님, 아빠님아, 제발 자비 좀.

물론 '자비가 뭔가요? 우걱우걱' 이럴 놈이지만. 알면서도 빌게 되는 건 어쩔 수 없는 일이었다. 저 여자가 싫긴 한데, 그래도 죽일 만큼 싫은 건 아니라니까! 대체 어느 누가 사람을 싫다고 죽여!

"페르델."

잠시의 침묵이 흐른 뒤, 나직한 목소리에 반응하는 또 다른 목소리가 뒤에서부터 들려왔다.

"예, 폐하."

근데, 잠깐 페르델?

어쩐지 낯익은 이름이다. 게다가 들리는 목소리도 어쩐지 익숙한 것 같았다. 언젠가 들어 본 것 같아. 태어나서 들어 본 목소리가 몇 개 없어서 그런지, 나는 금세 저 목소리를 기억해 낼 수 있었다.

아, 카이텔의 스토커라도 된 마냥 맨날 붙어 다니는 어떤 오빠였다. 그러니까 직책이 꽤 높은 오빠였는데, 뭐하는 오빠더라?

"그 이만오천 더 줄 테니, 프레치아의 황제에게 전하라."

프레치아라는 소리에 다들 숨을 죽였다. 그나저나 황제? 카이텔 말고도 황제가 있다는 사실에 나는 좀 놀랐다. 이 제국이 유일 제국은 아니었구나.

그런데 뭐라고, 아버님?

"그대의 여식을 아그레젠트의 법으로 사형을 집행하겠노라고."

뒤에서 똥을 싸는 듯한 앓는 신음이 들린다. 곤란한 거겠지.

"……죄목이?"

말을 흐리는 질문에 황제가 뒤를 돌아보았다. 아니, 정확히는 몸을 돌렸다.

"황족 모독."

고작 애 하나 울렸다고 사형? 와, 이 미친놈 보게.

"폐, 폐하! 폐하!"

"일단 유폐시켜."

뒤에서 애처로이 울부짖었으나 카이텔은 시선조차 주지 않았다. 아, 겁나 불쌍해.

근데 황제의 수행원들이 하는 짓은 거슬리는 놈들 감옥에 처넣거나 죽이는 일 같다. 이것이 진정한 폭군인가. 폭군의 위엄?

아, 다 찜쪄 먹으라고 해.

이런 놈 밑에서 과연 무사히 자랄 수 있을까? 물밀 듯 느껴지는 뒤늦은 회의감에 괜스레 혼자 심각해져 인상을 쓰고 있는데, 황궁에서 가장 큰 정원, 황제가 희사원熙社園의 상징과도 같은 겨울나무 밑으로 걸어갔다.

뭐니, 황제야, 나 산책시켜 주기라도 하는 거니?

아, 근데 아까 그 기지배가 꼬집은 옆구리가 너무 아프다. 이거 멍든 거 아냐?

"많이 자랐군."

"한참 성장하실 시기이옵니다. 하루가 다르게 자라는 나이니까요."

나를 가볍게 들며 하는 말이라는 게 저거다.

야, 나 3개월짜리 신생아야. 당연히 폭풍성장을 하는 게 자연스러운 나이지. 넌 진짜 유아교육과 수업 하나만 들어라. 건축학개론처럼 육아학개론은 없나?

"그래도 겨우 일주일 정도 못 본 것 같은데."

벌써 그렇게 된 건가?

나는 고개를 갸웃했다. 한동안 얼굴을 안 비춘다 했더니 그래도 제법 시간이 지났구나. 근데 생각보단 별로 안 지났네. 꼭 한 달은 안 본 기분이었는데.

카이텔이 황제라는 게 그냥 간판만 그런 건 아닌 듯했다. 처음 한 달은 이 새끼는 일도 안 하고 황제라고 우기나 싶었는데, 그다음부터는 제법 오는 횟수도 줄어들고, 이젠 얼굴 보는 것도 빠듯해 보였으니까.

나는 녀석이 조금, 아주 쪼끔 안쓰러워서 방긋 웃어 주었다. 봐라, 내 백만 불짜리 미소를!

"무거워."

이 새끼가? 여자에게 그거 실례다, 너!

"신기하구나. 한 손으로 쥐어도 죽을 것 같던 작은 생명이 이리도 커졌다는 것이."

원래 혼잣말을 좋아하는 종족은 아닌 것처럼 보이는데, 내 앞에만 서면 이 미친놈의 혼잣말이 늘어나는 것 같다.

그냥 나의 착각이겠지. 암, 그렇고말고.

근데 나한테 말을 건다고 하기엔 조금 미묘한데…….

"벌레 같다."

미친놈아. 나는 순간 어이가 없어서 입을 벌렸다.

와, 미친. 뭐라고? 내가 이런 모욕을 받고도 살아야 해?! 살아야 되냐고!

……아, 물론 살아야지. 그래, 살아야지 뭘 어쩌겠어.

엉엉, 서러워, 엉엉. 서러워서 눈물이 쏟아진다.

근데 울지도 못해. 아, 더 서러워. 엉엉, 넌 죽었어. 아빠도 아니야. 지 딸한테 벌레 같다니.

저 말에 상처받은 건 나뿐이 아닌 모양이었다. 아니, 정정. 상처는 나만 받고 다른 사람들은 어이가 없는 모양이었다. 특히 세르이라는 표정이…….

"폐하, 표현이 좀."

"뭐가?"

페르델이라고 했니, 너? 애가 참 바람직하구나. 그래, 그 자세야. 더 걸어! 태클! 너의 능력을 보여 줘! 나의 응원에 힘입어 아니꼬운 표정을 한 페르델이 한 마디 더 했다.

"벌레 같다니요. 그래도 공주님인데."

페르델의 말에 잠시 카이델의 시선이 나에게 닿았다. 그리고 잠시 생각하는 듯 말이 없다.

응? 눈싸움하자고? 응?

"손가락 하나 까딱해도 죽을 것 같은 약한 생명인데, 그럼 뭐라고 표현해?"

……그 말은 네가 손가락만 까딱해도 날 죽일 수 있다는 소리인가요, 아버님? 죄송합니다. 소녀가 불충하여 아버님에게 무슨 망발을 저지른 건지 모르겠습니다.

제발 목숨만은 살려 주세요, 흑.

"……꽃?"

"시문학 다시 배워."

페르델은 그대로 패배 당했다.

시문학 다시 배우라니, 너나 유아교육학 좀 배워 봐. 수강 신청 해, 당장 하라고! 넌 좀 아기에 대해 배워야 할 필요성이 있어.

그러나 나는 말을 못하고, 언제나 내 의견은 묵살된다. 이번에도 마찬가지였다. 아, 나.

"근데 진짜 죽일 겁니까? 아무리 그래도 공주님이 그렇게 울었다고 죽이는 건 조금. 명색에 프레치아 국왕이 화친의 대가로 보내온 공주님인데."

들었다가 다시 안아서 어쩔 수 없이 카이텔의 품에 다시 안겼는데, 순간 시선이 마주쳤다. 햇빛을 받아 음영이 지는 바람에 더 선명해진 붉은빛이 바로 코앞에서 아롱진다. 평소라면 뚱하니 뭘 봐, 이러고 있겠지만…….

아, 그래. 나도 알아. 나 비굴해. 꺄르르 웃으며 생글생글 미소 짓는다.

파파, 나 아직 죽음 안 돼요.

그 미소를 보자 카이텔이 피식 웃는다.

짜식, 그래도 네 딸이 웃어 주니까 좋은 모양이구나?

그렇게 웃고 내 머리를 쓰다듬더니 카이텔은 이내 페르델을 돌아보았다.

"내 따님은 쉽게 안 울어."

음, 그건 맞는 말이야.

"그리고."

응? 또 있니?

나는 귀를 쫑긋 세웠다. 대체 무슨 얘기를 하려고? 침 삼키는 것도 잊고 고개를 올려 나를 안은 카이텔의 붉은 입술만 쳐다보고 있는데, 그 순간 녀석이 다시 나를 내려다보았다.
"내 딸을 울려도 좋은 건 나밖에 없다."
······야, 이 변태 새끼야!!

"아이 참, 그건 먹는 게 아니에요, 공주님!"
일린이 큰 목소리를 낸다. 나는 두 눈을 크게 떴다.
아, 깜짝이야.
조근조근 이야기하면 될 것이지 왜 소리를 지르고 그러니. 나도 먹으려고 가져간 건 아니었어.
뭔지 알아보려고 입으로 가져간 거야!
그냥 지지 이러면 될 걸 가지고 소리 질러서 깜짝 놀랐다. 내가 꿀 먹은 병아리처럼 조용히 멈춰 있자니 뒤에서 세르이라의 엄중한 불호령이 떨어졌다.
"일린."
세르이라다!
세르이라는 천천히 다가와 일린이 빼앗아 든 머리핀을 받아 내고 다시 내 손에 쥐어주었다. 아? 가지고 놀아도 되는 거였어? 일린이 순간 반발했으나, 세르이라는 조용한 권위로 그 반발을 억눌렀다.
"공주님께 소리 지르면 어떡하니, 놀라시잖아."
머리핀이다, 머리핀!
입으로 가져가는 건 뭐랄까, 습성이었다. 본능. 난 이미 눈으로 보고 머리핀이라는 걸 알고 있지만 내 머리는 아는데 내 몸이 몰라서 가져가서 이건 뭐하는 물건인고 살펴보는 것만 같다고 해야 하나?

"죄송합니다."

일린은 오늘도 혼났다. 어제도 혼나고, 엊그제는 더더더더 혼났는데. 아무튼 맨날 혼나면서 산다니까. 게다가 저번 주엔 대형 사고를 치기도 했고. 근데 저렇게 덜렁거리는 데도 일린이 얄밉긴 해도 싫지는 않다는 게 솔직한 마음이었다. 그리고 그 점이 신기했다. 이게 바로 마성의 매력이라는 것인가.

"항상 사근사근, 아무리 짜증나도 조용조용히 말해야 한다는 걸 잊은 거니?"

"잘못했어요."

일린은 시무룩한 얼굴로 고개를 숙였다. 어차피 10분 후면 싱글벙글이겠지만 그래도 막상 저렇게 우울해 하는 일린은 내 기분마저 처지게 했다.

꽤 많이 보고 사는 얼굴이라 그건가. 나도 참.

그래도 다음에 잘하면 되지 하고 손을 뻗어 토닥거려 주려 했으나…….

난 대체 왜 아기입니까, 왜죠, 왜냐고요!

손이 닿지를 않아, 흑흑.

"공갈젖꼭지가 어디 있더라?"

손을 흔들어 젖히니까 유모가 고개를 돌리며 무언가를 찾아 헤맸다.

설마 유모, 전에 정원 바닥에 떨어졌던 그 쪽쪽이는 아니겠지요? 그렇지요? 내가 당신을 믿어도 되는 거겠지요?

소독했다고 해도 찝찝한데, 많이 찝찝한데.

유모님, 저 아직 애기예요, 응애응애. 제발 저를 소중히 여기옵
사…….

"자, 공주님."

어, 또 새 거다!

내 입에 물린 공갈젖꼭지는 처음 보는 것이었다. 날 닮아 귀엽고 깜찍하군. 근데 새 거라 그런지 쪽쪽 빠는 게 제법 딱딱했다. 계속 물고 있으면 좀 말랑말랑해지려나?

"공주님 좋으신가 봐요."

"그러게."

……그걸 지켜보고 있었구나. 나의 사생활을 훔쳐보다니, 이 무례한 인간들!

흠흠, 하지만 둘 다 나랑 친하니까 봐주겠다.

쪽쪽쪽. 아, 어떡해. 쪽쪽이한테 반해 버렸나 봐. 난 이제 쪽쪽이 없으면 살 수 없는 몸이 되어 버렸어! 썩을!

"헤헤, 예쁘다."

내 미모에 반한 일린이 또 내 미모를 칭찬하고 나섰다.

대체 저 예쁘다는 소리를 하루에 몇 번이나 듣는 건지, 쯧쯧.

이젠 저놈의 예쁘다 소리가 지겨워지려고 했다. 쪽쪽이나 빨아야지, 쪽쪽쪽쪽.

저번 주에 그 사건이 있고 나서 황궁은 또 한차례 시끌시끌했다. 나는 내 방에 처박혀 있어서 어떻게 시끄러운 건지는 구체적으로 알 수 없었지만 역시나 내 소식통인 일린과 세르이라의 대화로 그 사건이 어떻게 진행되었는지 그 후일담을 들을 수 있었다.

"그 공주님, 너무 불쌍해요."

그건 나도 동감해.

한마디로 그런 건 재수 옴 붙었다고 표현한다. 게다가 정말 잘못 걸려도 더럽게 잘못 걸린 거. 하필 거기서 나를 만나고, 하필 거기서 황제를 만나냐. 사형이라고, 그때 선고 내리기는 했지만 그래도 마음 한편엔 설마설마 하는 마음이었는데……. 어제 일린이 사형 날짜가 다음 달에 잡혔다는 말을 한순간 나는 또 내 설마에게 배신을 당했다. 설마! 설마 네가 나를 배신할 줄은!

아, 재미없네.

"그 때문에 후정後庭에서 희사원의 출입을 지양한다는구나."

"후궁에 사시는 모든 공주나 왕녀들에겐 확실히 살 떨리는 일일 거예요."

일린은 시무룩한 얼굴로 손장난을 쳤다.

"불쌍해. 원해서 온 제국도 아닐 텐데."

그건 나도 마찬가지거든. 누가 그딴 아버지 밑에서 태어나고 싶대! 삼신할머니, 나와요! 이건 좀 물러 주는 게 좋을 거 같아. 제국 아니라도 상관없으니까, 제발 좀 정상적인 부모님 밑에서 행복하게 자라고 그러면 안 될까? 안 되겠지?

"폐하는 남을 괴롭히는 취미가 있는 게 분명해요!"

그걸 이제 알았니? 우리 아빠 사디스트야. 나도 저번 주에 안 사실을 지금 말하면서 자랑스럽게 그러지 마라.

내가 타박하고 싶었으나, 고작 해 봤자 옹알이였다. 대체 이는 언제 나는 거지. 나는 대체 언제 말을 할 수 있게 되는 걸까? 벙어리의 심정을 알 것 같았다.

나도! 말을! 하고 싶어!!

"죄송해요. 또 입을 함부로 놀렸네요."

"알면 됐다."

세르이라는 별말 없이 넘어가 주었다. 이제 일일이 지적하는 것도 입 아픈 모양이다.

응? 근데 그런 거치고는 여전히 열심히 지적하는 중이던데.

"근데 우리 공주님은 정말 예뻐요. 폐하의 자식 같지 않아."

언제는 내 유전자 전부를 황제한테 받았다며? 너 장난 치냐?

나는 아니꼬워서 고개를 돌려 버렸다. 그러니까 일린이 내가 고개를 돌리는 방향으로 따라온다. 너 싫어, 너 귀찮아. 나는 또 고개를 홱 돌렸다.

"크면 분명 미인이 되실 거예요!"

희망찬 소리 하지 마라. 난 아직 나의 미모를 믿지 않아.

물론 거울을 본 적도 없어서 내가 어떻게 생긴 줄도 모른다. 그래도 미인이라니, 그건 다 마의 16세를 넘겨 봐야 알 수 있는 거였다. 아니라면 울 거야. 그럼 시집은 16살 전에 가야 하나? 아, 근데 황제의 미모를 물려받지 못했으면 어떡해!

"아직 삼 개월밖에 되지 않으셨다."

"에이, 될 성싶은 나무는 떡잎부터 알아본다고 했어요. 이 미모를 봐요!"

그러니까 마의 16세가 있다고!

역변하고 싶지 않다. 내 미모가 망가지는 꼴을 맨 정신으로 어떻게 봐!

그래서 말입니다. 신이시여, 미친 황제 딸로 태어나게 했으니 제발 미모만큼은 예쁘게! 내가 이 세계를 뒤흔드는 경국지색까지는 바라지 않아요. 그냥 내 얼굴 보면서 밥이 넘어갈 정도로만 예쁘게 해 주세요, 나무아미타불관세음보살.

"빨리 잼잼 곤지곤지시키고 싶은데."

"참거라. 아직 앉아 계시지도 못한다."

세르이라가 혀를 찼다.

나는 쪽쪽이를 빨다가 밥도 먹었으니 운동을 해야겠다고 생각해 몸을 들었다.

으엉차! 아씨, 내 몸이지만 더럽게 무겁네. 엉엉, 왜 내 맘대로 옆으로 눕는 것도 못하니.

끙끙대며 어떻게든 옆으로 돌아보려고 용을 쓰니까, 순간 딱 반으로 몸이 넘어갔다.

헥헥, 힘들어.

"어, 어!"

일린의 목소리가 들린다. 하지만 그것보다 난 몸을 완전히 뒤집는 게 중요했다. 왜 내 몸 덩어리가 내 몸처럼 느껴지지 않는 건지. 난 넘어가고 싶다고!

"세르이라 님, 저것 봐요!"

두 사람의 시선이 내게 꽂혔다. 그리고 그 순간 내 몸이 딱 넘어갔다.

"어머."

세르이라가 놀라 다가오는 발소리가 들렸다.

아, 더럽게 힘들어.

헉헉대며 머리를 이불에 처박고 누워 있으려니 위에서 여러 목소리들이 호들갑을 떨었다.

"엎어졌다! 뒤집기 성공하셨어요!"
"이제 곧 잘 뒤집으시네요, 어머."
이러고 이제 좀 있어야지. 운동 하나 했다고 졸리는 저질 체력을 어쩌나 싶다. 그런데 내 몸이 들려지더니 세르이라가 날 품에 안았다.
유모, 나 힘들어, 엉엉.
"근데 세르이라 님, 공주님 옆구리에 진 멍울 보셨어요?"
"아, 그것."
세르이라의 얼굴이 어두워진다.
이제 멍울은 흔적을 찾아보기 어렵게 옅어져 있었지만 그날 저녁 나를 씻기려다 세르이라가 숨을 삼키던 소리는 아직도 기억하고 있었다. 피멍이라도 진 건지, 그 이후부터 세르이라는 일주일 내내 내 멍에 이것저것 별 좋다는 약은 다 발랐다.
"숨겨도 될까요? 그 공주가 그래 놓은 거잖아요."
"일단 함구하여라."
엄중한 명령에 일린은 입을 다물었다. 세르이라는 내 옷을 들춰 옆구리를 확인했다.
아, 나는 내 옆구리도 보지 못하는 불쌍한 생물, 엉엉.
"어의에게 받은 약으로 이제 많이 옅어졌다. 상처가 남으면 안 돼서 걱정했는데 다행히 남진 않을 것 같구나."
일린이 고개를 빼꼼히 내밀어 내 상처를 확인한다. 그녀는 그래도 걱정이 되는 모양이었다.
"하지만 이걸 숨겼다가……."
"쉿."

허나 세르이라는 단칼에 그 의문을 막았다. 세르이라가 저렇게 진지한 거 처음 봐서 나는 괜히 신기했다. 이래서 어린애는 어린애라는 건가.

아, 안 돼. 나 그래도 나름 25살을 살았던 인간인데.

"이게 알려졌다면 일어날 파장부터 생각하여라."

유모는 다시 나를 요람에 내려놓는다. 내 요람은 여전히 아늑한 이불에 좋은 냄새를 풍겼다.

부비부비, 정말 좋아.

"하긴 당장에 세르이라 님과 제 목이 날아가겠네요."

"그건 두렵지 않다."

세르이라의 목소리는 낮았다. 그리고 무언가 처절하다. 나는 고개를 들어 세르이라를 보았다. 내가 웃자, 그녀의 심각한 표정이 풀어진다. 그리고 그녀의 손가락이 내 머리에 닿았다.

내 뺨을 쓰다듬는 다정한 손가락. 나는 두 눈을 감았다.

"이 어여쁘신 공주님이 전란의 씨앗이 되었다 욕먹는 게 싫어서 그러하다."

그건 밤이었다.

찌르르 우는 벌레 소리가 창문 밖에서 울려 퍼지고, 나는 한참을 단꿈에 빠져 있다 정말 느닷없이 문득 눈을 떴다. 밤이라는 걸 알 수 있게 된 건, 물론 여러 가지 단서가 있었지만 그 무엇보다도 내 방의 불이 다 꺼져 있는 상태라는 점이었다. 물론 우리 유모는 내가 잠에 들기만 하면 방에 불을 모조리 끈다.

그러나 두꺼운 커튼으로도 가리지 못하는 빛이라는 게 있었다.

허나 지금은 고요하다. 마치 엄마 뱃속에라도 든 것처럼.

"으에."

고요가 싫어서 목소리를 냈다. 그리고 즉시 느껴지는 것은 더 큰 고요. 오히려 소리가 아예 없었던 편보다 있다가 사라지는 편이 그 고요를 더 확실히 느끼게 했다.

말을 할 수 있었으면……. 대체 이빨은 언제 나는 걸까?

친척 중에 아기가 있긴 했지만 친척이라 그런지 일 년에 한 번씩 명절 때나 만나곤 했다. 아기를 키워 본 적도 지켜본 적도 없으니 알 리가 없다. 대충 돌 때면 걷는다니까 그 전에 이빨이 나지 않을까? 하루 빨리 걷고 싶다. 기고 싶고, 앉아 있고 싶고, 일어서고 싶고, 걷고 싶었다.

답답해.

하루 종일 누워서 천장만 바라보는 건 정말 지겨움의 연속이다. 특히나 돌봐 주는 사람이 없는 밤이면 그 외로움은 배로 밀려온다.

이래서 애들이 밤에 잠에서 깨면 그렇게 죽어라 울어대는 건가. 하지만 별로 울고 싶은 생각은 없었다. 육체는 이제 막 태어난 3개월짜리 아가라도 내 정신은 25년을 산 아가씨였으니까.

그래, 그렇지. 벌써 애새끼로 3개월이나 살아서 그런지 이젠 이 갑갑함이 웬만큼 적응되어서 다행이었다. 음, 그래도 그나마 다행이라면 내가 남자로 태어나지 않은 거랄까. 미친 폭군의 아들이라니. 생각만 해도 끔찍해. 아니, 일단 폭군의 아들인 건 둘째 쳐. 근데 내가 남자라니, 일단 결혼을 하려면 성 정체성부터 깨달아야 했다. 으아아!

헛생각은 그만하고 잠이나 자려고 눈을 감는데, 순간 끼익거리는 소음이 작게 울렸다.
 응? 잠깐, 소음?
 혹시 몰라 실눈을 뜨고 옆을 돌아보니 내 저질 시야에 무언가가 포착된다. 그건 검은 인영. 그것도 두 남자의 실루엣이었다.
 저렇게 굵은 실루엣이 여자라는 건 말이 안 돼. 누가 내 방에 들어온 건가? 그것도 창문으로? 반갑지 않은 밤손님인 것 같아. 혹시 몰라 죽이려는 암살자 이런 건가 싶어 괜히 덜컥 겁부터 먹는다.
 삼 개월 만에 살해당해 또 죽는 건가?!
 무섭다. 턱하니 무언가가 심장에 내려앉았다. 그건 공포였다. 어떡해? 어떡하지? 소리 질러야 하나? 어떻게 하냐고! 침대 가드 사이로 검은 인영이 서서히 내게로 다가오는 게 보인다. 나는 겁을 먹고 손을 꽉 쥐었다.
 이, 일단 울어 볼까?!
 "자는군."
 문득 들린 그 목소리가 아니었다면 분명 목청껏 울어 젖혔을 거다. 나는 확 풀리는 긴장에 인상을 찌푸리며 숨을 내쉬었다.
 뭐야, 아빠 놈이잖아.
 "깬 건가?"
 큼지막한 손이 내 머리에 닿는다. 조금 서늘한 손이었다.
 깜짝 놀라 눈을 뜰 뻔했지만 다행히 크게 반응하지 않고 자는 척을 할 수 있었다. 다행이다. 그래도 이게 나름 25년 수련한 자는 척이다. 전생의 25년간 우리 부모님의 딸로 살면서 밤에 몰래 컴퓨터를 하기 위해 익혔던 자는 척이었는데, 설마 이럴 때 유용하게 먹히다니. 이것도 다 사람 살고 볼 일이었다.

근데 야밤에 날 찾아온 이유가 뭐야? 그것도 엉큼하게 창문으로 다 들어오고.

카이텔은 자기가 원한다면 얼마든지 날 보러 올 수 있는 인간이었다. 그런데 이렇게 음침하게 온 이유는 대체 뭘까? 나는 조금 궁금했다. 아니, 사실은 꽤 많이 궁금해…….

"꽤 성실하구나."

어? 나는 잠시 깜짝 놀랐다. 너무 놀라서 숨 쉬는 것도 잊어버렸을 만큼. 물론 곧 다시 새근새근 숨을 내뱉었지만 어쩌면 카이텔이 이미 알아차렸을지도 모를 일이었다. 젠장.

근데 그건 둘째 치고, 방금 목소리. 카이텔의 목소리가 아니었다. 처음 듣는다, 이런 목소리.

아니, 그게 문제가 아니라…….

목소리가 왜 이렇게 달짝지근해?

"아이가 생긴다고 해서 달라질 건 아무것도 없을 거라 생각했는데."

그건 남자의 목소리였다. 낮고, 유혹적인, 그러나 지나칠 만큼 달짝지근했다. 어조가 냉정하지 않았다면 당장 카이텔한테 사랑이라도 속삭인다고 오해를 했을지도 모를 정도로.

뭐야, 남자가 이런 목소리를 가져도 돼?

이런 걸 농염하다고 표현하는 건가.

"그동안 그렇게 자기 아이를 죽여 댄 인간 같지 않아."

그나저나 쟤도 비아냥거림이 예술이다. 괜히 엿듣는 내가 다 빈정 상한다.

아무튼 같이 다녀도 꼭 지 같은 인간하고만 다니는구먼. 유유상

종이라더니.

오늘도 선조의 지혜를 깨달으며 나는 뺨을 쓰다듬는 손 때문에 소름이 올라오는 걸 참아야 했다. 어휴, 차가워. 나지막한 웃음소리가 들린다. 그건 가깝고 제법 기분 좋은 소리였다.

"그러게."

이건 카이텔이구나.

"나도 조금 신기하군."

뭐가 신기해. 다 네가 나의 필살 귀여움에 사로잡혀 내 노예가 된 탓이지. 나는 씨알도 안 먹힐 개소리를 생각하고 고개를 끄덕였다. 그리고 개소리라는 걸 알고 있어서 슬펐다. 젠장.

내가 슬퍼하는 와중에도 나를 쓰다듬는 카이텔의 손길은 점점 느려졌다. 그리고 무언가 망설이는 것 같기도 했다.

설마 또 내 목이라도 쥘 생각이니?

"보는 즉시 죽일 거라 생각했다."

그의 목소리는 한층 더 낮아졌다. 그리고 음침하고, 어딘가 질척하다. 나는 괜히 무서웠다. 아무것도 못하는 애를 상대로 뭐를 하려고?

"그럴 생각이었어."

구겨지려는 얼굴을 억지로 편다. 안 봐도 카이텔의 표정이 그려졌다. 이건 별로 좋지 않은데.

"미친놈."

어, 이건 내 생각이랑 똑같다. 나는 놀랐다가 이내 수긍했다. 이제 보니 내 아빠랑 같이 온 놈은 제법 제대로 정신이 박힌 인간인 듯했다. 그래, 넌 정상이구나. 좋았어.

"뭘 새삼스레."

카이텔은 가볍게 대꾸하고 웃었다. 진득한 웃음소리. 낮고, 한없이 낮다. 나는 결국 발끝에서부터 올라오는 소름에 몸을 부르르 떨어야 했다. 소름 끼친다.

"정말 그럴 생각이었어."

내가 몸을 떨자, 카이텔은 내 뺨을 쓰다듬는 걸 중단했다. 그건 좀 고마웠다.

"내 아이라니, 징그럽잖아."

정말 진저리 치는 목소리여서 엿듣던 내가 어이없어서 입을 벌리는데, 이건 나만의 감상이 아니었는지 뒤에서도 같은 어조의 목소리가 튀어나왔다.

"네 애야."

그래, 네 애야, 병신아. 고슴도치도 제 자식은 예뻐한다는데, 이 고슴도치보다 못난 놈.

아무튼 저놈은 연구 대상이었다. 미친 것도 좀 적당히 미쳐야지. 저러다 장가는 갈 수 있으려나 몰라. 이제 나이가 스물여섯인데. 까놓고 말하면 내 원래 나이랑 1살 차이밖에 나지 않았다.

아오, 내가 애새끼로만 태어나지 않았다면 상황이 이것보단 나았을 텐데!!

결국 나는 눈을 뜨고 말았다. 그리고 눈을 뜨자마자 본 건 그대로 얼어 버릴 것 같은 표정을 짓고 있는 내 아버지였다.

"그래서 징그럽다는 거야."

대체 네 얼굴은 몇 개가 있는 거니? 진심으로 묻고 싶다. 너는 대체 뭐 하는 자식이냐고. 어떤 땐 정상 같다가도 어떤 때엔 정말

1. Hello, I'm baby | 83

미친놈 같다. 벌써 3개월을 동고동락을 했는데, 나는 녀석에 대해 알아낸 것이 별로 없었다. 우리 아빠인데도.

그래, 우리 아빠인데도.

"학살자의 자식을 낳아 대체 무슨 영화를 얻겠다는 거지? 그래 봤자 손에 쥘 수 있는 건 얼룩진 불명예와 피로 물든 옥좌일 텐데."

눈동자에 이채가 감돈다. 경멸 어린 시선. 그러나 그건 나를 보는 눈이 아니었다. 나의 너머, 그 어딘가에 카이텔의 아이를 낳고 싶어 했던 그 수많은 여자들을 내려다보는 눈빛. 허나 그 눈빛 자체만으로도 나는 그가 얼마나 그녀들에게 진저리 쳤는지 알 수 있었다. 그래, 그건 언젠가 보았던 벌레라도 보는 듯한 시선이었다.

"그거면 충분하다는 거지."

뒤의 남자가 옹호한다. 허나 카이텔은 동의하지 않았다. 아니, 그냥 내뱉었다.

"혐오스러워."

그래, 네 눈만 봐도 네가 그렇게 생각하는 거 알 수 있어.

내가 무서워서 입만 내밀고 멀거니 카이텔을 올려다보는데, 어디선가 낮은 한숨 소리가 작게 들렸다. 그 남자구나. 둘은 친구 사이인 듯했다. 아니면 주종 관계거나. 어쨌든 둘이 친밀한 사이라는 걸 그간의 대화로 나는 충분히 알 수 있었다.

하지만 처음 듣는 목소리다. 늘 붙어 다니는 페르델은 아니라는 소리였다. 그럼 저 남자는 대체 누구인 거지?

"아들이면 바로 죽였을 거야."

내게 머리를 숙여 키스하며 카이텔이 작게 속삭였다.

"내 다음 대의 황제 같은 건 필요 없어."

그건 진심이 담긴 목소리였다. 나는 어둠 속에서 마주친 선홍빛의 눈동자를 마주하며 조용히 숨을 삼켰다. 카이텔의 눈동자는 숨도 쉬지 못하게 할 정도의 짙고 강렬한 살의로 가득했다. 물론 그건 나를 향하는 게 아니었다.

그런데, 그런데도 무섭다.

"네 딸은 황위를 못 잇나?"

"이을 수 있어."

어? 그건 처음 듣는 소식인데. 이 나라에 남아선호사상이라는 게 없는 건가? 근데 황위 같은 걸 잇고 싶은 생각은 없었다. 나는 카이텔이 손이 너무 차가워서 손을 흔들었다.

"하지만."

그 손을 놓아주며 카이텔이 한 걸음 물러난다.

"그전에 팔아 버리겠지, 내 누이들처럼."

……죽이지 않는다니 다행이라고 생각하는 내가 비정상인가, 아니면 이게 정상인 걸까? 서러운 감정이 좀 있긴 하지만 뭐 솔직한 감상으로는 팔려 가도 상관없었다. 진심으로 그렇게 생각했다. 살 수만 있다면, 살려 주겠다는데, 뭐인들 마다하리. 원래 이런 자식인 걸 알고 있어서 더 아무렇지 않은 듯했다. 이미 나도 이럴 것을 예상하고 있었고, 마음의 준비도 다 해 놓은 상태였으니까.

그래, 나는 이놈이 날 죽이려면 곱게 죽어 줄 생각도 했다. 사실 그 생각은 내가 아무것도 못하는 아기라는 상황이 만들어 낸 결과이기도 했지만.

정작 본인은 아무렇지 않은데 다른 사람은 그렇지 않은 모양이었다. 맞아, 이 자리엔 나만 있는 것이 아니었다.

"내가 누누이 강조하는 거지만, 넌 정말 인간이 아니야."

다른 목소리가 진절머리를 치며 강조한다. 인간이 아니라니, 나랑 생각이 똑같아서 차마 반박도 할 수 없다.

그래, 저건 인간이 아니야. 그냥 미친놈이지.

그러나 그 말을 듣고 카이텔이 한 반응이란 고작 쳐웃는 것뿐이었다. 내가 깨서 거리낄 게 없는 건지 녀석은 목까지 젖혀 가며 웃어댔다.

야, 그러다가 우리 유모 온다. 적당히 웃어라.

"인간인데."

네? 뭐라고요? 감히 제 스스로 인간이라 주장하는 저 미친 생명체 때문에 어이가 없어서 눈살을 찌푸리니까 내 뺨으로 다시 손을 뻗으며 카이텔이 덧붙였다.

"단지 좀 하자가 있을 뿐이지."

그걸 네 스스로 아니 다행이다.

나는 한숨을 내쉬었다. 벌써 이 나이부터 한숨이라니. 아빠가 저 모양이라니. 내 삶이 이 꼬라지라니.

하느님, 그냥 리셋 안 될까요? 인생 리셋을 좀 하고 싶은데.

"왜 안 죽였어?"

가까이 다가온 또 다른 인영은 제법 컸다. 키가 큰 모양이구나. 어린아이의 입장이라 그런지 그가 엄청 큰 거인처럼 느껴진다.

이건 또 뭐람?

"목을 조르려고 했는데, 이 작은 몸 덩어리에도 박동하는 생명이라는 게 있더라고."

카이텔은 아주 신기한 것을 발견했다는 듯 신이 난 목소리로 말을 이었다.

"그게 신기해서 그만뒀어."

"당연한 거 아냐?"

"그런가."

누가 이 만담 좀 멈춰 주세요, 제발. 듣고 있어도 전혀 재밌지 않아.

오히려 이만 날 놔주었으면 한다. 아빠야, 아무리 그래도 야밤에 와서 딸내미 데리고 이러는 건 옳지 않은 것 같아. 응?

……아, 망할. 왜 나는 말을 할 수 없는가! 입이 있는데! 왜 말을 못해!

"그래도 그 여자를 죽이는 건 좀 오버야."

놈은 심각한 목소리로 말했다. 그래 봤자 위치를 잘못 잡아서 온통 까맣게 보이는 바람에 얼굴 따위 보려 해도 볼 수도 없었다. 아, 눈물 좀 닦고. 왜 눈이 있는데, 얼굴을 못 봐!

"누구?"

"네 딸 울린 여자."

다른 기억을 상기시키는 한 마디 말에 내 머리를 쓰다듬던 손이 멈칫했다. 그리고 나도 인상을 찌푸렸다. 동시에 카이텔의 표정이 가라앉는다.

"아, 그거."

그의 얼굴에서 사라진 미소에 순식간에 어떤 표정인지 모르는 얼굴이 드러난다. 그는 내 머리에서 손을 떼더니, 조금이라도 건들이면 바로 칼이라도 뽑아 들 것처럼 날카로운 표정으로 멈춰 섰다. 나는 본능적으로 공포를 느끼고 두 손을 꼭 쥐었으나, 옆에 있는 남자는 아닌 모양이었다.

"고작 네 애새끼 한번 울렸다고 사형이라니. 부성애가 너무 깊은 거 아니야?"

"내 애새끼 한번 울린 게 아니야."

카이텔은 즉시 부정했다.

"그럼?"

그 남자가 되묻는다. 카이텔의 시선이 잠시 그를 향했다. 그저 눈동자만 돌리는 가벼운 시선이건만, 시선에서 느껴지는 위압감은 장난이 아니다.

화난 건가?

괜히 칼부림이라도 일어날 것 같아 조마조마한데, 카이텔이 씹어 뱉듯 천천히 한 글자 한 글자를 강조했다.

"내 걸 건드린 거다."

나는 얼굴을 찌푸렸다. 동시에 한층 낮아진 카이텔의 목소리가 들린다.

"제 나라의 멸망 대신 빌고 빌어 겨우 저당 잡힌 벌레 같은 목숨 주제에 감히 제 주제도 모르고 날뛰다 내 걸 건드리다니, 그러니까 죽여야지."

아니, 잠깐.

그러니까 뭔가 위화감이 느껴진다. 나는 저 말의 논리에서 뭔가 이상한데 뭐가 이상한지 알 수 없어 고민에 잠겼다. 이상하다. 뭔가 이상하긴 한데.

근데 대체 뭐가 이상한 거지? 이상하긴 이상한데 말이야.

그 부분을 알 수 없어 헤매는 데 바로 그때 침묵하던 다른 남자가 말한다.

"그 말인즉, 네 딸이 딸이 아니라⋯⋯."

그 말을 자르며 카이텔이 선언했다.

"이 앤 내 거야."

아, 이제야 알겠다. 이 위화감.

그러니까 카이텔은 지금 나를 딸로 여기고 있는 게 아니었다. 한마디로⋯⋯.

"내 걸 건드렸으면 그만한 각오는 해야지. 안 그래?"

야, 이 미친 새끼야!

― End. Ariadna

"에반젤리움이 닿기를."

2년을 예상하고 떠난 이차르타의 정복이 의외로 싱겁게 끝난 와중에 온 제국민이 그들의 황제가 귀환한 것을 온 마음과 성의를 다해 반겼다. 적어도 그 앞에서라면 발이라도 핥을 귀족들도 그들의 군주가 돌아온 것을 환영하며, 그를 위한 성대한 파티와 진상할 여자들을 준비했다.

허나 돌아온 군주가 제일 먼저 한 것은 파티에서 흥청망청 즐기는 것도 아니오, 여자들을 데리고 침실로 들어가는 것도 아니오, 다름 아닌 제 슬하에서 처음 태어난 공주를 보러 간 것이었다. 또 한 번의 피비린내가 이 궁을 뒤덮을 것이라 모두가 숨을 죽였다. 마찬가지로 페르델 또한 이번에도 가여운 생명이 하나 죽어 가는구나 생각했을 뿐이었다.

그러나 그들의 예상은 보기 좋게 빗나갔다.

언뜻 보았던 작은 인영을 떠올리며 페르델은 제 앞을 걸어가는 남자의 뒷모습을 곧게 응시했다. 자신이 만들어 낸 이 제국의 주인이자 제 친구, 미친 황제라 불리는 카이텔 아그리젠트를.

"무슨 생각이야?"

황제의 궁, 태양의 솔레이에 들어서자마자 페르델이 멈춰 선다. 앞서 걸어가던 카이텔은 몇 걸음 더 가서 뒤를 돌아보았다.

"뭐가?"

서늘한 시선. 차가운 눈빛. 거슬리는 자는 그 누구도 살려 두지 않았다는 패자의 독선이 어린 살기.

그러나 검을 배우지 않은 페르델은 그 속에서도 떨지 않았다. 저 황제와 맞먹을 실력을 가지고 있어서 그런 것이 아니라, 그건 그가 절대 자신을 죽이지 않을 것이라는 확신 때문이었다. 아니, 죽이는 못하는 거지, 참.

"살려 둘 생각이었다면 그냥 그 궁에서 살려 둘 수도 있었어. 굳이 솔레이 궁으로 옮기라 명한 이유는 뭐지?"

그것도 친히 이름까지 내려 주고. 페르델은 진심으로 궁금했다. 아니, 그냥 이 상황 자체가 의아하다. 혼란스러웠다. 원래 미친놈이니까 공주를 죽이거나 해도 사실 놀랍지는 않았다. 그저 그걸 또 제 손으로 직접 죽이다니, 이런 미친놈 하고 말 뿐이었으니까.

그런데 살려 준다. 거기에 손수 이름까지 내렸다.

허나 더 놀라운 것은······.

"공주를 솔레이 궁으로 옮겨라."

이후 솔레이 궁으로 도착한 뒤 그가 내린 명령이었다.

솔레이 궁으로 그 공주를 데려온다는 것에 어떤 의미가 있는지 저 남자가 모를 리가 없다. 아무리 그래도 카이텔은 이 아그리젠트 제국에 군림하는 황제였다.

"빛의 방으로."

솔레이에 머물 수 있는 건 오로지 황제의 적통, 직계뿐이다. 그건 다시 말해 아리아드나 공주를 제 자식으로 인정하겠다는 카이텔의 무언의 명령과도 마찬가지.

"내가."

어쩌면 지금까지 쌓아 온 모든 게 틀어질 수 있는 어마어마한 일을 아무렇지 않게 해치운 그의 군주는, 그러나 제 방에 들어서자마자 서늘한 시선을 돌리며 페르델을 노려보았다.

"언제 너에게 그런 걸 일일이 보고해야 했지?"

날카롭게 빛나는 예리한 시선에 문득 칼에 겨누어진 것 같은 느낌을 받으며 페르델이 한숨을 내쉰다. 그는 약간 심각한 얼굴이었다. 물론 현재 상황은 그가 심란해 하기에 충분했다.

"그냥 너의 의중을 알고 싶어서 그런 것뿐이야. 뭘 그렇게 날을 세워?"

카이텔은 대꾸 없이 고개를 돌렸다. 그리고 제 몸에 걸쳐진 거추장스러운 장신구를 떼어 낸다.

"그냥."

망토를 벗어 던지며 내뱉는 목소리는 지극히 건조했다.

"흥미로워서."

전혀 흥미로운 목소리가 아닌데. 페르델은 미간을 찌푸렸다. 그 표정에 시선조차 주지 않으며 카이텔이 저 홀로 중얼거린다.

"어미가 누구였더라?"

페르델은 말없이 큰 숨을 내쉬었다.

'어미라……'

2개월 전 난산으로 그 목숨을 잃은 한 여인이 떠오른다.

제르에이나 왕녀. 북쪽에서 내려온 얼음의 딸.

오랜 역사를 가진 왕조의 후계로 그녀의 왕국은 현재 국력이 많이 쇠했지만 그래도 마냥 무시할 수만은 없었다. 그래 봤자 결국엔 후궁에 전시된, 카이텔의 수많은 액세서리 중 하나였지만.

그녀가 어떤 취급을 받으며, 어떤 모욕 속에서 그 삶을 마감했는지 누구보다 잘 아는 페르델은 괜스레 머리를 짚었다. 별로 유쾌하지 않은 기분이었다.

"그건 왜 물으십니까. 어차피 관심도 없으면서."

제 목에 감겨 있던 타이를 푸르던 신영이 멈춘다. 다른 곳을 응시하던 페르델의 시선이 옮겨졌다. 싸늘한 정적이 흐른다. 페르델은 제 입을 다물었다.

"확실히 해 둬야 할 건,"

심기라도 거스른 줄 알았거늘, 그건 아닌 모양이었다. 마저 타이를 푸르며 페르델을 바라보는 카이텔의 눈동자는 여전했다.

"확실히 해야지."

"그래서 그 왕국을 쓸어버리기라도 할 거야?"

다분히 공격적인 반문. 순간 터져 나간 짜증스러움이 그대로 드러나 카이텔에게로 향했다. 둘의 시선이 허공에서 맞닿는다. 서로를 탐색하는 시선이 빠르게 움직였다. 페르델이 감정을 담고 있다 해도 그건 고작 약간의 불만뿐. 그렇다고 무언가를 어떻게 하겠다는 눈동자는 아니었다.

카이텔은 건조한 표정으로 고개를 돌렸다.

"아니."

"그것도 아니면서."

페르델의 얼굴에 살짝 주름이 잡힌다. 대체 무슨 생각인 걸까.

아마도 카이텔은 이미 알고 있다. 저 아이를 낳은 그 여자가 누구인지는. 카이텔이 묻는 건 그런 질문이 아니었다. 언제 열린지 모르는 창문을 통해 궁 밖에서 불어오는 서늘한 바람이 두 사람의 머리카락을 휘날린다.

문득 멈춰 선 채 밖을 바라보는 카이텔은 이미 생각에 잠긴 것처럼 보였다.

"죽이려고 했잖아."

안 그러려고 해도 자꾸 터져 나오는 불만을 어쩔 수 없다. 페르델은 제 머리를 엉키게 하는 이 상황에 눈살을 찌푸렸다. 아니, 처음부터 꼬여 있었다. 카이텔이 그 여자를 죽이지 않고 아이를 낳는 걸 두고 본다고 했을 때부터. 어쩌면 그 이전부터.

"왜?"

시름에 잠긴 페르델을 돌아보며 카이텔이 웃었다. 그건 보는 사람의 심장이 시릴 정도의 서늘한 조소.

"지금이라도 가서 죽일까?"

"농담을 하자는 게 아니다, 카이텔."

그 이상의 불만은 받아 줄 생각이 아닌지 카이텔이 몸을 돌린다. 저를 두고 먼저 가 버리는 매정한 왕의 뒷모습만을 응시하며 페르델은 무심코 숨을 내쉬었다. 그리고 그 뒤를 따른다.

"갑자기 마음을 돌린 이유가 대체 뭐야?"

"내 걸 내가 가지겠다는데, 뭐가 불만이지?"

"그런 차원의 문제가 아니잖아."

"그런 차원의 문제야."

"네 자손이라고, 네 자식이야."

답답함에 호소를 해 보지만 셔츠를 갈아입는 카이텔의 목소리는 도리어 더없이 가벼웠다.

"그게 저 후궁에 박혀 있는 여자들과 뭐가 다른데?"

페르델의 입이 조개처럼 다물어진다.

무엇이 다르냐? 글쎄.

그의 말처럼 어쩌면 다르지 않을지도 모른다. 어차피 후궁에 갇힌 여인들처럼 자라나 결국 다른 궁으로 팔려 갈 목숨이겠지. 불 보듯 뻔한 미래. 단지 굳이 다른 점이 있다면 그건 카이텔의 피가 섞인 액세서리라는 점일까. 허나 페르델은 그 사실이 결코 아리아드나 공주의 앞날에 득이 되진 않을 거라 생각했다.

어느새 제 셔츠를 다 갈아입은 카이텔이 뒤를 돌아본다. 그의 표정은 어쩐지 신이 난 것처럼 보이기도 했다.

"궁금해."

"뭐가?"

저 표정을 일그러지게 만들어 보고 싶다는 생각을 하며 페르델은 뚱하니 대꾸했다. 그의 시중을 들던 시녀가 말없이 사라진다.

소매의 단추를 채우며 카이텔이 나지막이 입을 연다. 나긋나긋하고 나른한, 어쩐지 지나칠 정도로 권태로운 음성이 페르델의 귀를 공격했다.

"학살자의 딸로 태어나 그 눈길과 시선들을 어떻게 감내할지."

드디어 마지막 단추가 잠가진다.

"어떻게 살아 나갈지 말이야."

순간 카이텔의 입가에 걸린 미소가 매혹적이다. 한순간이지만 혹할 뻔한 페르델은 가차 없이 제 미간을 구겼다. 형편없이 일그러지는 페르델의 얼굴을 보며 카이텔이 낮게 웃는다.

페르델은 제 감상을 숨기지 않았다. 아니, 오히려 진저리를 치며 대놓고 드러냈다.

"미친 새끼."

"뭘 새삼스레."

그럴 줄 알았다는 듯 카이텔이 고개를 끄덕인다. 마지막으로 재킷까지 챙겨 입은 카이텔이 제 옷소매를 매만지며 되물었다. 은밀하고, 음험하게.

"여차하면 죽여 버리면 돼. 안 그런가, 친구?"

2. You! My papa!

2. You! My papa!

"도대체 왜 여기에 우리가 있는 거예요?"

"쉿, 조용히 하여라."

일린의 목소리를 잠재운 세르이라는 곧 나를 바라보았다. 나와 시선이 마주치자 예쁘게 미소 짓는다. 언젠가 아기가 밥을 먹을 때 엄마와의 시선 교환이 중요하다고 배운 것 같은데, 세르이라는 육아의 정석을 내게 실천하는 정말 이상적인 엄마였다.

그런데 이제 와서 의문이 든 거지만 난 이미 정서 발달 다한 거 같은데, 또 발달하나?

원래 이런 사소한 행동들은 아이의 정서 발달을 위해 매우 중요한 역할을 했다. 근데 난 환생한 거고, 내 정신은 스물다섯 전생까지 포함해 발달해 있는데, 그래도 이런 행동들이 내 정서에 큰 영향을 끼칠까? 궁금하지 않다면 거짓말이다.

뭐, 그래도 이런 게 싫다는 건 아니야.

"밥은 다 먹인 건가?"

카이텔이 갑자기 등장하자 일순 이 공간에 작게 들이켜는 숨소리가 들렸다. 세르이라의 몸도 살짝 굳어지고, 물론 나도 놀랐다.

깜짝이야. 저 자식은 불쑥불쑥 튀어나오는 게 취미인가, 진짜.

"왜 대답이 없지?"

일린이 의아해 했던 대로 지금 이 곳은 내 방이 아니었다. 바로 황제궁의 다른 방, 그것도 황제의 집무실이다.

"예, 다 드셨습니다, 폐하."

세르이라가 내가 다 비운 젖병을 내려놓으며 고개를 숙인다. 나는 누워 있는 상태라 고개를 숙일 수가 없었다. 물론 아직 아기라서 고개 안 숙여도 되지만. 내가 말을 하고, 기기 시작하고, 걸을 수 있고, 예절이라는 걸 배우게 되면 지금 세르이라처럼 고개를 숙여야겠지.

벌써부터 자라기 싫은 마음이 들어서 참 기분이 묘하다. 원래 애새끼들은 빨리 어른이 되고 싶어 해야 되는데. 아, 망할.

"내놔."

가기 싫은데. 나는 필사적으로 세르이라의 옷깃을 잡았다.

유모, 날 보내지 마. 보내지 말라고! 왜 보내! 날 보내면 안 돼! 우리 이렇게 헤어지는 거 난 원하지 않는다고!

그러나 나는 세르이라의 손에 의해 카이텔에게 넘어갔을 뿐이고, 난 이미 황제한테 안겨 있을 뿐이고! 이 세상은 똥이야!

"저, 폐하."

나를 납치한 카이텔이 이 자리엔 볼일이 사라진 건지 몸을 돌려 어디론가 가려 했다. 그런데 그보다 먼저 세르이라가 그를 잡았다. 유모의 용기 있는 행동에 나는 일말의 희망을 가슴에 품었다.

세르이라의 가녀린 목소리에 카이텔이 몸을 돌린다. 왜 불렀냐는 질문 하나 던질 법한데, 이 오만한 새끼는 그저 서늘한 시선으로 내려다보기만 한다. 세르이라가 어색하게 웃었다.

"아이는 그렇게 안는 것보다……."

……날 돌려 달라고 말하려던 게 아니었어?

유모, 어떻게 당신이 나한테 이럴 수가 있어! 어떻게! 첫사랑에게 배신당한 소년의 마음이다. 어떻게 이럴 수 있어! 하지만 매정한 유모는 불한당 같은 내 아비에게 나를 안는 법이나 가르치고 있었다. 이 세상은 썩었어!

"이, 이렇게 고개가 꺾이지 않도록 안으셔야 합니다."

그래, 뭐, 덕분에 한결 목이 편하기는 하다. 3개월 차에 접어들면서 목을 가눌 수 있게 되긴 했지만 그래도 불편한 건 불편한 거다. 웬만하면 나를 안지 않았으면 하는데, 그 공주 사건 이후로 이 망할 애비는 나를 안는 것에 재미라도 들린 모양이었다. 물론 아무 때나 와서 막 안아 보겠다 그러는 건 아니지만.

"그 외는?"

얌전히 세르이라가 고쳐 주는 대로 가만히 있던 카이텔이 묻는다. 세르이라는 잠시 고민하는 듯 멈춰 서다가 카이텔의 왼팔로 손을 뻗었다.

"이렇게 아기의 목을 받쳐 준다는 느낌으로……."

확실히 전문가의 손길은 다르구나.

사람이 달라서 안긴 감촉이 다르긴 해도 불편하거나 울고 싶다는 수준은 아니었다. 무엇보다도 편하다. 편안함을 느끼고 있는 제 자신에게 회의감이 밀려들어 우울한데, 그 순간 세르이라와 시선이 마주쳤다. 그녀가 웃는다. 그 미소에 나는 나도 모르게 방긋 웃었다. 그리고 곧바로 후회했다.

"이러면 된 건가?"

"예, 폐하."

볼일이 끝나자마자 카이텔은 바로 몸을 돌렸다. 그리고 제 품에 안긴 나를 내려다본다.

왜, 뭐? 나한테 꿔 간 돈이라도 있냐?

뚱하니 쳐다보니 시선이 맞는다. 크림슨의 선명한 진홍빛 눈동자가 제 시선과 마주쳤다.

……비굴하다 욕하지 마, 흑흑.

뚱하니 쳐다보려다 카리스마에 밀려 먼저 시선을 돌렸다. 그러면서 애써 이 분위기를 어떻게 좀 바꿔 보려고 두 팔다리를 흔들며 꺄르르 웃는다.

시발, 엉엉. 내가 생각해도 겁나 비굴해.

하지만 어쩌겠는가? 눈싸움 2초 만에 패배해 버린걸. 누군가는 카리스마를 칼 있으마로 쓰더니, 쟤 눈엔 진짜 칼이라도 있는 느낌이었다. 살벌한 놈.

"더 무거워졌군."

그건 숙녀한테 실례라고! 그래 봤자 64센티미터에 7킬로그램이다. 지는 쌀 한 가마니 무게면서 어디 7킬로그램한테 무겁대? 말을 할 수 있으면 한마디 했을 텐데, 나는 아직도 벙어리였다.

어쩔 수 없다. 인간의 언어가 아니라도 나의 의지를 전해야겠어.

"음— 아!!"

진짜 인간의 언어가 아니구나. 나는 속으로 눈물을 흘렸다.

한 것만 못한 게 되었잖아. 저기 어딜 봐서 불쾌해 하는 걸로 보여? 고작해야 엄마랑 아빠를 착각한 애가 되는 모양새였다. 아, 눈물 좀 닦자. 서러워서 진짜 살겠나.

"못생겼네."

⋯⋯그냥 죽을까.

저딴 게 내 아버지라니, 내 삶엔 희망이 없다. 그래, 꿈도 희망도 감동도 없다. 심지어 미래도 없어. 하, 정말 할 수만 있다면 신의 목덜미라도 쥐고 흔들고 싶었다.

너 이 새끼 나한테 뭐 원수 졌냐!

"이제 울어 보라 시키지는 않으마."

그걸 진짜 시킬 생각이셨습니까, 아버지?

이 새끼는 진짜 여러모로 비범하구나. 뭐 하나 비범하지 않은 게 없어. 무서울 지경이야. 뭐 이리 인간이 제대로 미쳤어? 이러기도 쉽지 않은데.

"울면 더 못생겨지니까."

아, 망할. 때려치워. 안 해. 안 해! 안 할 거야! 안 할 거라고!

진짜 살기 싫다. 쟤 뭐니?

흑흑, 누가 나 좀 구해 줘. 이 자식이랑 더 있다가는 내 가치관이 붕괴될 거 같다고. 엉엉, 물론 내 정신도 붕괴. 더불어 이 사회도 붕괴. 이 나라도 붕괴. 그렇게 세상은 멸망했다.

나를 들고 어디라도 가려는 줄 알았는데, 카이텔은 금세 앉았다. 물론 가까운 곳이었지만. 근데 집무실이라면서 더럽게 크다. 서류 처리를 하는 공간이 따로 있고, 응접실을 겸하는 공간이 따로 있는데, 지금 내가 있는 곳은 그 뒤편 휴게실에 가까운 공간이었다. 푹신한 카우치 소파의 착석감이 중간의 카이텔을 넘어 내게까지 전해진다.

소파가 고급이구나. 자식, 돈지랄은 부럽다.

나를 안은 채로 카이텔은 서류를 하나 집어 들었다. 바쁘긴 바쁜 모양이네.

꼬불꼬불 기어 가는 글씨를 훔쳐보다가 나는 고개를 돌렸다. 글 배울 생각하니 머리가 다 아프다. 저건 또 언제 배우냐. 내가 할 수 있는 언어는 한국어, 일본어, 영어까지 이렇게 세 개인데, 중요한 건 셋 다 잘 못했다. 이런, 썩을.

"심심한 건가?"

아래에서 낑낑대고 있으려니 쳐다본다. 나는 고개를 가로저어 주고 싶었지만 귀찮아서 가만있었다. 귀찮아. 난 이미 네게 안겨 있을 때부터 내 안의 모든 에너지가 소모된 걸 느꼈단다.

그렇게 내가 반응이 없으니까 카이텔이 서류를 내려놓는다. 그가 읽고 있던 서류는 벌써 10페이지나 넘어가 있었다.

엄청난 속독이구나, 이 자식.

무슨 생각인지 내 옆구리에 손을 넣은 카이텔이 나를 바로 세웠다. 서니까 당연히 다리에 힘이 들어간다. 물론 서 있지는 못했다. 그냥 잡아 주면 다리에 힘을 넣을 뿐. 두 팔로 허공을 휘저으며 서 있다가 카이텔이 웃고 있는 얼굴을 보자니 갑자기 배알이 꼴렸다.

저 자식이!

나를 장난감으로 삼고 있다는 건 익히 잘 알고 있었지만 그래도 그 저녁 날의 대화는 나름대로 충격이었다. 내 딸이 아니라 내 거라니, 내가 네 소유물이냐?

이 무슨 구시대적 발상이요, 거지 같은 논리란 말인가.

괜히 심술이 돋는다. 나는 덥석 그의 머리카락을 잡았다. 붉은 기가 그을린 듯한 은발이 손에 잡힌다. 아기 손에 잡힌 머리카락인데도 제법 부드러웠다. 너 트리트먼트라도 하니?

"아— 앙."

그 머리를 잡자마자 입에 가져간다. 물어 버릴 거야.

이빨도 안 난 잇몸으로 저놈의 팔뚝을 물어뜯을 수는 없으니 머리카락이라도 물어뜯겠다. 내 야심 찬 포부에도 불구하고 막상 내가 자기 머리카락을 오물오물 씹으려니까 날 보는 카이텔의 시선이 심상치 않았다.

……나 설마 미친 짓을 하고 있는 걸까?

그 생각도 잠시, 갑자기 카이텔이 큭큭 웃기 시작했다.

어, 어어? 이건 좀 무서운데.

녀석이 쳐웃기 시작하니 깜짝 놀라서 씹던 것도 멈추고 멍하니 있는데, 다행히 그 순간 나의 슈퍼맨이 날 구해 주었다.

"공주님, 그, 그러시면 안 돼요. 그건 먹는 게 아닙니다."

세르이라!!

유모는 당장 내게 달려와서 내 입에 든 은적발의 머리카락을 뺐다. 그리고 엄한 목소리로 말하기를.

"자, 지지. 그런 건 먹으면 안 돼요. 나빠요."

역시 나한텐 너밖에 없는 듯.

"세르이라 님, 대단하세요. 어떻게 폐하께 그런 말을 하실 용기가."

내 방으로 돌아오자마자 일린은 세르이라의 용기를 칭찬했다. 그리고 나도 칭찬했다. 같이 박수를 쳤거든. 짝짝짝.

넌 좀 멋있었어. 어떻게 황제 앞에서 대놓고 황제 머리카락을 지지라고 그러냐.

하긴 그게 나한테 지지긴 했다. 먹을 거 빼고 다 지지!

"응? 뭐가?"

그러나 세르이라는 일린이 칭찬한 것이 무엇인지 모르는 모양이었다. 나를 요람에 내려놓으며 세르이라가 고개를 갸웃했다.

응?

"그거 말이에요."

"그게 뭐?"

"그거요, 그거."

일린은 열심히 설명하려 애썼다. 하지만 세르이라는 알아듣지 못하고 얼굴만 찌푸렸다.

그러니까 유모, 그거 말이야, 그거! 아이 참, 왜 척하면 착! 하고 알아듣지 못하는 거람. 그거라고, 그거.

"지지요, 지지."

일린이 답답한지 가슴까지 친다. 그제야 알아들은 건지 세르이라의 표정이 밝아졌다. 그런데 곧 뚱한 표정으로 변한다.

"그게 뭐 어때서? 지지인 거 맞잖아."

응? 이건 또 뭐지? 나는 조금 놀란 표정을 지었다.

세르이라, 너…….

아까 제법 대담하다 싶다만 설마 은근히 둔한 신경의 소유자인 거니? 황제가 웃다가 지지라는 소리에 표정 굳어진 건 못 봤더냐!

난 그대로 세르이라의 목이 날아가는 줄 알았다. 게다가 황제 손에서 멋대로 날 빼앗더니 입 닦아 주고 혹시 입에 남은 머리카락이 있나 살펴보기까지 했다. 카이텔 바로 앞에서.

아, 설마 그래서 카이텔 표정을 못 본 건가?

"공주님, 머리카락 먹으면 안 돼요. 지지에요, 지지."

나는 나를 바라보는 녹색 눈동자를 응시하며 배시시 웃었다.

싫어. 먹으려고 한 게 아니라 씹으려고 한 거였단 말이야.

"세르이라 님, 은근히 간이 크시네요."

일린이 중얼거리는 말을 듣고 나는 동의했다. 몰랐는데, 우리 유모님 슈퍼맨이 맞는 모양일세. 그래도 매번 카이텔 앞에서 떨기에 엄청 무서워하는 줄 알았는데, 아니었나 보다.

아니면 그 무서움을 극복할 정도로 나를 챙기는 건가?

기분이 조금 미묘하다. 아무리 유모라지만 제 아이가 아닌 다른 사람의 자식에게 그 정도로 사랑을 쏟아부을 수 있다는 게. 조금 목에 무언가가 걸리는 느낌이 들기도 했다.

"무슨 말을 하는 게냐? 헛소리 말고 가서 따뜻한 수건이나 데워 오너라."

일린이 입술을 삐죽이며 나간다. 불만 가득한 표정이었건만, 익숙해진 지금은 그 모습조차 귀여워 보여 나는 되레 심각해졌다.

저 얼간이가 귀여워 보인다니, 나도 갈 데까지 갔구나.

일린이 방을 나가자, 세르이라는 의자를 끌어 요람 곁에 앉았다. 그리고 누워 있는 내 가슴을 토닥거린다. 시선이 마주쳤다. 마주친 눈동자가 부드럽게 호선을 그린다. 따스한 봄날의 햇살 같은 미소. 살랑거리는 바람과 물을 듬뿍 머금은 꽃들이 나를 반겨 줄 것만 같은, 그런 평화로운 미소였다.

"그래도 폐하께서 공주님을 많이 아껴 주셔서 다행이에요."

엄······.

근데 말이야, 유모. 그건 아끼는 게 아니야. 가지고 노는 거라고. 거기다 그 자식 날 물건 취급한다? 내가 지 거래. 아주 웃기는 짬뽕이야! 난 자장면이 더 좋아.

아, 이게 아닌데.

"공주님, 그래도 공주님껜 폐하밖에 없어요."

응? 이건 또 무슨 소리지?

나는 물끄러미 세르이라를 올려다보았다. 세르이라는 애처로운 미소를 지은 채 날 내려다보는 중이었다. 그 눈동자엔 얼핏 눈물도 어려 있는 것 같다.

갑자기 왜 울려는 걸까?

"폐하께서 폭군이라 손가락질 받고, 다른 제국과 왕국들에겐 학살자라는 오명과 침략자라는 불명예를 지니고 계시지만 그건 비단 폐하만의 문제는 아니에요."

나는 조용히 세르이라의 눈동자를 응시했다. 이 가녀리고 가냘픈 여인은 내가 알아들을 일이 없는 이야기들을 조용히 풀어놓았다. 그건 마치 신에게 기도하는 신자의 고해와도 같은 언어들이라 나는 괜히 숨죽여 그녀를 바라보았다.

그녀의 시선은 한층 더 가라앉아 어두워졌다.

그러나 무섭거나 두려운 건 아니었다. 그저······ 서글펐다.

"저는 앞으로 공주님이 어여삐 자라나 폐하께 기쁨을 알려 드렸으면 해요. 누군가의 것을 빼앗고 짓밟아 얻는 활기가 아니라, 지키고 키우며 알아 가는 생기를 그분께 알려 드렸으면 해요. 그렇게 바라요."

그녀가 말하는 건 내가 할 수 없는 것들이었다. 그리고 나도 모르는 것들. 무언가를 지키고 키우며 알아 가는 생기라는 건 대체 뭘까. 나는 멀거니 응시하며 그 생각을 했다.

순간 세르이라가 웃는다. 더없이 환하게. 이 어둠마저 밝힐 것 같은 태양처럼. 그 따스함에 나는 할 말을 잃는다. 그저 녹아드는 듯했다. 이 다정함에.

"공주님께서는 하실 수 있으시죠, 네?"

나한테 왜 이런 걸 바라.

할 수 있다고도, 할 수 없다고도 대답할 수 없는 난제에 나는 괜히 칭얼거렸다. 이건 세계 7대 난제의 첫손에 꼽는 질문보다 어려운 질문이다. 차라리 엄마가 좋아? 아빠가 좋아? 이걸 물어봐!

"세르이라 님."

일린이 처음으로 예쁜 짓을 했다. 세르이라는 일린이 돌아오자 바로 일어서서 그녀에게 수건을 받아 들었다. 그리고 내 얼굴이며 뺨이며 구석구석 닦아 준다. 보드랍고 섬세하고 배려 넘치는 손짓이었다.

"늘 느끼는 거지만 세르이라 님은 아리아드나 님을 제 딸처럼 키우시는 것 같아요."

그건 지켜보는 일린도 같은 감상이었던 모양이었다.

일린이 감탄하자 세르이라가 웃는다. 그리고 다정한 손길로 나를 보살폈다.

"내 딸이지."

단정적이고 단호하기까지 한 목소리.

아, 이런 거에 일일이 감동 먹으면 안 되는데.

말은 그렇게 하고 있으면서 이미 먹을 감동은 다 먹어 치웠다. 나는 눈물을 감추려 억지로 웃었다.

세르이라는 그 눈물을 훔치며 내가 졸린 거라 그랬다. 그래, 졸리기도 해.

"친정에 두고 오신 그레시토 님은……."

웬일로 일린이 무거운 목소리를 낸다. 나를 보고, 나를 돌보는 세르이라를 보니 마음이 무거워진 모양이었다.

그나저나 그레시토라니. 그건 친정에 맡기고 왔다는 세르이라의 아들 이름인가 보다. 오랜만에 듣는 아들의 이름에 세르이라는 착잡한 표정을 지으려 했다.

응?

그런데 곧 뺨이 붉어진다. 어쩐지 생기 넘치는 얼굴이라 나는 조금 놀랐다.

"안 그래도 내일 보러 간단다."

"어, 정말요?"

어, 진짜? 나도 되묻고 싶다. 손발을 흔들며 시선을 좀 끌어 보려고 했는데, 세르이라는 쑥스러운지 고개를 수그리며 작게 끄덕끄덕했다.

"많아 봤자 고작 여섯 시간이겠지만……."

"정말 잘되었어요!"

일린이 덥석 세르이라의 손을 잡았다. 나도 잡고 싶다.

진짜 잘됐다. 정말, 진짜 잘됐다. 항상 나를 돌보는 세르이라를 보며 당연히 고마웠지만 그래도 제집에 놓고 온 자식이 있다는 말을 들은 순간부터 내 마음 한편에는 알 수 없는 감정이 켜켜이 쌓여 가고 있었다.

그런데 그게 한꺼번에 사라지는 느낌. 내 마음의 짐이 덜어지는 기분이었다. 세르이라는 행복해야 돼. 그건 언젠가 당연한 진리처럼 내가 품고 있는 생각이었다.

그래, 이 여자는 행복해져야 해.

"어머, 공주님도 좋으신가 봐요."

일린이 나에게 시선을 준 덕에 세르이라도 나를 쳐다보았다. 막 기뻐하는 나를 보며, 세르이라는 울 것 같은 얼굴을 했다.

"우리 착하신 공주님."

세르이라가 나를 안아 들었다. 나는 그녀에게 안기자마자 그녀의 볼에 뽀뽀했다. 어린 내가 할 행동은 아니지만 그래도 해 주고 싶었다. 그리고 그건 정말 놀라운 일이 되었다.

"어머, 공주님이 세르이라 님한테 뽀뽀했어요!"

놀란 얼굴로 세르이라가 날 쳐다본다. 나는 해맑게 웃었다.

세르이라!

이미 옆에서는 일린이 난리를 피웠다. 우리 공주님 장하다느니, 예뻐 죽겠다느니, 정말 천사가 따로 없다느니. 그 수많은 찬사를 듣는 와중에도 나는 세르이라를 보고 있었다.

우리 예쁜 유모, 세르이라, 정말 너무 좋아.

"우리 공주님."

목소리가 떨린다. 세르이라의 얼굴에도 어느새 경련이 일고 있었다. 울고 싶은 걸 겨우 참는 모양이다.

나는 손에 잡히는 세르이라의 머리카락을 꼭 쥐었다.

아프지 마. 울지도 마. 그리고 행복해져야 해. 알았지?

내 말을 듣기라도 한 건지 그녀는 눈물 한 방울 쏟지 않았다. 그저 웃었을 뿐.

"칫."

옆에서 일린의 목소리가 들린다. 질투 어린 그녀의 표정에 우리는 일린을 바라보았다.

"부러운 것이냐?"

"아, 아니, 그런 건 아니옵니다."

부러운가 보네. 나는 웃었다. 아, 바보 같은 일린. 멍청이 일린. 그래도 저 얼간이 같은 아이가 마냥 싫진 않다. 나는 손을 뻗었다.

"어, 어, 어?"

처음으로 내가 일린에게 내뻗는 손이라, 일린은 놀란 눈으로 어버버거렸다. 그래, 신기하지? 나도 신기해.

"마— 마—"

"어, 어? 지금 나한테 엄마라고 한 거야?"

뭐래, 그냥 소리 지른 거야. 하지만 일린은 감동스러운 모양이었다. 야, 엄마라고 부른 거 아니라고!

"음— 아!"

다시 한 번 부르니, 그제야 표정을 바꾼다. 그래, 알아들은 모양이구나.

"뭐야, 엄마가 아니었네."

일린의 투정에 세르이라가 웃었다. 그녀는 내 머리를 한 번 쓰다듬더니 일린을 보며 빙그레 웃었다.

"좋으신가 보다."

일린이 우리 둘에게 가까이 다가온다. 그리고 허공을 휘젓는 내 손을 붙잡았다. 그녀의 큰 손에 내 작은 손이 얹어지자 내 작은 손이 앙증맞아서 정말 나라도 깨물어 주고 싶었다.

일린이 짓궂게 웃는다. 나는 입술을 내밀었다. 그러자 일린이 웃음을 터뜨렸다.

"우리 공주님은 진짜 너무 귀여워요!!"

나에게 달려들며 일린이 소리쳤다. 그리고 그 말에 세르이라가 동의했다.

"그래, 그렇구나."

* * *

아이들의 시간은 정말 빨리 흐른다. 나는 어느새 6개월에 접어든 아기가 되었다.

뭐 6개월이라고 해서 특별히 달라지는 건 없지만 반가운 소식 하나가 있으니, 바로 내가 제대로 앉아 있을 수 있다는 사실이었다!

자, 박수! 짝짝짝!

헤헤, 너무 좋아.

5개월째로 접어들었을 때엔 나도 느낄 수 있을 정도로 그 전에 비해 좀 성장이 둔해졌다. 그게 나쁜 건 줄 알았는데, 유모가 아무 말 없는 거 보니 원래 다 그런 모양이었다.

발이나 손에 더 힘을 줄 수 있게 되어서 이제 길 수 있게 되었나 희망을 품었는데, 망할. 배밀이만 실컷 시도하고 대차게 실패. 결국 언제 길 수 있는 거냐며 속으로 폭풍 눈물을 흘리며 세르이라를 찾았다.

세르이라, 나 못 기어!

"어머, 공주님, 또 앉아 계시는 거예요?"

응응. 나 이거 정말 간절히 바랐거든.

무심코 긍정하다 무심코 깨닫는다. 근데 언제 온 거지? 장난감을 가지고 놀고 있는 내 앞에 어느새 등장한 세르이라가 고개를 숙였다.

아이 참, 또 앉아 있는 거냐니! 당연한 거 아니야? 그렇게 말하면 안 되지!

내가 꺄르르 웃으니 세르이라도 함께 웃는다. 세르이라는 이제 한 달에 한 번씩 제 아이를 보러 갈 수 있게 되었다. 내가 그녀가 없어도 다른 시녀들하고 잘 놀아서 마음 편히 한 달에 한 번 제 아이를 보러 갈 수 있게 된 거였다.

그래서인지 요새 그녀는 제법 행복해 보였다. 날이 다르게 미모에 물이 오르는 느낌.

아, 근데 세르이라 대신 오는 시녀는 좀 싫은데.

뭐, 그래도 세르이라를 위해 잘 놀긴 할 거지만.

"자, 공주님, 이거 먹어요."

나는 세르이라가 내미는 그릇을 보고 고개를 갸웃했다.

이유식? 이유식인가, 냠.

일단 먹긴 하지만 이유식이 이렇게 일찍 시작하는 거였던가?

요 근래 유모는 매번 씻겨 주면서 내 입안을 살피는 게 가장 큰 일과였다. 그게 이가 나지 않는가 확인하는 거라던데. 이가 나는 거구나!

아, 그래서 이유식을 하는 건가? 어, 그럼 나 이제 말할 수 있는 거야?

"우이에에!"

내가 생각해도 이건 인간의 언어가 아닌데? 그래도 요새 기분이 너무 좋아서 나도 모르게 자꾸 헛소리를 낸다. 망할, 엉엉, 나 괴물 아니에요.

"자, 아—."

작은 수저가 입에 가까이 다가오자 자동적으로 입을 열었다. 유모가 주는 건 주로 과일이었다. 오늘도 과일.

근데 무슨 과일인지 모른다는 게 함정이다. 으깬 과일이라 뭔지 알아보기 힘들었다. 게다가 지난 몇 개월간 우유만 죽어라 먹었더니 입맛이 한정적이다.

근데 어, 맛있다, 이거!

"천천히 드세요. 옳지."

이거 대체 무슨 과일이야? 무의식적으로 물었는데 아쉽게도 내 입에선 여전히 인간의 언어가 나오지 않았다. 덕분에 세르이라는 웃으며 내 머리를 쓰다듬어 주고 끝.

망할, 이놈의 애새끼를 빨리 벗어나야 뭘 하든 하지.

"그렇게 맛있어요? 옳지, 또 드세요."

그래, 일단 그거나 내놔 봐. 맛있긴 맛있다. 나 지금 콜럼버스가 신대륙 발견한 기분이야! 이것이 바로 신세계라는 것인가.

이유식이라지만 아직 씹어 먹기보단 그냥 삼킨다는 표현이 더 맞았다. 간 생과일주스를 마시는 느낌? 처음엔 아직 이빨도 안 났는데 이유식이 가당키나 한가 싶었는데, 역시 유모는 육아마스터였다.

세르이라 짱! 난 당신의 능력을 믿어요!

내가 조금 있는 간식을 다 먹어 치우자 세르이라가 웃으며 방을 나갔다.

입안에 남은 과일의 맛을 쩝쩝거리며 회상하다가 나는 내 손에 쥐어지게 된 장난감들을 내려다보았다. 그리고 한숨을 내쉰다. 주로 가지고 노는 건 모양 맞추기, 모양 인식하기, 이런 장난감들이 있는데 솔직히 재미없어. 하루 종일 저것만 가지고 논다고 생각해 봐. 엉엉, 지겨워.

차라리 게임하게 해 줘! 배틀로얄! 사격 게임 하고 싶다.

시무룩한 얼굴로 괜히 요람의 안전 가드를 모양 맞추기 모형으로 때리며 나는 나 홀로 고민에 잠겼다.

왜 그렇게 애들이 예민한 건지 이제는 확실히 알겠다. 이 세계는 나 혼자 있기엔 너무 넓고, 내가 할 수 있는 건 턱없이 적다. 손발을 움직일 수는 있어도 그걸로 해낼 수 있는 것은 없고, 표현해 낼 수 있는 감정이란 것도 고작 불쾌와 쾌, 두 종류. 그걸 표현하는 방법 역시 한정적이다. 웃는 것과 우는 것밖에 할 수 없으니.

이 얼마나 불편한 몸이란 말인가.

그런데도 엄마들은 이 미세한 울음소리로도 아기가 뭐가 불편한 건지, 뭐가 필요한 건지 알아차렸다. 정말 신기에 가까울 정도로. 그 모습을 보고 있자니 기분이 좀 찝찝한 게 나도 나중에 내 애기를 낳으면 이렇게 할 수 있으려나?

"푸푸푸!"

그래도 만약 내가 잘 자라서 맞는 짝을 맞아서 결혼을 하고, 또 아기도 낳는다면 내 아기에게 꼭 세르이라 같은 엄마가 되어 주고 싶었다. 그만큼 그녀가 내게 쏟는 애정은 짐작도 할 수 없을 만큼 거대한 것이다. 뭐, 어버이의 사랑은 늘 하늘 같다지만.

"자, 공주님, 이제 폐하께 가셔야죠."

아니, 아빠는 필요 없어.

카이텔의 하루는 새벽 5시부터 시작된다.

더럽게 일찍 일어나네.

아무튼 일어나서 바로 하는 일은 제일 먼저 몸이 녹슬지 않게 검술 수련. 그게 끝나는 시간은 7시였다. 그러면 그때 아침을 먹고 페르델을 대동해서 국정회의를 한다. 12시 전까지 모든 안건을 끝내고 페르델과 점심밥을 먹은 뒤, 그 다음은 자기 집무실에 처박혀 서류만 보고 있었다. 저녁밥을 먹기 전까지.

"그 근처에 내려놓고 가."

서류에서 고개도 들지 않은 채 카이텔이 말한다. 세르이라가 엄청 조용히 들어왔는데도 저 귀신같은 놈은 늘 항상 알아내곤 했다.

아무튼 귀신이야, 귀신.

괜히 고개를 절레절레 흔들자 세르이라가 본다.

응? 으응?

세르이라는 별말 없이 나를 요람에 내려놓았다. 언제부터인가 그의 집무실에 생긴 요람은 내 방에 있는 것보다는 작았다. 근데 중요한 건 손쉽게 이동이 가능하다는 사실이지.

움직이는 요람이라니.

"에반젤리움이 닿기를."

세르이라는 인사를 마치고 바로 방을 나갔다.

그래도 5개월 때까진 늘 이 방에 항상 같이 있었는데, 어느 순간부터 나만 이 방에 놓고, 카이텔이 부를 때를 제외하곤 밖에서 대기하도록 되어 버렸다.

그러고 보니 이상하네. 왜지?

의아함도 잠시. 나는 멍하니 조용한 집무실의 전경을 살폈다. 아, 물론 정확히는 휴게실이지만.

서류는 얄짤없이 카이텔 주변에 산을 만들며 쌓여 있고, 그는 소파에서 꽤나 흐트러진 자세로 앉아 건조한 시선으로 그것들을 훑고 있었다. 흐음, 없던 신음이 절로 나온다. 나는 괜한 기분에 가드에 머리를 박았다. 그리고 가드 사이에 있는 틈으로 그를 바라본다.

휴게실의 빛은 언제나 적당히 어두운 톤으로 유지되었다. 한 면을 차지하는 창에서 새하얀 햇살이 들어왔지만 강렬한 대비를 이루는 그곳은 나도 그도 잘 가지 않았다.

그 밖으로는 정원의 풍경이 펼쳐진다던데. 뭐, 내 알 바는 아니고.

언제고 위압감 가득한 카이텔만 보다가 이렇게 고요한 공간 속의 카이텔을 보면 내 안에서조차도 놀랍다. 그 괴리라는 것이 이렇게 큰 격차를 이룰 줄이야. 주변의 공기가 바닥에 가라앉는다. 저곳만이 홀로 떨어진 심해 위의 섬처럼.

혼자 있는 카이텔은 늘 그랬다. 아니, 정확히는 나만 볼 수 있는 그는 언제나 그러했다.

"마— 마!"

그게 싫다. 나는 괜히 그 침묵을 깨뜨렸다.

갑자기 난 소리에 카이텔이 다 본 서류를 옆으로 던지며 나를 돌아보았다. 그리고 이내 웃는다.

"심심한 건가."

서류를 던지고 내가 있는 요람을 살짝 끌고 온 카이텔이 내 머리를 쓰다듬었다. 물끄러미 응시하니 작게 웃는다. 비록 낮은 조소였지만.

"제법 많이 자랐군."

매일 보는 애새끼인데, 저놈이 하는 말은 언제나 비슷했다. 저 썩을 놈.

나한테 관심이 없지요, 관심이.

딱히 바라는 건 아니었는데, 그래도 막상 이럴 때마다 얜 뭐냐 싶은 마음은 어쩔 수 없었다. 한심하다고 해야 하나, 짜증난다고 해야 하나. 사실 나도 잘 모르겠다. 그냥, 그냥 기분이 찹찹하다.

그래, 내가 다 봐줘서 유아교육과로 가란 말은 안 할게. 근데 저기 말이야, 아버지. 우리 유모에게 과외를 받아 보는 건 어떨까?

3일 정복! 아이의 모든 것을 배운다!

뭐, 이런 거 요새 많다던데.

"이제 좀 인간 같구나."

이런 시…… 베리아.

그럼 아버지야, 내가 이전까진 인간 같지 않았다, 뭐, 그런 말이니? 뒤질. 아니, 한번 맞아 볼래요? 진심을 담아 패고 싶다. 예전엔 서럽고 그랬는데, 이젠 억울하지도 않았다. 그냥 어이없었다. 어이없고, 웃기기만 하다.

뭐랄까, 해탈?

그래, 해탈이라는 걸 한 모양이었다. 아, 그럼 나는 곧 득도를 할 수 있는 것인가.

내가 썩은 표정으로 입을 내미는 걸 보며 녀석이 픽 웃는다. 그러면서 다른 서류를 잡았다. 왼손으로 집은 서류를 보며 오른손은 뻗어 내 머리를 쓰다듬는다. 나는 그의 손길을 받으며 얌전히 안전 가드에 기댔다. 생각보다 카이텔은 날 쓰다듬는 걸 굉장히 좋아했다.

왜지? 다른 사람들이 접촉하는 건 기겁을 하며 싫어하던데.

멀뚱멀뚱 뚱한 시선이 향하는 곳은 오로지 한곳, 카이텔이었다.

"사월강의 물이 범람해 홍수가 났었다는구나. 팔천 명의 사상자에 국토의 삼분의 일이 쓸려갔다— 라. 유트레히트 연합국은 올해도 흉작이겠군."

그걸 네가 어떻게 알아?

내가 고개를 드니까 서류에서 시선을 떼던 카이텔이 나를 본다. 살짝 조소를 머금은 그의 얼굴은 늘 재수 없었지만 그 자체로는 딱히 뭐라 흠 잡을 데 없이 아름다웠다.

……그래도 재수 없어.

"그 옆의 코벤트리를 잘만 충동질하면 의외로 손쉽게 먹을 수 있을 것 같다. 괜찮지?"

코벤트리가 뭔지도 모르는 어린애한테 하는 말 좀 보게.

나는 긍정도 부정도 하지 않았다. 그냥 쳐다봤을 뿐.

언제부턴가 보는 횟수가 늘어나서 너무 자주 보게 되면서 어느 순간엔가 시선이 마주치면 바로 방긋 웃는 걸 그만뒀다. 처음엔 그대로 내 인생 끝장나는 게 아닐까 했는데, 의외로 카이텔이 날 죽이겠다고 날뛰거나 뭐 그런 일은 없었다. 내 목숨에 지장이 가는 일이 없으니 간덩이가 커져서 나는 그 이후로는 계속 이 상태였다. 뚱한 표정으로 가만히 앉아 있는 것.

그래, 너는 짖어라. 나는 나대로 논다.

"프레치아의 국왕이 의외로 조용하군……."

무료한지 나른한 몸짓으로 서류를 넘기고, 카이텔은 내 요람을 자기 앞으로 끌어갔다. 그리고 나와 눈동자를 맞추며 그대로 쿠션에 팔을 짚고 턱을 괸 채 응시한다.

"제 딸을 죽인 나를 용서치 않을 텐데 말이야."

순간 시선이 마주쳤다. 나는 반사적으로 그를 불렀다.

"바— 마—."

카이텔은 웃지 않았다. 그저 쳐다보기만 했을 뿐.

처음엔 저 시선마저 무서웠는데, 역시 인간은 적응의 동물이라 이건가. 이젠 저 눈동자에 항상 숨어 있는 날카로운 무언가도, 카이텔의 무미건조한 표정도 전혀 무섭지 않았다.

그래도…….

의아한 건 여전하다. 신기한 자식, 지가 무슨 양파도 아니고, 까면 깔수록 다르냐?

나는 하루가 다르게 자라고 있지만, 내 아비인 그는 하루가 다르게 자신의 다른 모습을 내게 들키고 있었다. 그래, 그건 어쩌면 당연한 사실이다. 거의 맨날 붙어 있으니까.

미친놈인 줄 알아서, 혹은 폭군이라 불리기에 나는 그가 정말로 연산군이나 진시황 뺨치는 인물인 줄 알았다. 역사 속에 남아 길이길이 대대로 까이는 것이 마땅한 폭군 말이다. 그런데 그렇다고 치기엔 의외로 카이텔은 제정신이었다.

대외적으로 아그리젠트 제국의 모든 정치는 페르델의 휘하에서 이루어진다. 그러나 그 페르델의 행동 방침을 결정하는 것은 카이텔이었다.

듣자 하니 도리어 그 전의 황제가 더 막장인 모양이었다. 주지육림酒池肉林, 호사스러운 술잔치를 이르는 말에 포락지형炮烙之刑, 중국 은나라 주왕 때, 기름칠한 구리 기둥을 숯불 위에 걸쳐 놓고 죄인을 그 위로 건너가게 하던 형벌까지. 그냥 개새끼에 쓰레기였단다. 재고할 가치도 없을 정도로 막장이라서 카이텔이 제 아비를 지 스스로 죽인 패륜을 저질렀음에도 많은 자들이 그를 옹호했다. 물론 귀족들은 그 살벌함에 절대 그러지 않지만.

의외로 서류 처리도 성실하게 하고, 국정도 제대로 돌본다. 뭐, 그래도 문제라면 역시 심각한 수준의 전쟁광에, 인성과 인격에 엄청난 하자가 있다는 거지만.

그것도 제 사람은 잘 건들지 않는다 하고, 심하게 수틀리지 않는 이상 아무나 죽이진 않는 모양이었다. 전쟁도 무리할 정도로 병사들을 징발해서 하는 게 아니라 적당히 봐 가면서 한다니, 의외로 백성들에겐 좋은 황제일지도. 게다가 한 번도 진 적이 없단다. 수백 전에 달하는 전장에서 단 한 번도 지지 않았다는 그 무패의 신화는 도리어 자국민들의 자부심이었다.

그래, 그러니까 전에도 말했지만 그거라니까. 이성이 제대로 박힌 미친놈.

"웃어 봐."

……미친 건 부정할 수가 없다.

야, 이 미친놈아.

전엔 울어 보라더니. 이젠 웃어 보란다. 아, 나, 진짜. 나한테도 자존심이라는 게 있지! 네가 웃어 보란다고 웃을 줄 아냐! 어떻게 웃어 보라고 웃어!

나는 최선을 다해서 무표정을 가장했다. 안 웃을 거야. 절대 안 웃을 거야. 나는 웃지 않는다. 나는 웃지 않는다. 나는 겁나 짱 세니까 웃지 않는다!

"꺄아꺄아."

……망했어요.

그랬다. 나에겐 자존심도 뭣도 없는 거였다, 빌어먹을.

꺄르르 웃으며 나는 내 자신의 운명을 애도했다. 난 망했어. 난 끝났어. 내 인생은 똥이 맞았어. 잠시 황금이라 착각한 내가 바보, 내가 멍청이, 엉엉.

"잘 웃네."

모든 사람들이 이렇게 잘 웃는 건 아니거든요, 아바마마?

카이텔의 왼손이 내 뺨을 한번 건드린다. 그리고 자기도 픽 웃었다.

아, 빡쳐. 내가 네 장난감이냐?

짜증나서 뒤로 그냥 몸을 돌렸다. 진짜 상종을 말아야지. 주변에 놓인 모양 맞추기 장난감을 찾아 손에 쥔다. 네모, 세모, 이건 동그라미.

근데 이거 구멍 있는 박스 어디 갔어?

고개를 획획 돌려도 통이 영 보이지 않았다. 이거 진짜 귀신이 곡할 노릇이네.

"이거 찾아?"

응?

카이텔의 목소리에 뒤를 돌아보니, 어느새 내가 찾던 통이 그의 손에 들려 있었다.

으응? 대체 뭐 하자는 겁니까, 아버님.

"줄까?"

내놔. 나는 지체 없이 손을 뻗었다. 그리고 빨리 달라는 식으로 흔든다.

허공에서 흔드는 내 손을 보며 녀석이 웃었다. 미친 것처럼 끅끅 대며 웃는 건 아니었고, 그냥 웃었다.

아, 저 미친놈. 상종도 하기 싫은데, 저놈이 내 아빠라니, 썩을.

오랜만에 느끼는 신에 대한 살의에 입술을 깨물며 손을 흔들었다. 내놔, 내가 재미도 없는 놀이 오랜만에 하겠다는데 네가 왜 방해질이야!

큰 손이 순간 내 손을 잡는다. 그리고 차가운 그 손이 이내 내 손 아귀에 쥐어 있는 장난감 모형까지 빼앗아 갔다.

와, 미친! 이게 뭐죠?

"가져가 봐."

이게 지금 나랑 뭐하자는 거지?

아오, 내가 애새끼인지 저 새끼가 애새끼인지 알 수가 없다. 저 자식이 방금 뭐래? 가져가 봐? 네 목숨을 가져와도 되는 거냐? 그런 거냐? 칼질을 배워야 하나? 어떻게 저 자식의 멱을 따는 방법이 없을까?

"아— 마바!!"

나도 내가 뭐라 지껄이는 건지 모르겠다. 내놓으라는 말을 하고 싶었는데, 엉엉.

카이텔은 줄 것처럼 내밀더니 내가 그 손을 잡으려는 순간, 다시 손을 거뒀다. 와, 망할. 나 이렇게 거칠고 막 나가는 그런 사람 아닌데, 왜 이렇게 욕이 하고 싶지? 아, 진짜 살기 싫다.

이건 지금 내가 쟤하고 놀아 주는 거냐, 쟤가 나하고 놀아 주는 거냐?

열이 진짜 머리끝까지 올라서 한번 카이텔을 노려보았다.

간덩이가 부은 짓이라는 건 나도 안다. 하지만 언젠가 녀석이 말한 대로 저 녀석은 나를 그냥 죽일 생각은 없었다. 그 말은 곧 일정 수준 이하의 나댐은 어느 정도 허용이 된다는 소리.

아, 귀찮아.

나는 발라당 드러누웠다. 나 잘 거야!

"이런."

한참을 재밌게 노는데 장난감을 뺏긴 아이처럼 카이텔은 아쉬운 얼굴로 제 손에서 내 장난감들을 놓아 버렸다. 그리고 곧바로 내 몸이 통째로 붕 들린다. 어느새 카이텔의 품에 안겨 버린 것.

나는 깜빡깜빡 눈을 빨리 뜨며 물끄러미 그를 올려다보았다. 그의 얼굴엔 희미한 미소가 존재했다.

그런데 갑자기 나는 왜 안은 거람?

퉁한 표정으로 가만있자니, 그가 움직인다.

그가 향한 곳은 한 벽면 자체가 창으로 나 있는 곳. 그리고 그곳과 이어진 테라스였다.

강렬한 햇살에 눈이 아린다. 갑자기 큰 자극에 눈을 찡그리자 카이텔이 한 걸음 물러섰다. 단 한 걸음이었는데도 빛의 양은 엄청난 차이가 있었다.

정원……. 정말 정원이구나.

여기서 살다시피 한 게 벌써 2개월째인데, 언제나 이 부근은 와 본 적이 없었다. 같은 휴게실인데도 불구하고.

처음으로 다가간 창과 테라스는 굉장한 경치를 내게 보여 주었다. 희사원이 저렇게 아름다운 곳이었구나. 겨울나무라 불리는 고목이 흰 이파리를 흔든다. 그것은 굉장히 경이로운 광경이었다.

이런 걸 내게 보여 주려 하다니, 우리 아빠 좀 자상한 듯? 답례로 웃어나 주려고 고개를 돌렸는데, 어쩐지 같은 장면을 보고 있음에도 카이텔의 표정은 심상치가 않았다. 평소에도 그리 정상은 아니다만 뭔가 지금은 더 침체된 상황 같다고 해야 하나? 표정이 가라앉은 것은 물론이요, 눈동자에 어린 살기도 더욱 짙어졌다. 그는 내가 보고 있는 저 아름다운 광경이 다르게 느껴지는 표정이었다.

"신물이 날 정도로……."

악문 잇새로 억눌린 목소리가 흘러나온다.

"……역겨운 곳이다."

그의 시선이 나를 향했다. 그러나 그의 눈동자는 내가 아는 카이텔의 눈동자라고 말할 수 없는 것이었다.

누구지?

가끔 이렇게 튀어나오는 저 얼굴은 대체 뭔지 궁금하다.

정체가 뭐니, 미친놈아?

이중인격은 아닌데, 가끔 이렇게 전혀 다른 사람처럼 굴면 나는 카이텔이 이중인격처럼 느껴지곤 했다. 아니, 다중인격.

그 순간 녀석이 내 이마에 키스한다.

낮게 가라앉은 목소리가 내 귓가에 나지막이 속삭였다.

"이게 네가 살아남아야 하는 곳이야. 어때, 마음에 드나?"

아, 이런 미친 새끼.

진짜 답이 없다. 나는 속으로 한숨을 내쉬었다. 답이 없어도 이렇게 답이 없을 수가 있냐? 나는 할 말을 잃었다. 세계 7대 수학 난제를 증명하라며 누군가 내게 분필이라도 쥐어 준 기분이다.

시선을 마주하던 카이텔은 곧 소리 없이 웃었다. 그 미소에 내가 무슨 말이라도 하기 위해 입을 벌렸는데, 그보다 빨리 똑똑 자그마한 노크 소리가 방 안에 울러 퍼졌다.

"폐하, 세스쿨로 백작이 폐하를 알현하기를 청하옵니다."

시종의 목소리. 그게 계기였다.

카이텔은 잠시 나를 보더니 그대로 다시 가면을 썼다. 순식간에 얼굴이 바뀐다. 마치 덧씌우듯 냉정한 표정이 순식간에 그의 얼굴에 가라앉았다. 정말 그건 흡사 가면이라도 쓰는 모양새다.

세스쿨로 백작이 누군지는 모르나, 집무실과 연결된 문이 열리며 나타난 시종은 내가 아는 얼굴이었다. 그가 정중하게 고개를 숙인다.

카이텔은 낮은 숨을 내쉬었다. 한숨이라기보다 그건 짧은 신음에 가까웠다. 성큼 걸어 금세 내 요람에 나를 놓아두고 카이텔은 괜히 내 머리를 한 번 쓰다듬었다.

내가 개냐?

괜한 타박을 해 주고 싶다. 나를 쓰다듬는 손길이 어째 내가 강아지를 쓰다듬는 손길이라 이게 지 애새끼를 대하는 건지 지 애완동물을 대하는 건지 알 수가 없었다.

"잠시만 여기서 놀고 있어라. 곧 돌아오마."

나는 고개를 끄덕였다. 그리고 얼른 꺼지라는 의미로 발라당 드러누웠다. 장난감이라도 가지고 놀고 싶었는데, 아까 카이텔이 빼앗으면서 내 장난감들은 요람이 아니라 바닥에 널브러져 있었다.

카이텔이 한 번 웃고 그대로 방을 나선다. 아니, 정확히는 집무실로 돌아갔다. 문이 닫히는 작은 소음이 방 안에 짧게 울렸다가 사라졌다.

"음."

꼬물락꼬물락, 괜스레 손가락을 움직인다.

내가 다 커서는 어린애 손을 볼 때마다 저게 어떻게 손이라고 우기는 건지 정말 작다고 생각했는데, 막상 애가 되니 느낌이 달랐다. 이 손이 앙증맞게는 느껴져도 작게 느껴지진 않는다. 이런 게 시야의 차이라는 건가.

오히려 유모의 손이나 카이텔의 손이 필요 이상으로 크다고 느껴지니 말 다했지.

"브바우— 아!"

커져라!

이 말이 왜 저렇게 나오는지는 신경 끄도록 하자.

아, 나는 언제쯤 인간의 말을 구사할 수 있게 되는 걸까?

말을 알아듣기는 하는데 왜 하지를 못하니, 내가 벙어리라니. 애들은 배우는 속도가 빠르다던데, 금방 말할 수 있게 되겠지? 그렇겠지?

"구우애, 하우이쩌!"

언젠가 말을 능숙하게 할 수 있는 그날을 기다리며, 나는 헤헤 웃었다. 그래, 유모가 말하기를 많이많이 말해야 말이 는다고 했다. 우리 유모의 유아 상식은 언제나 옳아. 암, 그렇고말고!

왠지 광신도 같은 논리였지만 나는 굴하지 않았다. 많이 말하고 많이 듣고 또 많이 말해야지. 그럼 언젠가 저 미친 아빠에게 미친 놈이라는 소리를 해 줄 수 있겠지. 아, 근데 미친놈이라는 발음이 왜 이렇게 어려운 거야? 그럼 그건 일단 제쳐 두고 간단하게 바보부터 가 볼까, 바보.

괜히 내 발을 들어서 손으로 잡으면서 놀고 있는데, 방문이 열리며 바스락거리는 소리가 조금 크게 울렸다. 문 근처에 놓아둔 아기 용품들 때문에 나는 소리였다.

뭐야, 시녀라도 들어온 건가?

나는 곧 흥미를 끄고 자연스럽게 돌아갔던 고개를 제자리로 원위치 시켰다. 어차피 시녀가 이 방에서 하는 짓은 거기서 거기였다. 기껏해야 방 청소나 하겠지. 쓰레기들 치우고, 망할 황제가 어질러 놓은 방 정리하고, 뭐 그런 잡일들.

그런 것보단 나는 일단 내 발에 더 흥미가 있었다. 과연 할 수 있는 것인가!

다 커서는 팔다리가 너무 길어 잘 할 수 없다는 그것. 유연성이 바닥인 사람은 못한다는 그것.

바로 발가락 물기!

아기라면 누구든 가지고 있다던 그 유명한 발가락 무는 사진을 물론 나도 가졌었다. 하지만 다 커서는 거지 같은 유연성 때문에 절대 할 수 없어서 언제나 신기한 마음으로 보기만 했는데, 진짜 할 수 있으려나? 그 자세는 물론 팔다리가 짧아야 하지만 뭣보다 유연성이 따라 주지 않으면 시도도 못해 보는 자세였다.

짧은 고민 끝에 나는 한번 시도해 보기로 했다.

"아— 앙!"

어? 된다! 된다, 된다! 와, 해냈다!

이 자세가 정말 되는 거구나. 게다가 발을 물고 있는데 허벅지가 당긴다거나 하지도 않는다. 역시 어린아이의 유연성이란.

감탄을 하며 마구마구 좋아하는데, 순간 내 위에 검은 그늘이 드리워졌다. 갑작스런 음영에 무심코 고개를 든다. 그리고 나는 그 자세 그대로 굳어 버렸다.

시녀인 줄 알았는데, 그는 시녀가 아니었다.

황궁에선 눈에 띄지 않는 시종의 옷차림을 한 채 어느새 내 앞에 다가온 남자. 그 남자의 손엔 날카로운 칼이 들려 있었다.

"……!"

숨조차 쉬지 못하고 하얗게 질려 그대로 얼어붙는다. 하얀빛을 내는 날붙이가 시야에 들어온 순간부터 심장에 내려앉는 공포에 작게 몸을 떨었다.

잊고 있었다. 아니, 잊었다고 생각했다. 다른 몸인 데도 몸부터 그 공포에 반응한다. 손이 사시나무 떨리듯 떨리고, 결국 입에 문

발을 놓아 버리고 말았다.

그자는 시종이 아니었다. 시녀는 더더욱 아니었다.

나를 죽이러 온, 손님이었다.

"너로구나."

전생의 죽음이 떠오른다. 하얀 칼, 빨간 후드, 그리고 사정없이 찌르던 그 자비 없는 손길.

반복되는 건가, 또 그렇게 죽는 건가.

눈물조차 나지 않는다. 공포에 하얗게 질려서 소리조차 내지르지 못했다. 극한의 공포에 내몰리면 그 어떤 반응도 하지 못한다던데, 그 말은 사실이었다. 울면 카이텔이 와 줄 텐데, 울기만 하면 옆방의 아빠가 날 살려 줄 수 있는데, 나는 울지 못했다. 그저 떨면서 곧 다가올 고통을 숨죽이며 기다릴 뿐이었다.

"미안한 말이지만 죽어 줘야겠다."

남자가 손을 치켜들었다. 나는 거기까지만 보고 반사적으로 눈을 질끈 감았다.

살려 줘!

누가 제발 나 좀! 또 이렇게 죽을 수는 없다. 또 이렇게 죽고 싶지 않았다. 이대로 죽는 건가? 이제 겨우 앉아 보나 했는데 허무하게 죽는 거야? 이렇게?

차갑게 식어 버린 손끝을 쥐고, 속으로 애타게 누군가를 불렀다. 그러면서 다가올 고통에 인내하기 위해 입술을 꼭 문다. 앙다문 제 입술이 처량맞았지만 어쩔 수 없었다.

그러나 아무리 기다려도 칼이 내려오지 않았다. 나는 무심코 눈을 떴다.

"헛!"

어…… 라?

암살자는 급히 나를 겨눈 칼을 내리려고 했다. 그러나 그보다 빨리 무언가가 날아왔다. 남자가 고통에 가득 찬 비명을 내지르며 자신의 팔을 쥔다. 날아온 것은 짧은 단검이었다.

스르릉.

무언가가 뽑히는 소리와 함께 나는 발버둥을 치며 일어났다. 그리고 앉은 채로 안전 가드에 기대어 무슨 일이 일어난 것인지 내 눈으로 확인하려 고개를 들었다.

어느새 자신의 검을 뽑아 든 카이텔이 다가와 있었다.

대체 언제 돌아온 거지?

알 수가 없다. 그는 칼을 뽑아 든 자세만큼 칼을 내리치는 자세도 흐트러짐 없었다. 순식간에 남자의 등이 베이고 목이 썰렸다. 그러면서 튀긴 피가 사방으로 흩뿌려진다.

붉고 따뜻한 액체.

그것이 내 뺨에도 튀었다.

아?

"이런 놈이."

카이텔이 고개를 든다. 그의 눈동자엔 내가 늘 언뜻 보아 오던 그 살기가 그대로 드러나 있었다. 그리고 확연히 드러난 그 실체는 생각보다 끔찍했다.

"어떻게 황궁에 들어온 거지?"

어느새 열린 집무실과 통하는 문에서 처음 보는 남자와 시종이 들어온다. 카이텔은 제 검을 한번 털어 내더니 흩뿌려지는 핏방울과 같이 딱 떨어지는 목소리로 명령했다.

"근위대 불러."

그리고 제 자신이 쥔 칼을 놓는다. 나는 그 순간 내 눈을 의심해야 했다.

응?

카이텔의 손에 쥐어져 있던 검은 카이텔이 손에서 놓자마자 허공에 눈이 녹듯 제 모습을 감추었다. 떨어지는 소음도 그 잔상도 어느 것도 남지 않았다. 저건…….

"시체는 치워 놓도록."

냉정한 명령을 마치고, 카이텔은 내게로 걸어왔다. 도중에 시체의 팔을 밟았지만 전혀 개의치 않는 표정이었다.

피비린내. 코 속을 가득 채우는 아찔할 정도의 피비린내에 나는 얼굴을 찌푸렸다. 오만상을 다 찌푸린 나를 가볍게 안아 들며 카이텔이 웃는다.

"말하지 않았더냐?"

그것은 어쩌면 경멸이 어린 새하얀 미소.

"신물이 날 정도로 역겨운 곳이라고."

다시 얼어붙는다. 이번엔 공포가 아니었다. 이 남자의 차가운 성벽에 나마저 얼어붙고 있었다.

도대체 얼마나 깊은 혐오인가, 이 얼마나 두터운 멸시인가. 어디서부터 어디까지인지 헤아릴 수조차 없어 아득하다. 나는 그저 마른침을 삼켰다.

"네가 많이 놀라지 않기를 바랄 뿐이다."

그가 내 뺨을 쓰다듬는다. 아까 튄 피가 그의 손에 묻어났다.

"겨우 이 정도로 놀라면 곤란하거든."

세르이라는 덜덜 떠는 몸으로 나를 안고 있었다. 안쓰러울 정도로 떨리는 몸. 세르이라의 불안과 충격에 괜히 나까지 흔들린다. 그 전까지는 어떤 일이 일어난 건지 아직도 현실로 와 닿지 않아서 그저 얼떨떨했다.

그러나 지금은 그 느낌이 조금 달랐다.

뺨에 와 닿는 세르리아의 보드라운 살결이 뜨겁다. 내 몸에 남은 잔잔한 떨림과 세르이라의 몸에서 전해지는 떨림이 나를 이루 말할 수 없는 기분으로 몰고 갔다.

"어떡해? 몸이 차가우셔."

나는 솔직히 세르이라가 왜 이렇게까지 떠는 건지 이해를 못했다. 내 일인데.

시야에 가득 찬 붉은 피보다 더 뇌리에 잔상을 남긴 것은 하얗게 빛나던 날붙이. 무섭지 않다면 거짓말이다. 공포스럽지 않다는 말 역시. 정말 아무것도 모르는 아기였다면 모를까, 전생의 기억이 오버랩된 이상 내 상태는 내가 생각해도 별로 좋지 못했다.

끔찍하다.

새하얗게 질린 손끝을 바라보는 나의 감상은 그러했다. 하얗고 차가워져서 마치 얼음장 같았다. 어린아이의 체온은 성인의 체온보다 평균적으로 높은 편이고, 나도 그 때문에 땀을 자주 흘려 봤었기에 내 몸이 이렇게 차게 식은 건 처음이었다. 그리고 그건 나를 안고 있는 세르이라도 알고 있었다.

"공주님."

애잔한 목소리가 나를 부른다. 그 목소리에 그제야 내가 살아 있다는 걸 깨닫는다.

안도. 낑낑대고 끌고 온 짐을 한순간에 탁 놓아 버린 느낌. 마음이 풀린다. 동시에 내 눈물 꼭지도 풀렸다.

희미하게 고인 눈물이 눈을 따갑게 했다. 목도 아프다. 따끔따끔. 내가 모르는 내 몸의 근육들이 어느새 힘들다고 내게 하소연을 시작했다.

정신적인 충격이라는 게 이렇게 몸으로 나타날 수도 있는 거구나.

어느새 나를 보는 세르이라의 얼굴이 흐려진다. 그녀의 녹색 눈동자가 보이지 않을 정도로 흐려졌을 때, 나는 결국 울음을 터뜨렸다.

"으아아아아아아앙!"

무서웠어, 정말. 정말로 무서웠어.

지푸라기라도 붙잡는 심정으로 간절하게 바랐다. 살려 달라고. 그때도 그랬다. 살려 달라고. 죽고 싶지 않다고. 애타게 부르며 살려 달라 외쳤다.

그러나 그 비명과 간절한 외침을 듣고 내게 와 준 사람은 단 한 명도 없었다.

어린 아기가 내는 울음은 유난히 처량했다. 그건 내가 갓난쟁이라 더 그랬다. 내가 듣기에도 내 울음은 구슬프기 그지없었다.

세르이라는 나를 꼭 안고, 자신의 체온을 나누어 주며 필사적으로 달래려 노력했다. 등을 토닥거리고 '울지 마세요'라고 속삭인다. 그리고 내 눈물을 닦아 주고, 내 뺨에 작은 키스를 흩뿌렸다.

그 키스에 천천히 나 자신이 진정되는 걸 느낀다. 안도의 한숨을 내쉰다. 살아 있다는 증거. 살아남았다는 증거. 그래, 이 숨 자체가 내가 아직 살아 있다는 증거였다.

싸늘한 주검이 되었다고 생각했다. 내가 그리던 죽음은 그런 식의 죽음은 아니었는데, 그렇게 죽게 되어서 억울한 마음도 있었다. 그리고 눈을 떴을 때는 이 몸이었다. 황당하지 않다면 그건 거짓말. 게다가 하필 태어나도 폭군의 외동딸이라, 따지고 보자면 그저 불만만 가득한 6개월이었다.

"죽어라 울어 대는군."

붉은 눈이 나를 내려다본다. 눈물이 다 흘러서 이젠 제법 선명해진 시야에 그가 들어왔다. 우리 아빠, 내 아버지, 카이텔 아그리젠트가.

점점 울음소리가 잦아든다. 울다가 목이 막혀 기침을 하면서도 또 울었지만, 그때마다 내 연약한 피부에 자국을 남기지 않으려 세르이라가 부드러운 천으로 닦아 주었다. 짓무르지 않게 하려는 섬세한 행동이 그녀의 배려를 느끼게 한다.

고마워, 엄마. 역시 엄마가 짱이야. 엄마 없었으면 나는 대체 누구한테 달라붙어서 울 수 있었을까?

결국 전부 제 마음껏 실컷 울고 나서야 나는 우는 것을 그만둘 수 있었다.

"아기 때의 기억은 언제부터 기억할 수 있는 거지?"

카이텔의 손길은 어쩐지 부드러웠다.

그래, 너도 내가 불쌍한 거냐? 고맙다. 동정해 줘서.

이마에 닿는 차가운 손이 싫지만은 않다.

그건 조금 곤란했다. 이 손이 방금 내 눈앞에서 무슨 짓을 했는지도 안다. 한 생명을 무자비하게 도륙했다. 단 한순간의 망설임도 없이.

그러나 그 남자가 아니면 내가 죽을 위기여서 그럴까. 카이텔이 나쁜 짓을 했다는 생각이 들지 않았다.

내가 나쁜 거라고 해도 좋아.

그가 나쁘다고 생각되지 않았다. 그저 그렇게 외치고 외쳤던 내 부름에 마치 응답하듯 다시 돌아와 준 카이텔이 너무 고마울 뿐.

아무리 미친놈이라도 네가 내 아빠기는 하구나. 좋아. 아빠 인정! 내 목숨을 살려 줬으니 쿨하게 인정해 주마.

나는 그를 올려다보았다. 그의 손이 머리에서 떨어져 뺨으로 내려온다. 그리고 내 눈가에 진 눈물을 닦았다. 그의 손끝에 묻은 투명한 눈물이 내게도 보였다.

축축하게 젖은 내 눈가가 찝찝하다. 뭐가 그렇게 서러웠는지 이젠 모르겠다. 기억도 안 난다. 그냥 서러웠다는 것 하나만 기억한다. 그리고…….

아, 기운 없어. 너무 울었나?

그 순간 카이텔이 내 눈에서 훔친 눈물을 자신의 입가로 가져갔다. 붉은 혀가 손가락의 끝을 핥는다. 그러더니 녀석이 픽 작은 미소를 지었다.

"짜군."

그럼 그게 달겠냐.

저건 꼭 한 마디를 더 해서 욕을 얻어먹어. 진짜 내가 살려 줘서 이번 한 번만은 참는다.

"아기마다 다르오나 평균적으로 유아기 때의 기억은 자라서는 잊는다고 합니다. 그래도 무의식중에 남아 영향을 끼친다고…….”
 세르이라의 대답을 들고 카이텔은 아무 말도 없었다. 그저 알 수 없는 눈동자로 내 눈동자만 응시할 뿐.
 나는 그 눈동자를 같이 응시하며 조용히 신음을 삼켰다.
 이제 알겠다. 저 눈동자에 항상 어린 살기나 적의의 정체가 뭔지. 그건 평생 그렇게 살아오면서 남은 잔상이었다. 짧은 시간이었지만, 카이텔이 칼을 뽑아 들고 망설임 없이 내리그었을 때의 눈빛을 나는 기억했다. 그건…….
 뭐랄까, 설명이 불가능한 눈동자.
 그래도 적어도 지금의 저 눈동자는 아니었다.
 "영향이라."
 영향이 뭐?
 뒤이어 나올 말을 숨죽여 기다리는데, 그냥 그 말이 끝이었다. 아오, 저 자식, 그럴 거면 말을 꺼내서 나를 설레게 하지 말던가! 괜히 설레서 손해 봤네.
 투덜투덜 입술을 삐죽이며 손가락을 쥐락펴락하는데, 그 순간 황궁의 근위대가 방 안에 들어왔다.
 와, 기사다.
 근위대를 보는 건 처음이었다. 그리고 근위대장 역시. 그 가운데서 가장 앞서서 들어오는 것은 은색의 갑옷을 입은 한 기사. 아, 아저씨, 아저씨가 근위대장이시군요. 몸에서 나는 광채부터 급이 다르네요. 좋아. 제 점수는요…….
 "폐하."
 근위대장은 애써 무표정으로 가장하고 있었지만, 곧 죽은 것 같은 얼굴이었다. 그가 무릎을 꿇고, 기사의 예를 다하며 카이텔의 말을 순순히 기다린다.

나는 카이텔을 돌아보았다. 멀뚱히 근위대장이 들어와 한쪽 무릎을 꿇는 것을 지켜보다 카이텔은 재미있는 것을 본다는 듯한 눈동자로 진한 미소를 지었다.

또 왜 저래?

나는 괜히 무서웠다.

"내 방에."

카이텔이 집어 든 유리잔 속에서 얼음이 부딪히는 소리가 들린다. 달그락 달그락, 청량한 얼음 소리만이 작게 울린다. 그건 굉장히 귀를 시원하게 해 주는 소리였다.

"손님이 오셨다."

아, 저 소리 때문인지 괜히 목이 마른다. 일단 너무 울어서 목이 마르기는 한데. 나는 작게 유모에게 칭얼거렸다.

물, 물!

저 시원한 소리를 들으니 갈증이 더 심해지는 기분이었다.

"내가 부른 적 없는 손님이 말이지."

그 순간 카이텔의 날카로운 시선이 정확히 근위대장에게 꽂혔다. 근위대장의 몸이 잠시 떨린다. 그 모습을 지켜보는 카이텔의 눈동자는 한층 더 어둡게 가라앉아 있었다. 입가에 걸린 진하고 비릿한 미소가 응시하는 사람의 숨을 더 막히게 한다.

미모는 여전히 빛이 나는데, 어쩐지 건드리고 싶은 기분이 들게 하진 않는다. 불나방이 아니라면 누가 저 검게 타는 불빛에 달려들까. 항상 눈이 아플 정도로 붉던 진홍빛은, 이제 검은 눈동자로 비추어질 정도였다. 저도 모르게 숨을 죽인다.

그래, 그것은 내가 생전 처음 보는 그의 분노였다.

"죽을죄를 지었습니다! 다 소신의 불찰이옵니다."

무섭다. 지금은 아까와는 다른 의미로 무서웠다. 아까는 죽을 것 같아서 무서웠는데, 지금은 교장선생님한테 불려와 혼나는 분위기라 무섭다.

난 잘못한 것도 없는데, 왜 이리 무서운 거지?

다 울고 나니까 상태가 많이 호전되어, 나는 이제 훌쩍이지도 않았다. 그저 눈이 따가워 비비려고만 할 뿐. 그 손이 매번 세르이라에게 저지당하며, 나는 불만스레 칭얼거렸다.

눈 따가워!

내 칭얼거리는 소리에 순간 카이텔의 표정이 풀어진다. 그러나 너무 순간이라 그 자리의 다른 누구도 그 사실을 알아차리지 못했다. 손에 든 와인으로 한 모금 목을 축이고, 카이텔은 그 유리잔을 다시 테이블 위에 올려놨다. 그리고 아찔할 정도로 느린 걸음을 옮긴다. 근위대장의 바로 코앞에서 겨우 그 발걸음이 멈췄다.

"사흘."

오만한 목소리가 차갑게 떨어진다. 근위대장은 더 깊게 머리를 숙였다.

"누가 보낸 놈들인지 알아내라."

스르릉.

그 순간 차가운 검날의 소음이 고막을 매섭게 때린다. 근위대장이 소지하고 있던 칼이 카이텔에게 뽑혀 화려한 샹들리에의 불빛에 반사되어 빛났다. 그 검을 가볍게 장난감 다루듯 휘두르다 이 내 자신의 근위대장을 내려다보았다.

서걱하는 작은 소음이 울린다. 소리가 너무 가늘고 날카로워 괜히 듣는 내가 인상을 찌푸렸다.

으앙, 싫어. 저런 소리.

다행히 잘린 것은 옷에 있던 소매. 그러나 길고 하얗게 빛나는 검이 근위대장의 목에 겨누어졌다.

"알아내지 못한다면 네 목숨은 없다."

목에 짧게 남긴 상흔은 곧 하얗게 그어진 붉은 줄로 화했다. 붉은 줄에서 풍기는 낯선 피비린내가 아까의 짙고 아득한 피비린내를 떠오르게 만든다.

근위대장은 고개를 한 번 푹 숙였다.

"예, 폐하."

그리고 일어서서 카이텔이 건네주는 칼을 두 손으로 공손히 받는다. 근위대장이 나가건 말건, 그 이후로는 관심 없다는 듯 카이텔은 바로 몸을 돌렸다. 그리고 이쪽을 보더니 나를 안고 서 있는 세르이라에게로 다가왔다.

망설임 없이 두 손을 내민다. 명백한 몸짓. 나를 내어 달라는 명령 아닌 명령이었다.

아빠, 우리 이렇게 친한 사이 아니잖아요. 왜 갑자기 친한 척이세요.

한마디 해 주고 싶었으나 목이 따가워서 말도 나오지 않았다. 세르이라는 나를 건네주기 싫은 눈치였지만 상대가 상대인지라 결국엔 나를 넘겨주었다.

흑흑, 비굴한 세르이라, 너무해!

나를 받아 들자, 금세 또 얼굴이 바뀐다. 나는 부은 눈으로 그의 눈동자를 바라보았다. 아까 검게 보이던 눈동자는 다시 붉은색으로 돌아와 나를 깨끗하게 비추었다.

피식, 그 순간 녀석이 웃는다.

응? 왜 웃는 거지?

"당분간 아리아드나는 내가 데리고 자겠다."

어……. 네?

방금 내가 뭘 들은 건가 멍하니 올려보다가 이내 두 눈을 재빠르게 깜빡였다. 응? 방금 너 뭐라고?!

"가서 준비하라."

같이 자겠다니!

내가 충격과 공포에 물들어 아무 말도 하지 못할 때, 세르이라가 고개를 숙였다.

"예, 폐하."

카이텔의 침실은 생각보다 수수했다. 그래, 돈지랄의 극치를 볼 수 있을 거라 생각했는데, 의외로 검소한 풍경이 내 눈앞에 펼쳐져서 제법 놀랐다.

뭐야, 폭군은 전부 사치의 제왕 아니었나요? 황제라면서 돈지랄도 안 하고 우리 아빠……, 흠.

뭐, 그런다고 카이텔을 바라보는 내 시선이 갑자기 확 바뀌거나 그러진 않았다, 썩을. 역시 현실은 시궁창.

"공주님을 놓고 나오시면 됩니다."

솔레이 궁을 총괄하는 시녀장의 목소리가 들린다. 따지고 보면 원래 그녀가 궁정에서의 직책은 세르이라보다 더 높았으나, 신분의 차가 있기에 존대하는 듯했다.

세르이라는 나를 안고 아주 조심스러운 발걸음으로 방 안에 들어섰다. 그래 봤자 남의 침실에 들어온 것밖에 안 되는데, 도둑고양이도 아니고 왜 이리 긴장한담. 하긴 그 남이 황제였지, 참.

근데 그놈의 황제 어차피 매일 보잖아.

한심한 마음보단 짜증이 더 먼저 밀려온다. 내가 어쩌다가! 내가 왜! 대체 어쩌다 이지경이 되었나? 이젠 낮에 시달리는 것도 부족해서 밤에도 시달려야 하나?! 내 편안한 잠자리는 대체 누가 보장해 주는 거야! 나에게도 잠을 편하게 잘 권리가 있다고!

썩을 놈의 세상! 이 세상은 망했어! 아빠가 나한테 똥을 줬어!

"자, 우리 공주님."

내가 품에 안겨서 버둥거리자, 세르이라의 부드러운 손이 내 등을 쓸어 준다. 나는 그래도 싫었다.

싫어, 엉엉엉. 어른들 뜻대로만 돌아가는 더러운 세상!

적당히 비싼 가격의 장식품들이 전체적으로 허전하지 않게 시야의 빈자리를 메우고, 내 방보다 다섯 배는 넓은 침실에 한 성인 남자 네 명이 같이 잘 수 있을 것 같은 크기의 침대가 가장 큰 존재감을 내뿜었다.

내 자리는 바로 그 침대 옆 적당히 큰 요람이었다. 내 방에 있는 요람을 가져온 건 줄 알았는데, 그 아이는 처음 보는 요람이었다.

안녕하세요, 저는 아리아드나라고 해요. 넌 누구?

"자, 공주님, 오늘은 여기서 주무실 거예요."

안 자면 안 돼?

웅얼웅얼 입술을 오므리며 울상으로 물끄러미 올려다본다. 세르이라는 어쩌지 못하고 그저 한숨만 내쉬었다.

그래, 엄마. ······엄마가 권력이 없구나? 그래서 나를 보내야만 하다니.

그런데 우리 왜 꼭 내가 돈 받고 팔려 가는 딸과 그 엄마 같지? 갑자기 춘향이가 생각난다. 어허, 내 수청을 들거라. 소녀, 싫사옵니다! 어허, 들래도. 닥쳐. 싫다잖아! 그녀는 반항을 시도했다. 그리고 세상은 멸망했다.

"······."

난 글을 쓰면 안 될 것 같아.

어쩌 생각하는 스토리가 죄다 끝이 엿이야. 괜히 찜찜한 기분에 인상을 찌푸리니, 나를 요람에 놓아둔 세르이라가 내 이마에 키스하며 작게 속삭인다. 그건 일종의 기도문이었다.

"어무아ㅡ."

"괜찮아요. 우리 공주님은 순하시니까, 분명 잘 주무실 거예요."

내가 순한지 예민한지 네가 어떻게 알아. 잠자리가 바뀌는 건 문제가 다르다고! 이건 아주 중요하고 소중한 문제란 말이야! 내 잠잘 권리는 대체! 어디서! 보장받냐고! 분명 그 망할 아빠가 날 밤새 괴롭힐 거야. 분명 그럴 거야, 엉엉.

"유모님."

"아, 갑니다."

그러나 세르이라는 무서운 시녀장님의 소환 명령에 그대로 방을 나가 버렸다. 고작 내 손에 작은 인형 하나 쥐어 주고, 썩을.

이 섬세하고 사랑스런 어린 아가를 혼자 남겨 두다니.

인간들이 배려가 없어요. 배려가 죽었어요, 배려가.

"하오헤호오!"

요람에서 보는 방이 평소의 다섯 배나 크다. 너무 커서 도리어 무서웠다. 일단 처음 보는 방일 뿐더러, 앉아 있는 것밖에 하지 못한다는 게 그 공포의 핵심이다. 차라리 걷거나 뛰거나 하다못해 길 수만이라도 있다면 어떻게든 해 보겠…….

아, 그러면 해 보다가 잡혀가겠구나, 썩을.

"마해쪄여."

안전 가드에 뺨을 기대며 나는 그냥 방 구경이나 했다. 마음 편하게.

그래, 산은 산이오. 물은 물이다.

뭐, 첫인상과 똑같이 일단 돈지랄이라는 생각이 들 만큼 덕지덕지 금은보화를 처바른 방은 아니었다. 그런데 그렇다고 황제의 품격이 떨어질 정도로 수수한 침실이냐 하면 그건 또 아니다.

뭐랄까? 적당히 화려하고 적당히 고풍스럽고 적당히 우아했다고 해야 하나? 특히 섬세한 문양이 양각되어 있으면서도 적절히 어우러지는 티 테이블, 싱글 소파, 그리고 한쪽 벽을 차지한 난로의 생김새, 그 위에 걸린 태피스트리까지. 딱히 흠 잡을 데가 없는 완벽한 조화였다. 썩을.

"안 자고 있는 건가?"

이 목소리가 익숙하다는 사실이 너무 싫다. 나는 안전 가드에 기대었던 고개를 들었다.

"안 자는군."

그건 질문이 아니라 확신이었다.

어느새 가까이 다가온 카이텔이 내 코앞에 자신의 얼굴을 들이민다. 나는 순간 숨이 멎을 뻔했다.
까, 깜짝이야!
아니, 그건 둘째 치고, 이 자식 오늘따라 왜 이래?
나는 슬금슬금 우리 애비를 피했다. 이 세상에서 하나밖에 없는 내 아버지가 유난히 미모가 돋는다는 사실은 나도 아주 잘 알고 있다. 어디 미남대회 나가면 만장일치로 1등 먹을 만한 미모라는 것도 알고 있는데, 그런데, 그런데!
"왜 그러지?"
낮게 내뱉는 목소리가 유혹적이다. 나는 순간 몸에 소름이 돋았다. 오메, 이게 뭐란 말인가. 애비야, 이러지 마라, 애비야!
우린 안 되는 사이다, 애비야!
손을 뻗어 나를 안아 드는 손길을 결국 막지 못했다.
아오.
결국 입술을 앙다물고 마주치기 싫은 카이텔의 눈동자를 향해 고개를 돌린다. 목에서 소음이라도 날 정도로 기계적인 움직임이었다.
막 씻고 나온 듯 아직 은적색의 머리카락 끝에 제대로 털지 못한 물방울이 맺혀 있다. 물기 어린 머리카락이라니. 막 씻고 나와 싱그러운 향기가 코를 자극한다. 나는 죽고 싶었다.
으어엉!
물론 로망이긴 하다. 그래, 그건 남자의 로망임과 동시에 여자의 로망이기도 하다고! 그런데 이건 아니지! 그래도 이건 아니지!
이 남자는 내 아빠잖아!! 망할!! 왜! 미남이! 눈앞에 있는데! 꼬시지를 못해!

"어디 아픈 건가?"

아플 리가 없다. 아니, 마음이 아프다.

하느님, 저놈은 왜 대체 저런 미모를 지니고 태어난 건가요?

아이야, 그건 나도 모른단다.

그 미모 한 푼만 줍쇼.

"괴물 같군."

……이것도 익숙해지면 울컥하지 않는 거였구나.

내 부은 눈을 쓰다듬으며 지껄이는 말이 예술이라서 뭐라고 한마디 해주고 싶은데, 드디어 내가 득도를 한 모양이었다. 와, 이게 서럽지 않다니.

"벌써부터 암살 시도라니, 생각보다 느리다고 해야 하나 빨랐다고 해야 하나."

응? 그럼 애비야, 너는 이미 그런 암살자가 나한테 올 거라는 걸 알고 있었다는 거니. 그러면서 날 혼자 둔 거라고?

……너님, 죽고 싶나요.

"어찌 되었든, 내 따님은 곤란하게 되었구나."

그게 왜 곤란에서 끝나는 건지 모르겠다. 이건 내 목숨이 달린 일이라고! 그렇게 쉽게 말하지 마, 젠장. 괜히 심란한 내가 바보 같잖아, 엉엉.

그러나 고개를 숙이자마자 시선이 딸려 오는 바람에 고개도 돌리지 못했다.

아, 고개도 맘대로 돌릴 수 없는 슬픈 운명.

두 개의 선홍색의 눈동자가 허공에서 마주친다. 얽히고설키는 시선, 눈빛, 감정.

그리고 남은 것은 아무것도 없었다. 그 아무것도.

이런 침묵은 불편하다. 특히 이런 얼굴의 카이텔은 조금, 조금 버겁다. 그래, 버거웠다.

너무 단단해. 이제 서로가 서로에게 익숙해졌다고는 생각하는데, 여전히 우리의 거리는 멀었다. 멀다. 턱없이. 그 거리감이 주는 괴리와 위화감이 내 숨통을 서서히 조였다.

이런 얼굴을 내게만 보여 준다는 건 나도 잘 알고 있다. 그건 내가 딸이라서라기보다는 내가 기억할 리가 없으니까―에 가까운 것이라는 사실 또한 아주 잘 알고 있다.

그것은 벽. 다른 존재가 그에게 다가가는 것을 원천적으로 봉쇄하는 커다란 요새였다. 단단하다. 그리고 두터웠다.

손을 뻗는다. 짧은 팔이 금세 목적지에 도착했다.

카이텔은 내 작은 손이 제 뺨을 쥐는 걸 거부하지 않았다. 그러나 받아들이지도 않는다. 그저 내버려 두고 있었다. 어떻게 하나, 살펴보는 관찰자처럼.

부드럽다.

짧은 호흡과 손끝에 닿는 피부의 촉감은 유난히 생생하게 와 닿았다. 그도 살아 있는 생명체라는 걸 이런 때에만 느낀다.

그 외엔 인간이라기보다 하나의 절대자.

그래, 그런 느낌에 가까운 인간이라 더 그런 걸지도 몰랐다.

왜 이렇게 꼬인 걸까? 너도 처음부터 그런 인간은 아니었을 텐데.

가끔은 궁금하다. 그의 과거가, 그의 삶이, 그의 머릿속이.
그러나…… 거기까지.
그 이상은 안 된다. 그 이상은, 나의 자리가 아니었다.
"머쩌이."
침묵을 깨는 것은 여전히 내 목소리. 카이텔은 조용히 내 눈동자에 대고 미간을 찌푸렸다.
"뭐라는 거지?"
너 멍청이라고, 너.
"아따!"
아직 파파라고 불러 주긴 싫었다. 오늘 이놈이 내 아빠라는 걸 인정했다고 해도 나를 제멋대로 여기에 재우는 일이 괘씸해 그렇게 불러 주기 싫다.
내가 두 팔을 흔들며 활짝 웃자 카이텔의 입가에도 작은 미소가 스며들었다.
"말이 많이 늘었군."
어느새 조용히 방에 들어온 시녀가 마지막 잠자리를 봐 준다. 침대 옆 작은 테이블에 놓인 것은 얼음과 붉은 와인. 그것을 들고 온 건 아까 보았던 그 시녀장이었다.
"아기는 요람에서만 재워야 하나?"
고개조차 돌리지 않은 질문이 용케도 자신에게 묻는 것이라는 사실을 알아차린다. 시녀장은 공손히 손을 말아 쥐고 고개를 숙였다.
"침대에서 떨어지지만 않는다면 침대에서 재우셔도 무방합니다, 폐하."
"그런가?"

"단지 아기를 몸으로 누르는 불상사는 주의하셔야 할 것으로 아뢰옵니다."

말없이 그저 그의 시선이 나에게로 향한다. 그리고 이내 입가에 지어진 것은 미소. 아니, 미소 같은 조소였다.

"데리고 놀다 재워 주고 싶군."

가지고 놀다 자는 거겠지.

근데 뭔가 불안하다. 설마, 설마! 내가 압사당해서 죽는 건 아니겠지? 그것도 우리 아버지한테 압사당해서 죽는 건 더더욱 아니겠지?

에이, 설마 압사라니.

그럴 바엔 암살당해 죽는 게 더 낫다. 천하에 압사라니!

"좋은 꿈꾸렴."

나를 제 옆에 눕히는 카이텔을 보며 나는 입술을 오므렸다. 애비야, 소중히 대해 줘라. 나는 아직 아가니라.

내 이마에 차가운 입술이 닿는다. 나는 여전히 불안불안했다.

아, 설마 그 좋은 꿈이 악몽은 아니겠지.

* * *

5개월이 지나가던 어느 순간부터 이상하게 밤에 깨는 일이 늘었다. 점점 잦아지는 새벽 기상 때문에 부쩍 짜증이 늘었다.

아, 또 일어났어.

원래 깨면 다시 잠이 솔솔 와야 하거늘. 잠이 오지도 않는다.

아, 나.

문득 떠진 눈동자가 침대의 천장을 응시한다. 어둠에 익숙한 눈동자가 천장에 아로새겨진 무늬를 구경했다. 황도 12궁. 그 비슷한 문양이었다. 아니면 말고.

아, 열난다. 몸살이라도 있는 건가.

몸의 온도가 제 자신이 느끼기에도 심하게 올라갔다. 울고 싶은데, 울 기운이 없다, 엉엉. 괜히 손가락만 오물오물 물며 좌우로 몸을 뒤트니 옆에서 무언가가 딱딱한 게 걸리적거렸다.

이건 뭐야?

고개를 드니 하필이면 카이텔의 얼굴이 바로 코앞에 있었다.

"흐에!"

뭐냐, 이거. 왜 이 인간이 여기에……

그제야 미련하게 깨닫는다.

아, 맞다. 여기 카이텔 침실이었구나.

자신의 바보스러움을 속으로 욕 한번 해 주고, 나는 슬금슬금 자리를 옮겼다.

압사당하고 싶지 않아.

그나저나 흐응, 누구 아빠인지 참 잘생겼다.

순간 열이 오르는 것도 잊고, 나는 물지 않은 다른 쪽 손을 뻗어 그의 이마에 흐트러진 앞머리를 넘겼다. 그리고 유려하게 뻗은 속눈썹을 남몰래 살짝 건드려 보며 괜히 입술을 삐죽인다. 그 와중에도 얼굴 구경할 여유는 남아 있는 모양이었다.

잠이 든 카이텔의 얼굴은 또 다르다. 자고 있을 땐 누구나 순해 보인다고 하던데, 정말 순하다.

자고 있는 카이텔의 얼굴은 제법 잔잔한 충격이었다. 처음 봤지만 처음 보는 것 같지 않은 얼굴이다. 마치 아직 어린 소년 같다. 그걸 보니 또 마음이 찡했다.

그래, 그의 나이 이제 스물여섯이다. 대한민국 기준으로 따지면 이제 막 군대 제대하고 대학 졸업하고 취업 준비를 할 나이였다. 빠른 사람이라면 애 아빠도 가능하다지만, 보통의 평범한 남자들은 아직 독립을 준비하는 애란 소리였다.

그렇게 생각하니 마음이 좀 풀어진다. 완벽히 이 세계에도 적용할 수는 없겠지만 눈앞의 카이텔도 그런 나이대의 사내였다.

"요에해 두께."

그래, 용서해 줄게.

그동안 그렇게 무심하게 말한 것도, 나에게 서툴던 것들도 이 넓은 마음으로 까짓것 한 번 용서해 주마. 내 나이 스물다섯이었지만 나 역시 아이에 대해선 눈곱만큼도 몰랐고, 아이를 돌보라고 하면 카이텔 못지않게 서툴게 분명했으니까. 그래, 아이에게 서툰 것도 그런 식으로 생각하니 이해된다.

나도 초보 아가지만 그도 초보 아빠였다. 아기라는 생물을 처음 대하는데, 어떻게 대하는지 알 리가 있나. 그동안 봐 온 태도만으로도 그가 아이에 대한 관심은 내 손톱만큼도 없다는 걸 나는 아주 잘 알고 있었다.

그런 인간이 제 아이를 낳았으니 오죽하겠냐만.

"머쩌이."

언젠가 세르이라가 내게 했던 말을 기억한다.

나에겐 이 남자밖에 없다는 그 말. 처음엔 그게 무슨 소리인가

했다. 이젠 좀 알 것 같다. 정말 이 남자밖에 없구나.

"파파."

잠든 카이텔의 손을 찾아 꼭 쥔다. 굳은살이 박인 그의 거친 손에 비하면 내 손은 한없이 작고 여렸다. 그래서 처량맞다. 그래도 손에서 느껴지는 까끌까끌한 감촉이 싫지만은 않다.

진짜 아빠구나.

나는 작은 한숨을 내쉬었다. 특별히 무언가를 더하지 않아도 그 사실 하나만으로 충분하다. 아빠라는 그 사실 하나.

새삼 깨닫는다. 이런 게 부모 자식이라는 건가. 성격이 싫어도, 말투가 싫어도, 외모가 싫어도, 심지어 사고방식마저 싫어도 아빠는 아빠다. 내가 싫다고 해서 변하는 게 아닌, 그런 것. 그리고 그건 자식 역시 마찬가지였다. 싫다고 팔거나 바꿀 수 있는 게 아니잖아.

내가 적응해야지 어쩌겠어? 내가, 감수해야지.

하지만 내가 이렇게 마음먹은 이상, 카이텔, 당신 역시 각오해야 할 거다. 나는 결코 순순한 딸이 아니니까. 만만히 보다간 오히려 다칠걸?

알았니, 애비야?

"여전히 죽은 듯이 자는군."

어?

"자는 게 아니라 죽은 건가?"

순간 들린 목소리에 저도 모르게 숨을 멈췄다.

이 목소리는······.

놀란 가슴을 조용히 들썩이며, 나는 허공으로 시선을 옮겼다. 온통 까만 방 안만이 시선에 들어온다. 그러나 그 방 안에서도 유독 까만색의 인영. 아니, 그건 사람이었다.

서, 설마 또 밤손님이냐!

"응?"

그쪽 역시 날 발견한 모양이었다. 나는 순간 숨을 죽였다.

근데 사람의 눈동자가 저렇게 어둠 속에서도 빛날 수 있는 것이었나? 아니, 그건 인간의 눈동자는 아니었다. 그렇다고 고양이처럼 동공이 세워진 눈동자냐. 그런 것도 아닌 듯했다.

신기했다. 아니, 신기함을 넘어서 무서웠다.

"오호?"

내가 숨을 죽이자, 그 검은 인영이 내 쪽으로 다가온다. 나는 내가 먼저 잡은 애비의 손을 꼭 잡았다.

애비야, 인나거라, 애비야! 애비야! 지금 위기 상황이다! 네 딸내미 다 죽게 생겼다, 애비야! 아빠!!

"내가 보이는 건가?"

나무관세음보살…….

마치 야밤에 몰래 컴퓨터 하다가 엄마한테 딱 들킨 기분이다. 아니면 밤에 뭐 먹으려고 부엌에 침입했다가 딱 걸린 기분. 이 찌릿찌릿하고 스릴 넘치는 기분을 어찌 설명해 낼 수 있을까? 나는 그저 속으로 흐느꼈다, 흑흑.

난 이제 죽은 건가. 밤손님이 또 찾아오다니. 애비가 있는데 또 죽게 생겼다니.

그래요. 내 인생은 망했어요. 그래, 망했다고! 이렇게 확인 사살하지 않아도 망한 거 나도 이미 알고 있단 말이야!

"아닌가?"

뭐야, 귀신이라도 되나.

"어라?"

어라는 뭔 놈의 어라. 저놈 갑자기 왜 그래?

그러나 얼굴도 보이지 않는 밤손님은 그대로 팔짱을 끼더니 턱부터 괴었다. 그리고 신기하다는 목소리로 감탄했다.

"말도 하네."

쟤는 지금 누구랑 말을 하고 있는 거지? 혹시 미친놈?

밤손님은 일단 아닌 거 같고, 그럼 귀신 아니면 미친놈인데, 미친놈이 야밤에 황제의 침실에 침입할 리는 없으니 귀신인 건가.

그런 건가.

나는 지금 날 죽이러 온 밤손님을 보고 있는 게 아니라 귀신을 보고 있는 건가!

순간이었다. 그의 눈동자에 이채가 어린 것은.

"진짜 내가 보이는구나, 너."

확 다가온 눈동자에 진심으로 놀라 까무러쳤다. 꽤에에에엑.

애비야, 살려다오! 네 딸이 놀라서 죽게 생겼다!

"……이것도 말인가?"

근데 너 대체 누구랑 말하는 거냐고!

"응? 너랑 말하고 있잖아."

그러니까 누구……. 응? 나?

순간 깜짝 놀라 숨을 삼킨다. 그리고 그대로 놀란 표정으로 녀석을 올려다보았다. 그 녀석은 보이지도 않는 얼굴에 소리 없는 미소를 짓고 내 쪽으로 다가왔다.

너, 너, 너너너, 너 누구야!

"응? 나?"

진짜 말이 통한다. 나는 지금 저 자식이 내 말을 알아듣는다는 사실에 놀라야 하는 건지, 아니면 저 자식이 귀신이 아니라는 사실에 놀라야 하는 건지 감을 잡지 못했다.

"그걸 알아서 뭐하게. 찜이라도 쪄 먹게?"

뭐래?

저거 헛소리가 예술이네.

내가 순간 표정이 굳자, 다가오던 녀석이 갑자기 배를 잡고 웃기 시작한다. 나는 그 미친 웃음소리에 내 옆에서 자는 카이텔이 깨어나지 않는 게 도리어 신기했다.

애비야, 너는 참 귀가 어둡구나.

"아, 뭐야. 카이텔 딸이었네. 그런데 여긴 왜 있는 거지?"

나를 알고 있다는 사실이 새삼 의아하다. 대체 누구지?

그런데 의외로 익숙해 그것이 더 불안했다. 나는 얼굴을 찌푸렸다.

네가 알아서 뭐하게?

"이런, 고새 삐진 건가."

내 옆에 다가온 녀석이 침대에 걸터앉는다. 그리고 그 손을 뻗어 내 뺨을 쓰다듬었다. 큼지막한 손답지 않게 부드럽고 자상한 감촉이었다. 그래도 소름 돋는다.

저리 치우지 못하겠니.

"제법 귀엽구나."

누가? 내가?

그래, 내가 한 귀염 하지. 내 귀여움은 이 행성을 정복할 수 있을 정도인걸. 나의 야망은 내 귀여움으로 전 우주를 정복하는 것⋯⋯ 일 리가 없지!

내 자신의 한심함에 내가 혀를 차는데, 그 순간 낮게 웃던 녀석의 웃음소리가 멈췄다. 그리고 어둠 속에서 푸르게 빛나는 눈동자가 서늘하게 빛을 발한다.

"그런데 인간의 아이야, 나는 어떻게 볼 수 있는 거지?"

* * *

벌써 계절이 바뀐다.

나는 조금 난감한 표정으로 창밖을 바라보았다. 울긋불긋 여러 색깔의 옷을 갈아입은 나뭇잎들이 하나둘 밑으로 떨어진다.

으아, 청소하느라 힘들겠다. 아, 이게 아니지.

가을이 오고 있었다. 젠장, 감상에 빠져 보려고 해도 이놈의 성격 때문에 안 되네.

"자, 공주님, 아."

세르이라가 주는 이유식은 내가 8개월에 접어들자 조금 바뀌어 있었다. 물론 우유도 여전히 먹고 있지만 마치 국과 밥을 동시에 먹는 것처럼 내겐 우유와 이유식이 같이 대령되었다.

오늘은 으깬 단호박이네.

"맘마, 마, 마마."

"자, 옳지. 그래요. 맛있어요?"

"마이쪄!"

어눌한 발음으로 열심히 따라 하자 세르이라가 환하게 웃는다. 그래, 나는 이제 곧잘 인간의 말 비스무리한 걸 할 수 있게 되었다. 그래 봤자 발음이 새서 제대로 말을 못하는 게 슬펐지만.

왜 입이 있는데 말을 하지 못할까.

이건 다 나의 재능을 시기한 하늘의 방해가 틀림없어— 는 개뿔. 원래 이런 거겠지, 하.

"까꿍!"

입에서 단맛을 내는 호박이나 어물어물 씹어 넘기는데, 밑에서 잠복해 있던 일린이 튀어나왔다. 생각 같아선 한심한 눈초리로 노려봐 주고 싶었는데.

그래, 날 위해 그러는 거니 웃어 줄게. 자, 옛다. 내 웃음.

"어머, 공주님이 좋아하세요."

앉아서 내 침대 안전 가드에 턱만 걸친 일린이 해맑게 웃는다.

야, 이건 내가 좋아하는 게 아니라 널 위해 좋아해 주는 거야. 알았냐?

근데 참 이건 내가 애새끼인지 쟤가 애새끼인지 진짜 구별이 안 간다.

됐고, 밥이나 먹을래, 냠냠. 단호박 맛있어, 엉엉.

수군거리는 시녀들 말에 따르면 나는 키우는 재미가 쏠쏠한 아기였다. 하긴 그 말이 맞긴 하다. 나라도 이렇게 말 잘 듣고 안 울고 보채지 않는 아기만 있으면 당장 데려다 키울 거야.

게다가 난 예쁘기까지 하잖아?

하, 나의 이 천부적인 사랑스러움이란.

"키도 많이 자라고, 몸무게도 좋아요. 우리 공주님, 힘내서 자라고 계시네요."

손수건으로 내 입을 닦아 주고 세르이라가 환하게 웃는다.

처음 만났을 때 그녀의 얼굴에 짙게 드리웠던 그늘은 어느새 흔적을 찾아볼 수 없을 정도로 희미해졌다. 아직은 불안을 느낄 시기라 한 달에 한 번밖에 만나러 가지 못하지만, 이제 내가 세르이라가 없어도 되는 시기가 오면 제 아들을 더 많이 보러 갈 수 있을 거란다.

그 소리를 들으니 더 힘내서 자라려고 노력하고 싶어도— 이게 내 맘 대로는 되는 건 아니라. 아씨, 우울하네.

"그 잠시에도 표정이 수백 번은 바뀌는군."

아, 나, 너 또 왔니?

나는 짜증을 내며 고개를 돌렸다. 세르이라와 일린은 내 밥을 치우느라 이쪽에 신경 쓰지 않아서 나는 마음껏 아무도 안 보인다는 녀석을 노려볼 수 있었다.

"좀 섭섭한데. 그래도 내가 반갑잖아?"

웃기시네. 저게 어디서 약을 팔아.

한껏 아니꼬운 마음을 담아 노려보니까 녀석이 또 목을 젖혀 가며 웃는다.

아, 저 미친놈.

어디서 미친놈이랑 노는 놈 아니랄까 봐 똑같이 미쳐 있다. 물론 지 스스로는 자신이 정상인이라고 우기고 있다지만…….

원래 미친놈은 제 스스로를 미쳤다 하지 않는 법이었다, 쯧쯧.

"서운해. 나에 대한 사랑이 식었구나!"

꺼져라. 내 눈앞에 그 이상한 얼굴 들이밀지 마.

정색을 하며 상체를 뒤로 빼니, 녀석이 다가왔다. 금세 요람 앞까지 다가온 녀석이 바로 눈앞에서 생글생글 웃었다.

"에이, 대화 통하는 거 나밖에 없다며. 그래서 좋다고 한 게 어디의 누구더라."

됐고, 너 같은 미친놈하곤 대화를 하고 싶지 않다고! 꺼져!

아오, 화병 나. 어쩌다 저런 미친놈과 엮이게 되었는가?!

나는 2개월 전 그날 밤에 잠을 깬 나 자신을 원망했다. 그래, 이건 다 이 때문이야! 아래쪽에 자그맣게 뽀족 튀어나온 이를 원망하며, 나는 얼굴을 찡그렸다. 이가 나는 것 때문에 밤에 자주 깬 건데, 하필 깨도 저런 놈 앞에서 깨서, 아오.

그때 옳다구나 좋아하지 말았어야 했어. 그랬어야 했어, 엉엉.

녀석은 내가 광적으로 지를 싫어하는 것에 별로 상처받지 않았다. 오히려 미친놈다운 정신력으로 내 속을 뒤집어 놓곤 했다. 그리고 그건 지금도 마찬가지였다.

"튕기는 것도 매력 있네, 우리 공주님."

아오! 너 꺼지라고!! 너!! 너 말이야, 너!!

악에 받쳐 외치는 내 목소리 따윈 껌 씹는 것처럼 가볍게 씹는다. 저 개새끼.

"싫은데?"

나가 뒈져라. 그냥 뒈지지 말고 넘어져서 뒈져, 엉엉.

내 폭언에도 아랑곳하지 않고, 드란스테는 내 바로 코앞까지 다가와 내 머리를 쓰다듬었다. 카이텔이 쓰다듬는 거랑은 조금 다른 손길이었다. 뭐랄까, 카이텔은 애완동물을 쓰다듬는 느낌이라면 눈앞의 이 새끼는 애완동물을 달래는 느낌이랄까.
아, 나. 차이점이 뭐야, 차이점이!
"그치만 신기한걸. 카이텔도 이 상태인 나를 보는 건 못하거든."
그렇게 말하는 드란스테는 드물게 진심이었다. 나는 녀석을 아니꼬운 표정으로 올려다보았다. 희미하게 푸른빛으로 빛나는 서늘한 눈동자는 낮에 봐도 기묘하다. 녀석은 확실히 인간은 아니었다.
"너도 신기하다며. 나와 대화가 통하는 게."
아, 그건 그래. 하지만 그렇다고 너한테 괴롭힘을 당할 정도로 신기하진 않아!
나는 못을 박았다. 하지만 내 못을 녀석은 귓등으로 흘려듣는다.
아오, 저 개새끼, 엉엉.
그러니까 뭐라냐. 이건 텔레파시라고 한다, 일종의.
그래, 설명하기 귀찮다는 식으로 대충 말하는 녀석의 입을 한 대 쳐 주고 싶었지만 어쨌든 들어 보니까 그런 종류의 언어였다.
그러니까 한마디로, 나는 말을 내 주변에다 흩뿌려 대는 중이었고, 녀석은 그걸 주워들었을 뿐이란다. 우리 아빠나 세르이라가 못 듣는 건 걔네는 완벽한 인간이라서 코드가 안 맞아서 듣지 못한다고 한다. 접근 권한이 없다나?
아, 됐고. 너도 이제 필요 없으니까, 가라. 응?
내 마음을 좀 읽어 봐!
"아쉽게도 나한테 그런 능력은 없어."
방긋 웃으며 드란스테가 얄밉게 대꾸한다. 나는 그 얼굴을 한 번 꼬집어 보고 싶었다. 진짜 악의를 듬뿍 듬뿍 담아서!

"이런 나한테도 한계라는 건 있어서 말이지."

아오, 재수 없어.

자신만만한 저 미소가 어찌나 재수 털리는지. 생각 같아선 아빠한테 부탁해서 패 달라고 하고 싶었다.

엉엉, 애비야, 네 딸이 괴롭힘을 당하고 있다고!

그러고 보니 언젠가 들어 본 익숙한 목소리다 했다. 그래, 언젠가 들었던 게 맞았다. 내가 한 3개월이었을 때? 그래, 야밤에 우리 아빠란 놈이 내 방을 침범했던 그때, 같이 대동하고 왔던 녀석이었다.

아, 그때 이 녀석을 정상인이라 생각한 과거의 나에게 택배로 엿을 보내 주고 싶었다. 정상인은 개뿔!

"귀엽네. 이제 몇 살이야?"

나 네 애완동물 아니라고, 그런데 몇 살이냐니!

아오, 속에서 울화가 터진다. 울컥울컥. 저 자식이 아픈 데를 자꾸 찌르고 있어! 그래, 나 이제 8개월 살았다, 어쩔래!

"태어난 지 팔 개월밖에 안됐다는 소리야?"

알면서 묻지 마! 알면서 확인 사살 하지 말라고!

"귀엽다. 사랑스러워."

그래, 칭찬은 고마워.

하지만 그런다고 내가 넘어갈 거라 생각하진 마라. 그건 오산이다. 경기도 오산. ……아, 미안. 이건 재미가 없네. 엉엉, 나가 죽어야 할 건 나구나, 엉엉.

진짜 서럽다. 서러워서 뺨을 부풀리고 앉아 있으려니까 녀석이 또 웃는다. 카이텔도 그렇고, 저놈도 그렇고, 왜 저렇게 나만 보면 웃어 대는지.

내가 웃기냐? 설마 나 웃기게 생긴 건가?

아직도 거울을 못 봐서 난 내가 어떻게 생겼는지도 알 수 없었다. 그놈의 거울, 보여 줘야 보던가 하지. 에효, 괜히 한숨만 나온다. 그러다 괜히 입술만 삐죽였다.

그런데 난 왜 이게 가능한 거야?

"응? 뭐가?"

너 보는 거 말이야, 이 껌 딱지야.

"전에 말해 줬잖아. 혈통에 의한 거라고."

내 뺨을 쓰다듬으며 녀석이 건성으로 대꾸한다. 나는 슬슬 짜증이 나려 했다.

그러니까 그놈의 혈통이 정확히 뭔데?

"그건 나도 모르지."

아는 게 뭐냐.

내 한심한 시선이 녀석에게 꽂힌다. 다른 사람이었다면 알아들을 수 없는 묘한 시선이었겠지만 녀석은 금세 알아차렸다. 그도 그럴 게 내 어조가 100퍼센트 반영된 텔레파시를 들으신다니.

쯧쯧, 내 작은 팔로 녀석의 팔을 귀찮은 기색으로 쳐 내니, 녀석이 손을 거둔다. 진작 이럴걸.

녀석은 거둔 손을 그대로 턱을 괴는 데 사용했다.

"보통 아기들보다 시력이 좋잖아. 내가 보기엔 그것도 혈통에 의한 거야. 네 성장 상태도 그렇고. 지적인 성장은 이미 끝나 있고, 정서 발달도 그 정도면 뭐. 넌 거의 모든 정신적 성장은 다 끝났는데 몸만 아기인 거잖아?"

나도 아는 사실 그렇게 자랑스레 떠벌리지 마.

그러니까 드란스테의 논리로 따지자면 내가 전생의 기억을 통째로 가지고 있는 것 역시 그놈의 혈통에 영향을 받았을지도 모른다는 사실이었다. 뭐, 아닐 수도 있지만.

"아마 네 혈통에 섞인 그 피가 조금 더 진했다면 육체적 성장도 그에 못지않게 빨랐을 텐데……. 눈을 제외하고는 뭐. 쯧, 아쉽게도 그런 건 아닌 모양이군."

그 말은 내가 인간이 아니란 소리야?

멀거니 던진 물음에 드란스테가 웃는다.

그날은 밤이라서 제대로 볼 수 없었지만 햇살 아래 드러난 미모는 카이텔 못지않았다. 그래도 객관적으로 따지면 우리 아빠 승. 하긴 카이텔의 미모에 따라올 인간이 없긴 하다. 그 인간은 미모로만 따지면 인간이 아니니까.

"글쎄, 세상엔 별별 인간이 다 있으니. 그래도 굳이 말하자면 98.2퍼센트만 인간이라도 해 둘까."

그냥 인간이라는 거잖아. 뒈질래?

"어허, 아가씨가 그렇게 입이 험하면 못 써요."

지가 놀려 놓고 또 이런다. 나는 속에서 열불이 터지는 것 같았다. 화병. 아, 화병. 내가 어린 나이에 화병으로 쓰러지면 다 저놈 탓이다.

저놈을 패라, 애비야, 엉엉.

내가 속 터져 하는 그 위에서 드란스테는 또 빙그레 웃고 있었다.

저 망할 놈, 저 썩을 놈, 저 죽일 놈!

결국 죽일 듯 노려보며 오늘도 시비를 걸고 말았다.

저놈이 웃는 건 정말 꼴 보기 싫어! 두 눈을 가늘게 뜨고 나는 녀석에게 쏘아붙였다.

넌 뭐야?

"응?"

짧게 웃던 드란스테가 머리를 갸웃한다. 그 바람에 매혹적인 미소가 입가에서 자취를 감췄다.

아, 이제 속이 좀 풀리네.

짙은 푸른빛이 머무는 검은 머리카락이 짧게 흔들린다. 어둠 속에서도 묻히지 않는 푸른 눈이 내게 시선을 주었다.

"'뭐' 라니, 제법이잖아. 꽤."

뭐래?

카이텔도 종잡을 수 없는 인간이지만 뜬금없는 걸로 치면 드란스테가 한 수 위다. 아, 대화하는 것만으로도 피곤해, 이 망할 자식.

"뭐인 거 같아?"

돼지.

"죽을래?"

웃으면서 협박하지 마. 그래 봤자 안 통하거든?

드란스테가 서운한지 우는 표정을 지었다.

그것도 안 통해.

그러자 위에서 칫하는 작은 소리가 들린다. 아오, 나랑 노는 놈들은 다 애새끼냐! 내가 애새끼가 아니라, 쟤네가 애새끼냐고! 아, 세르이라 제외.

아무튼 그건 그렇고…….

아, 도무지 답이 안 나온다. 진짜 뭔지 감도 안 잡혀. 귀신은 아니라고 했고, 신이라 치기엔 너무 경망스러워서 제외.

드래곤? 그런 생물일 리가 없어.

천족은 당연히 제외. 그러면 남은 게…….

악마?

"카이텔이 날 그렇게 부르긴 하지."

그럼 아니라는 거니?

내 대꾸에 또 웃는다. 큭큭대며 웃는 폼이 진짜 미친놈 같아서 절대 저 옆엔 가까이 가기도 싫었다. 근데 문제는 난 길 수 없다는 거고! 저 자식은 걸을 수도 있다는 거지!

"카이텔이 죽기 전까지는 자주 보게 될 테니 너무 그렇게 머리 싸매지 마. 언젠가는 알아낼 수 있겠지."

그걸 지금 위로라고 하냐? 죽을래? 아니, 난 지금 궁금하다고, 지금.

"어허, 성격 급하네, 이 아가씨."

아…….

신이시여, 저 새끼 싸대기 한 번만 칠 수 있게 내 몸과 손을 지금 당장 키워 주신다면 영혼이라도 팔게요, 네?

제 영혼 안 받는다고요?

아오, 썩을.

침울해져서 반대편 안전 가드에 기대 한숨을 푹푹 내쉬는데, 갑자기 드란스테가 손을 뻗었다. 그리고 내 손을 잡아 들며 그 손등에 키스한다. 손등에 닿는 입술의 감촉이 제법 간지러웠다. 녀석이 자주하는 행동이라 그냥 내버려 두고 있었는데, 갑자기 날 바라보는 시선이 반짝인다.

왜 저래, 저건 또?

그 순간 녀석이 웃었다.

"다 크면 나한테 시집오지 않을래?"

나가 죽어.

* * *

"자, 아이구, 예뻐라."

세르이라는 때아닌 인형 놀이에 열과 성을 다하고 있었다. 맞춤복으로 제작된 하얀 원피스가 내 몸에 입혀졌다. 옷은 예쁘긴 한데, 갑자기 부담스럽다.

왜 이래, 다들?

"이 옷이 제일 좋을 거 같아요."

옆에 있던 일린이 산처럼 쌓인 옷 무더기에서 무언가를 하나 꺼냈다. 세르이라가 한 손으로 그 옷을 받아 든다. 그리고 안고 있던 나를 일린에게 넘겨주었다. 일린의 품은 세르이라보다 말랑말랑했다.

그래서 좋으냐, 그건 아니고. 나를 안는다고 힘에 부쳐 넘어질 것 같았다, 으으.

"그래, 좀 안고 있어 봐."

그리고 본격적으로 옷을 찾아 헤매기 시작한다.

아, 어지러워. 다 좋은데, 나 좀 어디 앉아 있으면 안 될까? 안겨 있는 것도 편하긴 한데, 난 앉아 있는 게 더 편하거든?
"우아우에우으아."
"공주님도 좋으시죠?"
……나한텐 의사소통 장애가 있는 게 틀림없어. 나오는 말 꼬라지 봐라.
일린이 내 말을 못 알아듣고, 세르이라도 내 말을 못 알아들었다. 하, 더러운 세상. 나는 그냥 포기했다. 질겅질겅. 우물우물. 그래, 포기하면 다 편해.
"이 옷? 이 옷?"
붉은 원피스와 파란 원피스를 대조하며 내 몸에 대어 본다. 일린은 진지하게 고민했다.
"아무래도 푸른 것보단 붉고 이렇게 분홍빛 도는 게 더 예쁠 것 같아요."
"하긴 머리카락이……."
두 사람이 두 개의 원피스를 앞에 두고 침묵했다. 까짓것 아무거나 입히면 되지. 두 사람의 때아닌 괴란한 고민에 나마저 머리가 아팠다.
"이꺼! 이꺼!"
결국 내가 나서고 만다. 손으로 열심히 붉은 원피스를 가리키니 세르이라가 웃는 낯으로 되물었다.
"이거요, 공주님은 이게 마음에 드세요?"
아니. 그런데 이 고민 별로 오래하고 싶지 않아.
나는 열심히 웃으며 고개를 끄덕였다. 일린도 세르이라도 그리 쏙 마음에 드는 건 아닌 모양이었지만 내가 좋다 하니 어쩔 수 없다는 듯 그 원피스로 결정했다.

그러니까 이게 뭐하는 데 입고 가는 원피스냐면……. 내일 모래 황궁에서 열리는 파티에 입고 갈 원피스였다.

8개월짜리 아기에게 파티 참석이라니, 웃기지도 않는 소리였지만. 그 파티가 바로 내 아버지 카이텔을 위한 생신 파티라 어쩔 수 없었다.

아빠 생일이라면 나가야죠, 암. 안 나갔다가 어떤 불이익을 당하려고.

내가 응애응애 애기여도 피할 수 없는 현실이었다, 으앙!

"그럼 옷은 이걸로 하고, 머리 장식은?"

뿐만 아니라 카이텔의 생신을 맞이해서 무려 대륙 전체에서 사신들이 도착했단다. 카이텔이 장악한 왕국들부터 시작해서 손대지 않은 나라들까지. 동서남북의 전혀 다른 문화를 가진 사람들이 모조리 몽땅 와서 장관을 이룬다느니 어쩐다느니, 요새 일린의 수다거리는 거의 그에 관한 것들이었다.

총 두 개의 제국과 여섯 개의 왕국, 두 개의 소연합국과 하나의 공화국. 그 사람들이 공물로 바칠 재물들과 카이텔을 유혹하려고 데려오는 여자들과……. 아무튼 바리바리 열심히 싸 들고 왔단다.

별별 목적을 가지고 온 사람들 상대로 당분간 우리 애비는 바쁠 것 같았다.

물론 나도 크면 바쁘겠지.

하지만 어려서 그냥 파티 참석으로 끝나는 거였다. 그것도 오래 있을 건 아니라니 다행이었다.

하긴 내가 아그리젠트 제국 유일의 공주구나.

이럴 때만 깨닫는다는 게 문제였지만, 난 카이텔의 외동딸이었다.

그래서 무려 이름도 다섯 개나 된다. 그러니까 내 풀 네임이 아리아드나 레르그 일레스트리 프레 아그리젠트.

와, 겁나 기네. 이거 외우느라 머리에 쥐날 뻔했어.

내 이름의 길이에 감탄하고 있는데, 순간 뒤에서 누군가의 기척이 느껴졌다. 내가 휙 고개를 돌리자, 나를 안고 있던 일린도 같이 뒤를 돌아본다. 거기에 서 있던 것은 시녀였다. 그 시녀가 우리의 시선을 받더니 정중하게 고개를 숙인다.

"폐하께서 공주님을 부르십니다."

"아— 따!"

카이텔을 보자마자 나는 그의 품에 안기고 말았다. 저녁 공무를 다 마친 건지, 카이텔의 집무실엔 서류가 한 장도 없었다.

페르델이 싹쓸이해 갔구나.

몇 번 못 봤지만 그놈도 보통 놈은 아니었다. 그렇다고 미친놈은 또 아니었지만.

"이건 아빠라고 부르는 건가?"

"예, 폐하."

딱 들으면 모르니? 아빠라고 부르고 있잖아.

하긴 내 발음……. 슬프니까 말하지 말자, 쉿.

나를 빤히 바라보는 시선에 반사적으로 먼저 웃으며 머리를 잡아당긴다. 카이텔은 내가 지 머리카락 가지고 노는 걸로 화내거나 그러는 쪼잔한 남자는 아니었다. 그리고 그건 좀 다행이었다.

근데 파파, 나 이제 제법 사랑스럽지 않음? 에헷!

"제법 예뻐졌군."

내 물음을 듣기라도 한 듯 카이텔이 대꾸한다. 나는 제법 표정이 환해져서 카이텔의 목을 끌어안았다. 정말? 진짜?

"예전엔 못생겼었는데."

……아, 나. 이건 진짜 예뻐해 주려 해도! 아오!

"어오 모에겨떠!"

너도 못생겼어! 나만 못생긴 거 아냐!

내가 열심히 떠들어 대지만 전에도 말한 건데, 나에겐 의사소통 장애가 있는 것이 분명했다. 카이텔은 무표정으로 세르이라를 돌아보았다.

"뭐라는 거지?"

"저, 저도 잘……."

둘 다 미워.

혼자 있고 싶네요. 모두 나가 주세요. 벅차오르는 슬픔을 어떻게 할 수가 없다. 망했어요.

홀로 자책하며 나는 언제 인간의 말을 할 수 있게 되는가에 대해 격렬한 회의감을 느끼고 있는데, 별안간 옆에서 큰 웃음이 들려왔다. 역시나 고개를 돌리니 언제 온 건지 모를 드란스테가 카이텔의 옆에서 끅끅대며 웃고 있었다.

웃지 마, 이 나쁜 놈아.

"카이텔이 알아들었으면 걸작이었을 텐데, 아쉽다."

그럴 거면 네가 알려 주던가.

내 대꾸에 드란스테는 그냥 어깨만 으쓱하고 만다. 그리고 한다는 말이…….

"모르는 편이 더 재밌잖아."

에라, 이놈아.

카이텔이 날 안고 간 곳은 제 침실이었다. 그리고 요람.

카이텔 옆에서 자기 시작한 것도 이제 2개월이다. 당분간이라더니, 당분간은 개뿔. 저 자식은 평생 날 옆에서 재울 기세였다.

"조금만 기다리렴."

아마 씻으러 가려는 모양인지 나를 요람에 놓고 장난감 하나 쥐어 주고 카이텔은 사라졌다. 그럴 거면 씻고 나서 부르던가.

"널 보는 게 요새 카이텔 재미라서 그래. 신기하대."

신기한 것도 많다. 다른 관점에서 보면 그것도 관심이었지만 보나마나 제 장난감한테 던지는 관심일 게 뻔해서 나는 별로 달갑지 않았다. 날 하나의 인격체로 대해 주면 그땐 좀 고려해 볼게.

그런데 넌 지금도 아빠 눈엔 안 보이는 거야?

"목소리도 안 들리는 상태야."

그래, 그런 것 같더라.

같은 공간에서 떠들고 있는데, 왜 반응을 안 하나 했어. 그것도 저 귀신같은 아버지가.

그러고 보니 그때 근위대장 아저씨가 떠오른다. 잊고 있었는데, 날 암살하려던 사람들은 찾았을까? 누구인지 안 걸까? 일린도 세르이라도 잊고 싶은지 별말 없었고, 심지어 카이텔도 아무 말 없어서 나는 궁금했지만 내 궁금증을 어디서 해결할 수는 없었다.

아, 또 궁금하네.

머리를 감싸며 끙끙대는데, 내 머리에 큰 손이 닿는다. 보지 않아도 알 수 있었다. 어느새 가까이 다가온 드란스테가 내 머리를 쓰다듬는 중이었다.

너 내 눈앞에서도 사라져 주면 안 될까?

"안 돼. 그래서 신기하다고 했잖아."

누가 뭐래?

아, 그놈의 혈통이 무슨 혈통인지도 궁금하다. 그러고 보니 궁금한 거 많네.

드러누워서 뒹굴뒹굴거리니까 드란스테가 어쩔 수 없다는 듯 내게서 손을 뗐다. 우리 아빠는 언제 오는 걸까.

애비야, 어서 와라.

아, 그렇게 따지면 지금이 그나마 편안한 시간이구나. 우리 아빠는 다 좋은데 내게 편안한 상대는 아니었다. 혼자 자던 그 시절이 그립다.

"왜? 카이텔이 널 죽일까 겁나?"

겁 안 내는 게 더 이상한 거 아냐?

요람에 있는 이불을 끌어당겨 얼굴을 파묻으며 나는 되물었다. 드란스테는 알 수 없는 표정으로 턱이나 괴고 있었다. 푸른 눈동자가 오늘도 기기묘묘하게 빛난다.

쳇, 저거 하나는 진짜 예쁘다. 보석 같아.

"그건 걱정 안 해도 될 거야."

왜?

이불을 내리며 내가 묻는다. 드란스테는 드물게 무표정으로 날 내려다보고 있었다. 저 자식이 하는 말이 90퍼센트는 농담이었지만 그 안에 거짓말은 없다. 그래서 나는 더 의아했다.

왜? 왜 그런 걱정 안 해도 되는 거야?

"자기 것엔 너그러운 남자거든."

씩 웃으며 드란스테가 대꾸한다. 그리고 다음 순간 그의 눈동자가 차갑게 빛났다.

"그 배 이상으로 남의 것엔 가차 없지만."

어……. 음.

드란스테는 당연하다는 듯 고개를 끄덕였다. 그리고 웃었다. 그 미소가 더 잔인하게 느껴지는 건 왜일까. 아무튼 유유상종이라더니, 미친놈에 또 미친놈이다.

내가 고개를 절레절레 흔들자 드란스테의 미소가 더 진해졌다. 그가 다시 내게 손을 뻗는다.

"아마 네가 성가시게 하지 않는 한 널 죽이진 않을 거야. 그 정도 선만 지키면 웬만한 건 용납될걸?"

그 손을 쳐 내며 내가 물었다.

눈앞에서 욕하면?

"죽겠지."

젠장, 역시 그건 안 되는 거였구나, 쳇.

그럼 지금이나 실컷 해야지. 멍청이라고. 나중에 정확한 발음을 구사할 수 있으면 모르는 척 한 번 해 보고, 살아남으면 그만두자. 도리어 그런 관점에서는 지금 내가 앓고 있는 의사소통 장애가 꽤 괜찮았다.

음, 그래. 괜찮은데.

부들부들한 이불에서 아기 냄새가 났다. 아기 냄새. 그래, 내가 아기지, 푸우. 한숨을 내쉬고 시선을 돌리니 보이는 건 웃고 있는 드란스테. 그를 보니 나는 그게 문득 궁금해졌다.

근데 설마 너 평소에도 그러고 다니냐?
"뭘?"
그렇게 안 보이게 돌아다니냐고.
"아, 가끔."
너무 아무렇지 않게 대꾸해서 도리어 이쪽이 놀란다.
뭐라고? 평소에도 그런다고? 그것도 우리 아빠한테도 안 보이게?
그를 바라보는 내 시선이 차가워지자, 드란스테가 웃으며 변명이라고 한마디 한다.
"카이텔은 날 너무 싫어해서 말이야."
그날 보니까 자고 있는 방도 맘대로 침입하는 거 같은데, 너 설마…….
결국 내 시선은 차가워질 대로 차가워졌다. 이런, 이런.
엄마, 여기 변태가 있어요!

눈이 떠진다. 오랜만에 푹 자고 일어나는 아침이었다.
눈을 뜨자마자 새하얀 햇살이 따사롭게 눈을 찌른다. 눈부신 것도 잠시, 그 광명을 가리며 검은 그림자가 내 시야를 뒤덮었다.
저건 뭐지?
막 잠에서 깬 정신으로 그 사물을 단번에 알아내기엔 무리가 있었다. 그리고 빛 때문에 적응하려고 해도…….
다행히 참을성 있게 기다린 보람을 주듯 눈이 금세 빛에 적응했다. 그 음영을 드리운 실루엣의 정체는 우리 아빠였다. 카이텔.
아, 맞다. 이 침대는 우리 애비의 침대였지, 참.
순간 시선이 마주친다. 창문에서 들어오는 따사로운 햇살이 휘장으로 휘감고 있는 침대에도 환하게 비춰졌다. 카이텔은 나와 시선이 마주치자마자 입술을 비틀었다. 그건 흡사 누군가는 웃음이라 부를 무언가였다.

"잘 잤나?"

낮은 목소리. 아침이라 그런지 더 낮다. 그윽하기도 한 목소리에 녹아들 것 같은 기분을 느낀다면, 그건 저놈 목소리가 너무 좋아서 그런 거겠지.

하, 목소리로 임신도 가능하겠다는 누군가의 말이 떠오르는군.

나는 그대로 미소 지었다. 아침이라 한층 더 바보 같은 표정이겠지만, 이것이 지금 내가 지을 수 있는 최대한의 반가움.

그 순간 카이텔의 손이 내 뺨에 닿았다.

"아따!"

이제 익숙해질 만한데, 상대가 카이텔이라 적응이 안 된다.

그게 좀 느낌이 참…….

아무래도 카이텔은 밤이나 새벽보다 아침에 더 섹시했다. 그래, 특히 땀에 젖어서 새벽에 깨어나는 그 가끔만 제외하면 늘 항상 아침에 막 일어난 흐트러진 모습이 제일 섹시했다.

하, 딸이 돼서 아빠의 색기 넘치는 모습이나 관찰하고 있다니. 이것도 문제다, 문제.

그런데 진짜 신기한 게 잠자리를 같이한 것도, 질펀한 무언가를 한 것도 아닌데 아침만 되면, 그리고 잠에서 막 깨어나면…….

"……."

카이텔은 본인이 위험해질 정도로 심각한 상태가 되었다.

애비야, 아침에는 여자를 만나지 말거라. 너에게 좋지 않아. 그리고 남자도 좀 위험한 것 같아.

아, 나, 진짜! 근데, 정말. 대체 왜! 왜 이렇게 색기가 넘치는 거냐고! 그것도 애 아빠가! 이건 좀 불공평한 것 같아. 그래, 이건 좀 불공평해. 안 그래도 미모가 장난이 아닌데, 이게 아침이나 새벽이나 장소나 시간을 불문하고 사람을 매혹시키니, 참 문제가 아닐 수 없었다.

다른 남자들에게도 이 미모를 나누어 주면 얼마나 세상이 아름답고 풍요로워지겠어. 안 그래?

그런데 지만 다 가지고 있으니, 이 세상이 풍요롭긴 개뿔. 하, 그냥 네가 내 아빠라는 게 슬프다. 적어도 네 미모만 빼닮은 다른 놈을 내게 준다면 이 불평을 그만둘게. 어때, 좋지?

"아따―."

좋긴 무슨. 그냥 아침에 막 일어난 카이텔을 볼 수 있다는 사실만이라도 감사하기로 했다.

그래, 눈이 정화된다. 더불어 마음도.

아, 난 나중에 시집가기 글렀어. 맨날 이 얼굴만 보다가 이 얼굴급이 아닌 다른 사람은 어떻게 적응해, 엉엉.

이놈의 아빠가 딸 혼삿길을 얼굴로 가로막네.

"어무아."

카이텔은 날 단번에 안아 들었다. 이래 봬도 7킬로그램인가 그런데, 무슨 새라도 잡아 들 듯 너무 가볍게 안아 든다.

아침에 일어나서 아빠 품에 안기는 게 이제 제법 익숙해지는구만. 그래도 이 미모만큼은 여전히…….

아, 진짜 이 광채를 어찌하면 좋단 말인가.

이게 어딜 봐서 애 아빠야! 역시 세상은 불공평해!

"정말 빨리도 자라는군."

……팔 개월 지났어요. 팔 개월에 이 정도 자라는 게 빠른 건가. 나는 순간 내가 무슨 성장촉진제라도 맞아서 빠른 성장을 한 실험실의 돼지가 된 기분이었다.

돼지, 꿀꿀.

아, 이게 문제가 아니라, 아침의 카이텔은 유난히 저기압이다. 내가 웃으면 잘 웃긴 해도 낮이나 밤보다 말이 없었다. 결국 그 침묵을 깨야 하는 건 내 몫.

아무튼 어린애한테 별걸 다 시킨다, 너. 하, 내가 살려고 정말 별짓을 다 해.

"아따!"

"그래."

"아따!!"

"어."

이제 날 좀 세르이라한테 보내 줘. 이만 하면 되지 않았니?

아직 나의 재롱이 부족한 거니? 내가 지금 헤실헤실 웃고 있지만 내 얼굴 근육은 힘들어서 경련하고 있거든? 내가 어린 나이에 주름살이 생겨 노안이 되면 그건 다 너 때문에 웃느라 그런 거야. 알았어?

나의 진실한 마음이 전해지기라도 한 듯 카이텔이 고개를 갸웃했다.

"왜 자꾸 부르는 거지?"

"아따."

……날 좀 보내 달라고. 아버지, 매너 좀.

그러나 카이텔은 여전히 내 말을 알아듣지 못했다. 그리고 나는 확신했다. 저 녀석한테도 의사소통 장애가 있는 게 틀림없다고. 그렇지 않다면 세르이라가 알아듣는 수준의 이 보챔을 못 알아들을 리가 없어, 암!

그 순간 카이텔이 웃는다. 그건 아까와는 조금, 그래, 조금 다른 미소였다.

"말이 제법 늘었군. 여전히 무슨 말을 하는지는 모르겠지만."

그래서 좋으니, 애비야.

그래, 나도 좋구나. 이제 너의 욕을 실컷 해 줄 수 있게 되어서. 물론 넌 못 알아듣겠지만.

하지만 너 알아들으라고 욕하는 거 아니니 난 괜찮아. 알아들어 봤자 내 목이나 날아가겠지. 나는 방긋 웃었다. 그런 김에 멍청이부터 다시 해 볼까.

야, 이 멍청아, 이거 해 봐?

내가 해 볼까 말까 망설이고 있는데, 카이텔이 다시 웃는다. 그 순간 그가 내 머리를 쓰다듬었다.

"이젠 좀 개 같구나."

……응? 너 방금 뭐라고?

나는 할 말을 잃었다. 더불어 웃음도 잃었다. 그리고 아이도 잃었다.

방금 이 자식이 나한테 뭐라고 한 거지? 개 같다고, 엉?

하아, 짙은 한숨이 내쉬어진다. 나는 진심으로 녀석을 올려다보았다. 그리고 진지하게 고민했다. 저기 있잖아. 내가 진짜 진지하게, 정말 진심으로 궁금해서 물어보는 건데…….

난 대체 너한테 언제 인간이 되나요?

지난 8개월간 그래도 나름대로 이 황궁에 불어온 변화란 게 딱 한 가지가 있는데, 그건 바로 내가 가는 장소는 무조건 애기 장난감과 애기 용품이 준비되어 있다는 사실이었다.

이렇게 보면 막상 별거 아닌 거 같아 보이는 일이지만 그건 생각보다 굉장히 놀라운 사실이었다. 바로 카이텔의 집무실에도, 카이텔의 침실에도 내가 쓰는 물건들이 항상 있다는 거니까!

카이텔의 악명을 생각해 보면 쉽게 납득이 가는 일이었다.

음, 그래.

나야 카이텔이 얼마나 살벌하고 삭막한 인간인지 직접 그 현장을 제대로 체험해 보진 못해서 그러니 저러니 한다지만 일린을 비롯한 시녀들은 아기 용품 몇 개로 달라진 솔레이 궁 분위기를 정말 입에 침이 마르게 칭찬했다. 이제 폐하가 인간이 되는 거 같다느니, 역시 아이가 생기면 남자는 달라진다느니.

……웃기는 소리 하네.

"우바—."

아직 배밀이만 할 뿐 제대로 기지 못하는 나 때문인지 요람에는 항상 내 손이 닿는 반경으로 장난감이 놓여 있었다.

오늘은 동물 맞추기 해야지. 아, 진짜 나는 혼자 놔둬도 잘 노는 거 같아. 이렇게 착한 애기가 또 어디 있어?

카이텔은 정말 축복받은 놈이었다. 자식복도 넘치다니, 쯧쯧.

인격과 인성만 좀 더 갖춰지면 정말 흠잡을 데 없이 완벽할 텐데.

나는 손에서 장난감을 놓고 잠시 고개를 들었다. 우리 아빠는 여전히 빼딱하게 앉아서 서류나 넘기고 있었다, 으음.

바로 내일이 지 생일인데, 우리 아빠는 역시나 남들과는 다르구나. 비범하게 오늘도 서류와 보내는 하루라니.

본궁 못지않게 큰 별궁을 꽉꽉 채울 정도로 인간들이 왔다던데, 그 별별 나라에서 온 인간들이 다 본인의 탄생을 축하해 주러 온 건 데도 정작 그 축하의 주인공인 카이텔은 별 관심이 없었다. 오히려 항상 따라다니던 페르델이 더 신나 보였으니 할 말 다했지.

오늘도 사신들 상대는 페르델이 하고, 카이텔은 제 집무실에 처박혀서 서류나 보고 있었다.

"랑그르의 도발이라."

무언가에 집중할 때 남자들은 평소보다 더 매력적이라더니. 확실히 우리 애비를 보니 그 말이 틀린 건 아니었다. 간편한 예복 소매를 걷어붙이고 서류 처리에 집중하는 모습은…….

무슨 대기업 CEO 같네. 저기에 안경만 쓰면 진짜 한편의 그림이다. 제목은 그거 하면 되나, 집중하는 황제 카이텔. 어, 좀 괜찮은데!

정작 그 주인공은 미간을 찌푸리며 고민 중이지만, 구경하는 나는 무아지경이었다.

저 미모를 돈 받고 팔면 정말 떼부자 될 텐데. 물론 카이텔은 황제니까 안 그래도 되겠지만. 그래도 자꾸 저 미모를 저대로 썩히는 건 인류를 위해 그다지 올바른 선택이 아닌 것 같다는 생각이 마구마구 들었다.

끙끙, 그럼 우리 애비가 난봉꾼이 되면 되는 건가? 일단 최대한

씨를 많이 뿌려서 저 우수한 유전자를…….

"언제 왔어?"

깜짝이야.

한참 음모를 꾸미는 와중에 들린 목소리라 나는 괜히 놀란 내 가슴을 부여잡았다.

으아아, 내 헛생각이 들킨 줄 알았다.

우리 아버지가 이제 관심법觀心法도 쓸 수 있나 했는데, 다행히 그 정도의 수준은 아닌 모양이었다.

"방금."

빙그레 웃으며 드란스테가 내 요람에 몸을 기댄다. 그리고 손을 뻗어 내 머리를 쓰다듬으려 했다.

너도 나 개 취급이냐! 어딜!

그 손을 잽싸게 피하며 뾰로통한 표정을 짓는다. 근데 이 자식은 또 언제 온 거람? 아무튼 귀신같은 놈이었다, 이 귀신. 퍼런 귀신.

바로 그때였다. 갑자기 카이텔이 고개를 든 것은.

"내 딸한테서 손 떼."

카이텔의 경고에 드란스테가 어깨를 으쓱인다. 그리고 보란 듯이 더 손을 뻗어 결국 내 머리를 쓰다듬었다. 싱긋 웃으며 카이텔을 돌아보는 그 표정이 진짜 밉상 그 자체였다.

"네가 영역 표시하는 짐승이냐? 남한테 네 딸이라는 걸 알릴 때만 딸이라 그러게."

어라, 근데……, 으음?

그러고 보니 지금은 눈동자가 푸르게 빛나지 않고 있다. 내심 언제나 기기묘묘한 눈동자만이 저 자식의 유일한 자랑이라 생각했던 터라, 그 눈동자가 빛을 잃은 모습은 조금 아니, 생각보다 많이 가슴 아팠다.

너 이 자식 네 유일한 자랑거리마저 잃어버리다니.

그런데 조금 이상하다. 보이는 모습이 나한테만 보인다는 모습이랑 별 차이가 없는데? 그런데 카이텔의 반응으로 미루어 보아 녀석은 확실히 자신의 모습을 드러낸 상태인 것 같았다.

아, 설마! 혹시 모습을 다 드러내면 눈동자가 빛나지 않는 뭐 그런 건가? 아, 그렇구나!

신기한 발견에 내가 넋을 놓고 드란스테를 올려다보았다. 그 모습에 카이텔의 얼굴이 더 일그러진다. 카이텔은 이를 악문 채 경고했다.

"손 떼라고."

드란스테는 그저 미소 지은 채로 듣는 둥 마는 둥 내 뺨을 쓰다듬었다.

아, 이 변태 새끼.

결국 그 모습에 카이텔의 뚜껑이 열려 버린 모양이었다. 어느새 일어선 카이텔이 언제 쥔 건지 모를 검을 쥐고 드란스테의 목에 칼을 겨누고 있었다.

"셋, 둘."

"아아, 알았어."

가차 없는 경고에 드란스테가 손을 뗀다.

아쉽다는 듯 입맛을 다시는 그 모습도 카이텔은 마음에 들지 않는지 예리한 시선으로 쏘아보았다. 그 시선에 헤실헤실 웃으며 드란스테가 카이텔의 검을 건드린다.

"그거 원래 내 거잖아. 내 거여서 나한텐 타격 안 통하는 거 몰라?"

"닥쳐."

"이건 원, 딸이나 제 아버지나."

서운하다는 듯 날 보았지만 내가 뭘 하겠나.

꺼져. 어디서 친한 척이야.

"칫."

드란스테가 불평 가득한 표정으로 한 걸음 물러서자 손에서 칼을 놓은 카이텔이 그 즉시 요람에서 날 꺼내 안아 들었다. 나는 카이텔에게 안기며, 카이텔의 검이 허공 속으로 사라지는 장면을 구경했다. 처음 보는 건 아닌데, 볼 때마다 신기하다.

저 검은 카이텔이 부르기만 하면 바로 소환되는 건가? 신기해.

나를 안고 다시 소파로 돌아간 카이텔은 그대로 아까 보던 서류를 집어 들었다. 나는 그의 품에 안겨 빼꼼히 고개를 들었다. 드란스테는 여전히 미소 가득한 얼굴로 카이텔의 뒤를 졸졸 따라왔다.

"일은 잘되고 있어?"

카이텔의 태도로 보건대, 확실히 그렇게 드란스테를 좋아하는 건 아니었다. 그러나 무언가 둘의 행동에서 벽이 느껴지지 않는다. 나보다도 더 가까운 사이였다. 카이텔에게 드란스테는.

"곧 랑그르를 쓸어버려야 할 것 같아."

전쟁터에서 돌아온 지 이제 7개월밖에 안 됐는데, 또 전쟁이니. 넌 진짜 전쟁광이구나.

일 년에 전쟁을 두세 번 일으킨다는 말이 정녕 사실이었던가.

난 그저 과장된 말이었다고 생각했거늘. 지금 카이텔의 태도로 미루어 보건대 의외로 신빙성 있는 말들이었다. 하긴 우리 아빠 미친놈이었구나. 정상이 아니었어.

근데 그건 같이 노는 드란스테도 마찬가지였다. 녀석이 카이텔의 말에 한 대꾸는 더 예술이었다.

"왜? 짜증나?"

"거슬려."

애비야, 너는 거슬린다고 쓸어버리니.

내가 나중에 커서 또래 친구들과 싸우면 거슬린다고 다 어딘가로 보내 버릴 기세였다.

그래, 죽이지나 않으면 다행이다, 저 무식한 놈.

카이텔이 앉아 있는 소파 뒤로 돌아간 드란스테가 상체를 숙여 소파에 기댄 채로 카이텔이 읽고 있는 서류를 훔쳐보았다. 그 사실을 우리 아빠도 알고 있는 모양이건만, 별다른 제지는 없었다.

봐도 상관 없는 내용인가.

"직접 갈 거야? 이차르타 때처럼?"

"글쎄."

응? 직접 가는 거 아니었어?

초롱초롱 아빠를 올려다보니 어느새 서류에 가 있던 시선이 내게로 돌아온다. 나는 좀 의아했다.

왜 보니, 애비야. 나 너한테 빌려 간 돈 없다. 나 아직 응애응애 애기다!

"오호라, 이건 좀 재밌는걸."

저놈은 또 뭐래. 뒤에서 드란스테의 재수 없는 웃음 때문에 괜히 얼굴만 찡그리는데, 카이텔의 시선이 다시 서류 쪽으로 향했다. 그건 좀 다행이었다. 아무리 우리 아빠라지만 카이텔은 오래 눈

마주치고 싶은 사람은 아니었다.

"고민 중이야. 직접 갈지, 아니면 아시시를 보낼지."

"네 검은 기사는 현재 북쪽에 있지 않아? 서쪽 구석에 처박혀 있는 랑그르랑 좀 멀지 않나?"

"지 알아서 하겠지."

아시시는 또 누구지?

처음 듣는 이름이었다. 전에 또 들어 본 적 있는 걸까 고민하며 입을 다물고 있는데, 뒤에서 드란스테가 과장된 표정으로 소리쳤다.

"우와, 너 방금 그거 되게 무심한 발언이었다!"

"알 게 뭐야."

그러거나 말거나 카이텔은 드란스테를 무시했다.

아, 드란스테, 너 이놈…….

이제 좀 알 것 같았다. 전에 말했던 그 말을. 진짜 싫어하는구나. 아니, 싫어한다기보단 카이텔은 드란스테 저놈이 무척이나 귀찮은 것 같았다. 아니, 귀찮아 보였다.

"따분해."

자신이 뒤에 있어서 무시당하는 것 같았던지 드란스테가 앞으로 자리를 옮겼다.

"뭘 새삼스레. 원래 그랬잖아."

그러나 돌아오는 거라고는.

"네 얼굴 치워라."

……저 불쌍한 놈!

심지어 나보다도 가련한 대우를 받고 있었다니! 저 불쌍한 중생을 정말 어이해야 한단 말인가. 정말 눈물이 나지 않을 수 없는 광경이었다. 저렇게 무시받는 데도 좋다고 웃는다.

그래, 좋니? 옛다, 관심. 내 관심이라도 받으렴.

"자주 오는 것도 아닌데, 넌 어째 내가 올 때마다 싫어한다?"

이제 무시당하는 게 서글펐는지 투덜거리는 드란스테의 불평을 카이텔은 단박에 무시했다. 그리고 괜히 내게 돌아온 카이텔의 시선 때문에 조금 슬펐다.

"아따, 아따—."

그래, 이럴 땐 애교가 최고야. 카이텔을 부르며 카이텔 품에 머리를 박으니 아빠가 제 손을 뻗어 내 머리를 쓰다듬었다. 명백한 개 취급이었지만 나는 울지 않아!

슬프지 않다고, 엉엉!

"네 딸 귀엽다. 나중에 다 크면 나한테 시집보내라."

저건 또 뭔 헛소리래. 하루가 다르게 헛소리가 늘어가는 드란스테 때문에 혀를 차고 있는데, 위에서 살벌한 목소리가 울려 퍼졌다.

"죽여 줄까?"

……카이텔은 진심이었다. 심지어 고개를 들고 살펴보니, 얼굴마저 굳어 있다. 드란스테도 차마 이렇게 나올 줄은 몰랐는지 놀란 얼굴이었다. 그래 봤자 또 금세 웃었지만.

"와, 농담 한 번에 목숨 하나네. 살벌해라."

그래, 네 말대로 넌 언젠가 죽을 거 같아, 카이텔 손에. 그것도 농담 한 번 잘못해서.

괜히 남의 미래나 점쳐 주며 카이텔 품에 더 파고들었다. 저 변태에게 내 머리를 뺏기느니 비록 개 취급이라지만 차라리 아빠가 낫다. 그래, 아빠니까. 그리고 이쪽이 더 냄새가 익숙하기도 하고.

카이텔 품에서 꼼지락거리는 내 모습을 두 남자가 한참이나 진지하게 지켜본다.

볼 게 없냐, 날 보게.

정말 생각 같아선 관람료라도 받고 싶은데, 나는 말을 못하는 짐승. 분명 못 알아들을 게 뻔했다.

아오, 씨, 서러워.

"귀여워. 토끼 같아."

드란스테가 웃으며 말한다. 그리고 이어서 카이텔이 말했다.

"개 같아."

아, 나. 대체 난 언제 너한테 인간이 되냐고요, 이 인간아!

괜히 서러움이 폭발해서 눈물이나 흘리고 싶은데, 내 마음을 어떻게 알아준 건지 드란스테가 약간 못 들을 걸 들은 얼굴로 카이텔을 쳐다보았다.

"개? 멍멍 개?"

그래, 그 개.

"그거 욕이지?"

……그게 욕 같니?

진심으로 한심한 시선을 보내 주었지만 지금 드란스테는 날 눈곱만큼도 신경 써 주지 않았다.

저 나쁜 놈. 네가 날 무시하고 잘 먹고 잘살 것 같아?!

응? 잘산다고? 그래, 잘 먹고 잘사는구나. 에라이, 잘 먹고 잘살아라.

"무조건적으로 날 의지하고, 꼬리 치고, 헤실헤실 웃는 게 꼭 개 같아서. 왜 불만인가?"

"불만은 아닌데……."

드란스테가 약간 얼떨떨한 표정으로 날 본다.

응? 왜?

"네 딸인데?"

"어쩌라고."

음, 저기 있잖아. 왜 날 보는 드란스테 저놈의 시선이 이 격한 불쌍함을 어찌할지 몰라서 쳐다보기만 한다, 뭐 이런 시선 같은 거지? 누가 설명해 주실 분?

"넌 진짜 인간이 어쩜 그리 매정하냐."

"뭐가."

"네 딸한테 개라니. 애 상처받아!"

……아, 왜 저 미친놈이 정상인처럼 느껴지냐고. 대체 이게 무슨 일이야? 왜 드란스테가 갑자기 정상인처럼 느껴지는 거냐고!

왜!

좋아해야 하는 건지, 싫어해야 하는 건지 감이 안 잡힌다. 그때 카이텔이 지 품에 안긴 나를 내려다보았다. 그리고 되묻는다.

"상처?"

"그래, 상처!"

드란스테는 격렬히 주장했다.

"이 여린 마음에 얼마나 상처를 받았겠어. 개 취급이라니. 그치, 리아야?"

그러면서 내 머리에 손을 얹었다. 자연스러운 폼이라 나는 그 행동에 별다른 이질감을 느끼지 못했는데, 카이텔은 아닌 모양이었다. 드란스테의 손이 내 머리에 닿은 바로 그 순간부터 딱딱하게 굳은 표정으로 그가 경고했다.

"그 손 떼."

그리고 가차 없이 쳐 낸다. 드란스테는 물론이요, 나도 조금 놀랐다.

아, 깜짝이야. 우리 애비, 오늘 왜 이런다니.

"죽여 버린다고 했다."

"우와, 매정……."

그러나 드란스테는 하던 말을 계속 이어 나갈 수 없었다. 카이텔이 어느새 소환한 검을 손에 쥔 채 앉은 자세에서 다시 내게 손을 뻗으려는 드란스테의 목을 겨누었다.

"내 딸한테서 손 떼."

아, 이제 어떨 때 따님이라 부르고, 어떤 때에 딸이라고 부르는지 알 것 같다. 나는 남몰래 한숨을 내쉬었다.

드란스테는 반대로 황당한 목소리로 중얼거렸다.

"……저건 아빠야, 주인이야?"

글쎄, 나는 고민하다 조용히 속으로 대답했다.

아마도 미친놈?

* * *

대아그리젠트 제국.

막상 들을 때만 해도 그냥 그런가 보다 했는데, 궁의 밤을 밝히는 전등이 켜지고 귀를 홀리는 악단의 감미로운 선율과 여러 가지 형식의 예복을 차려 입은 사람들이 돌아다니는 걸 목격하고 나니까 기분이 조금 이상했다. 그래, 생각보다 많이 이상해.

"자, 공주님, 다 되었습니다."

나를 안고 있던 세르이라가 내 시선을 붙잡는다. 머리를 어떻게 만드느니 일린과 한 세 시간 동안은 열렬하게 토론하던 중이었는데, 드디어 결론이 난 모양이었다.

그리고 내 앞에 들이밀어지는 거울.

나는 처음으로 맞이하는 거울에 살짝 두근거리는 가슴을 작은 손으로 누르며 그 앞에 섰다.

"우어어!"

예, 예쁘다!

거울에 비친 내 모습을 본 첫 감상은 바로 그것이었다. 아니, 나야 물론 내가 사랑스럽고 예쁘다고 말하긴 했지만 이건 내 상상 이상이었다.

카이텔, 이 미친놈아, 이 얼굴을 보고 개 같다고 한 거니. 어디 한번 개 같은 게 뭔지 직접 당해 볼래?

엉엉, 너무 예쁘다. 어쩜 이래.

"으에, 이브어!"

내가 고개를 들고 세르이라를 보자, 세르이라가 웃었다. 그리고 거울을 잡은 손을 더 가까이 가져와 주었다. 나는 손을 뻗어 거울의 틀을 잡았다.

옅은 적색의 기운이 머문 은색의 머리카락은 카이텔을 쏙 빼다 닮은 은적발이었다. 은발로 빛나면서도 은은하게 붉은 기운을 머금은 것이 정말로 이게 인간의 머리카락이 맞나 싶을 정도였으니까. 언젠가 너무 붉어 기분 나쁘다란 카이텔의 소리를 떠올리게 할 만큼 진홍의 눈동자 역시 그를 닮았다.

불쾌할 정도로 제 어미를 닮지 못했다더니, 그의 말은 사실이었다. 누가 봐도 난 카이텔의 딸이었다.

이 통통한 볼 좀 보게.

큼지막한 눈망울이 곧 눈물이라도 흘릴 듯 촉촉함을 머금고 거울을 응시한다. 옅은 홍조를 머금은 뺨도, 꽃잎 같은 입술도 귀엽고 앙증맞기 그지없었다.

우와, 진짜 예쁘다.

"어머, 공주님이 자기 자신한테 반했나 봐요. 어떡해."

"그러게. 이렇게 좋아하실 줄 알았으면 진작 보여 드릴걸."

그래, 그러지 그랬어. 진짜 예쁘다, 엉엉.

다시 태어나면 김태희로 태어나고 싶다는 소원을 하느님이 들어주신 듯했다. 김태희가 뭐야, 그거 뺨칠 정도로 미인이 되어 버린 것 같은데.

아, 물론 그놈의 마의 16세가 날 기다리고 있지만 나는 굴하지 않는다! 아, 아냐. 괜찮겠지? 그렇겠지?

아, 이거 좀 불안한데.

"공주님, 이거 봐요. 이거 예쁘죠?"

"이브어, 이브어!"

일린이 말한 건 내 머리에 얹힌 작은 왕관이었다.

안 그래도 작은 내 손만 한 아주 앙증맞은 왕관. 연분홍의 베일에 얹혀진 황금의 왕관은 정녕 사랑스러웠다.

엉엉, 내가 결혼을 못하고 죽어 가지고 티아라 써 보는 게 일생일대의 소원이었는데, 이 소원을 애새끼가 돼서 이루어 보는구나.

그래, 나는 딱 2할만 이 제국에 공주로 태어난 이 삶을 감사하기로 했다. 감사합니다, 하느님. 사랑해요! 절대 이 왕관이 너무 예뻐서 그러는 건 아니에요.

"자, 이제 폐하께 가요. 기다리고 계시겠어요."

일린이 잘 다녀오라는 듯 손을 흔든다. 나도 같이 손을 흔들어 주었다. 그러자 좋다고 웃는다. 그 모습에 평소라면 배알이 뒤틀릴 만도 했는데.

그래, 내가 기분 좋아서 봐준다.

세르이라도 내가 태어나 본 처음으로 가장 예쁘게 꾸민 상태였다. 그녀의 옅은 금발이 곱게 말려 늘어지고, 언제나 창백했던 얼굴은 어느새 얇은 화장으로 더욱 생기 넘쳤다. 거기에 평소의 그 지나칠 정도로 수수한 옷차림 말고 적당히 심플하고 간단한 드레스를 차려 입으니, 내가 알던 그 세르이라가 맞나 의심스럽다.

진짜 이렇게 보면 미인인데, 흠.

파티가 열리는 궁은 솔레이 궁이 아니라 루나레 궁이라는 생소한 곳이었다. 듣자 하니 파티랑 이런 거 열려고 만들어진 궁이라는데, 다행히 솔레이 궁과 그렇게 멀진 않았다. 게다가 솔레이 궁과 루나레 궁은 따로 이어지는 연결 다리도 있었다.

역시 황제 궁. 황제는 뭘 해도 대우받는구나, 진짜.

"에반젤리움이 닿기를."

그 연결 다리 근처에서 세르이라는 고개부터 숙여야 했다. 제법 먼발치였지만 카이텔이 걸어오는 속도는 나와는 완전 달랐다.

으아, 저 괴물.

정말 순식간에 눈앞에 선 카이텔 때문에 나는 또 편안한 세르이라의 품을 벗어나야 했다.

아, 진짜 싫어.

이제 익숙해질 법도 한데, 정말 익숙해지지 않는다, 망할.

질겅질겅. 싫어도 싫다고 못하는 나는 전생에 홍길동이었나 보다. 아니, 전생 말고 언젠가의 전생. 그래, 언젠간 홍길동이었을 거야.

뚱한 표정으로 나와 시선을 마주하는 카이텔을 본다. 카이텔의 붉은 눈동자가 다른 때보다 더 차가웠다. 에라이.

"아따—."

내가 생일이라고 잔뜩 꾸민 것처럼 카이텔도 지 생일이라고 잔뜩 차려 입은 상태였다. 평소엔 입지도 않는 코트에, 배지에, 게다가 제복은 그야말로 완벽해서 흠잡을 데가 없었다. 뭐, 우리 파파야 언제나 외모로는 흠 잡을 데가 없는 인간이었지만.

웬일로 나를 이렇게 빤히 쳐다본다니.

꾸민 내 모습이 신기한 모양이었다.

그런데 애비야, 네 시선은 조금 부담스럽구나. 조금 나를 배려해서 적당히 봐주지 않겠니?

그러나 카이텔의 그 반응이 세르이라를 신나게 한 모양이었다. 세르이라는 평소라면 절대 하지 않을 짓을 저질렀다.

"예쁘죠?"

카이텔의 시선이 바로 세르이라에게 간다. 나는 조금 불안했다. 굳이 법률로 정해져 있는 사안은 아니었지만 이 궁에 있는 몇 가지 불문율이라는 게 있는데, 그중 하나가 바로 절대로 카이텔에게 먼저 무언가를 물으면 안 된다는 사실이었다.

으앙, 엄마, 왜 그랬어!

애비야, 설마 네 생일날 우리 유모를 죽이는 불상사는 일어나지 않는 거겠지? 그렇겠지? 내가 널 믿어도 되겠지?

나의 믿음이 통한 모양인지 카이텔은 아무 말 없이 다시 내게로 시선을 돌렸다. 나는 그의 옷깃을 잡고 활짝 웃었다.

아이, 착해라. 참 잘했어요.

"예쁘군."

오, 정말?

칭찬을 들을 거라고 생각지도 못해서 나는 녀석의 칭찬에 조금 얼떨떨했다.

정말? 괴물 같다, 뭐 이런 게 아니라 나 정말 예쁘다고? 진짜?!

"그럼 이따 보지."

"예, 폐하."

이 녀석이 웬일이라니.

나는 조금 감격했다. 우리 애비가 지 생일이라고 간만에 정상인이 된 모양이었다.

축배를 들어라! 엉엉, 감격스러워. 살다 보니 이런 날도 오는구나.

카이텔은 루나레 궁으로 바로 이어지는 연결 다리에 들어섰다. 그리고 그와 동시에 어디선가 튀어나온 드란스테가 나에게 아는 척을 한다.

"우리 공주님, 안녕?"

뭐래. 꺼져.

"아, 매정해."

뒤에 있던 수행원들이 짧게 동요했지만 그뿐이었다. 익숙한 듯 도리어 시선을 피하고 제 일에 충실한 모습에 괜히 내 뺨만 부풀어 오른다.

왜! 저걸 보고! 아무도 의문을 제기하지 않는 거야! 이상하잖아, 저놈 이상하다고!

그 와중에 카이텔 어깨에 올라온 내 손을 잡는다. 나는 드란스테를 노려보았다. 그리고 동시에 카이텔의 시선이 이쪽으로 향한다.

"내 딸한테……."

"아, 알았어. 접근 안 하면 되잖아!"

전에 당한 게 있어서 그런지 드란스테의 행동은 빠르고 신속했다. 이렇게 빠질 거면서 왜 나는 건드린 거니?

정말 저 자식은 알다가도 모르겠다. 나는 작게 혀를 찼다. 그런 나와 시선이 마주치자 녀석이 한 번 웃는다. 그건 일종에 버릇에 가까운, 지극히 메마른 미소였다.

"벌써 네 생일이라니. 시간도 참 빨라."

"작년엔 오지도 않았으면서 말이 많군."

그래도 카이텔과 둘의 대화는 듣는 재미가 쏠쏠하다. 일방적으로 드란스테가 까이는 것 같다지만 듣고 있으면 또 그런 것도 아니었다. 카이텔의 평소 어조와 드란스테를 대하는 어조는 조금 다르다. 뭔가 좀 더 풀어져 있고, 뭔가 더…….

그래, 더 날이 서 있었다.

"기쁘지 않아? 어째 표정이 영—."

드란스테도 드란스테지만, 우리 아빠도 우리 아빠다. 카이텔도 정말 알다가도 모를 인간이었다. 드란스테가 웃는다. 녀석의 미소는 어째 평소보다 더 시큼해 보였다.
"그래도 네 생일이잖아. 좀 기뻐해 봐."
카이텔이 흘긋 드란스테를 쳐다본다. 물론 그의 발걸음은 조금도 늦춰지지 않은 상태였다. 그러나 표정은 조금 다르다. 나는 어쩐지 가면이 허물어진 듯한 카이텔의 얼굴을 가장 가까이서 볼 수 있었다.
"생일이라……"
생일을 말하는 어조가 씁쓸하다. 그리고 그건 조금 기분이 이상했다.
괜히 물끄러미 그를 올려다본다. 뭐랄까, 무어라 말하기 힘든 감각이 내 가슴을 짓눌렀다. 나도 생일을 그렇게 손꼽아 가며 기다리는 타입은 아니었다. 그러나 그래도 막상 생일날이 되면 충분히 흥겨워 했다. 당연히 내가 태어난 날이니까. 다들 축복해 주니까. 그러니까…….
지금 카이텔은 다르다. 생일을 맞이한 그는 흥겨워 하지도 즐거워하지도 않았다. 오로지 드러나는 것이라고는.
"글쎄."
……쓸쓸함.
순간 무언가가 내 안에서 울컥했다. 목에 무언가가 걸린다.
뭐지, 이 감정은?
조금 당황스러울 만큼 격렬한 감각이었다, 그것은.
텅 빈 채 아무것도 담지 않는 그 허무한 시선쯤이야 이젠 익숙하다. 웃으면서도 웃는 게 아닌, 그 공허한 미소도 이젠 어느 정도 적응이 되었다.

그러나 알 수 없다, 이 느낌은. 대체 뭘까, 이 감정은. 무어라고 부르는 걸까.

"내가 태어난 게 과연 축복받을 만한 일일까?"

고요히 삭이는 목소리 아래에서 나는 조용히 그의 옷깃을 손안에 꽉 쥐었다. 그리고 조심스레 올려다본다. 그의 시선은 여전히 서늘했다. 그리고 안쓰럽다.

"이 손으로 죽인 생명과 짓밟힌 나라와 흘린 피의 무게를 생각한다면 지금 이 황궁에 와 있는 그 누구도 축하하지 못할 거다."

"쯧쯧."

뒤에서 혀를 차는 목소리가 들렸으나, 나는 내 아비를 그 어떤 말로도 타박할 수 없었다. 그는 옳은 말을 하고 있었다.

그래, 이 자리에 와 있는 그 수많은 사람들 중 그 누가 그의 생일을 축하할 수 있단 말인가. 그들 중에는 제 나라를 짓밟힌 자들도 있을 터이고, 제 아비를, 제 어미를 잃은 자들도 분명 존재한다.

카이텔은 결코 사랑 받는 군주는 아니었다. 폭군의 탄생을 그 누가 축하할까. 그의 말은 옳았다. 그래서, 그래서 더 서글펐다.

"나조차도 저주하는 날이거늘, 그 누가 진심으로 축하라는 걸 할 수 있을까. 안 그런가, 우리 따님?"

카이텔이 웃는다. 그 시큰한 미소가 오늘은 조금, 조금 불쌍했다.

체.

조용히 입술을 삐죽인다.

나쁜 놈, 얄미운 새끼, 아무튼 미워하려고 해도 미워할 수가 없어요.

이렇게 미운 데도 내가 한 수 접게 만든다. 그건 내가 녀석을 아빠라도 인정했을 때부터 정해진 일이었지만. 뭐 어쩌겠어? 우리 아빠인걸.

그래도 지 스스로만큼은 제 생일을 축복해도 될 터인데.

그러지 못하는 녀석이 안타깝고, 그럴 수 없는 녀석이 불쌍하다. 그리고 동시에 괜히 내가 서글펐다. 어쩌자고 이런 놈을 아빠로 둔 거야, 나는. 한숨이 나온다.

그 순간 루나레 궁의 문이 열렸다.

황제궁과 바로 연결된 문이라 그런지, 문이 열리자마자 도착하는 곳이 하필이면 홀이었다. 파티가 이제 막 시작된 건지 처음 보는 얼굴들이 놀라서 올려다본다.

카이텔은 아무 동요도 없이 언제나 늘 그렇듯 무표정으로 그 자리에 끼어들었다. 그리고 그때부터가 진정한 파티의 시작이다.

"짐의 생일을 맞이하여 오랜만에 한자리에 모인 모두를 환영한다. 모두 기쁘게 마시고 누리며, 오늘의 파티를 즐기도록."

그 한마디에 고개를 숙이는 수많은 사람들이 내 시선에도 보인다.

나는 자연스럽게 얼굴을 찌푸렸다.

머리 아파.

낯선 환경에 대한 거부감이 불쑥 튀어나왔다. 웬만하면 어딘가에 처박혀 있고 싶다. 품 안에서 바둥거리는 날 느낀 건지, 카이텔이 무표정한 얼굴로 날 내려다보았다.

애비야, 네 딸내미가 좀 죽을 것 같다. 좀 놔줘라.

그 기도가 통한 건지, 카이텔이 날 제 옥좌에 앉혀 놓는다.

어라, 졸지에 왕의 의자에 앉은 기분은 좋은데, 여기 나 앉아도 되는 거야? 그런 거야?

"조용히 앉아 있어."

작게 웃으며 날 내려놓고 그가 가 버린다. 다행히 옥좌는 제법 안쪽에 마련되어 있어서 나는 숨을 돌릴 수 있었다.

으아, 파티 싫다.

아깐 몰랐는데, 진짜 사람이 많았다. 그것도 징하게.

생각했던 것 이상이었다. 그리고 그만큼 많은 사람의 숫자에 우리 아빠가 가진 제국이 얼마나 큰 나라인지를 깨닫게 된다. 카이텔은 권세가 꽤 있는 사람들한테만 인사를 받는 것 같았는데, 그래도 그 숫자가 꽤 되었다. 근데 그 와중에도 페르델은 좋다고 사교 활동에 여념이 없다.

저놈은 보면 볼수록 신기하단 말이지.

"으에."

이왕이면 이대로 집에 돌아가고 싶었다, 정말로. 그러나 적어도 한 시간은 버텨야 한다던 세르이라의 말이 떠오른다.

망했어요, 엉엉. 이 세상은 썩었어. 근데 이 의자 왜 이렇게 딱딱해?

안 그래도 원피스 차림이라 불편해 죽겠는데, 의자도 불편하다. 카이텔은 맨날 이런 의자에 앉아 있는 건가.

우리 애비, 엉덩이는 괜찮으려나.

나라면 엉덩이 아파 죽을 거 같은데.

자리가 너무 불편해서 몸을 뒤틀다가 그만 주르륵 옷이 미끄러지며, 몸이 의자 밑으로 흘러 내려간다.

어라, 정신을 차려 보니 내가 있는 곳은 의자가 아니라 그 아래.

응? 안 돼! 내 의자!

방석도 없어서 미끄러지는 이놈의 더러운 의자를 어찌한담.

아빠가 조용히 앉아 있으랬는데. 다급한 마음에 올려다보니, 의자는 턱없이 높았다.

망했어, 엉엉.

낑낑대며 손을 뻗어 의자의 턱을 잡는다. 그리고 다리에 힘을 주었다.

올라가야 돼! 올라가야 된다고!

"어머."

"어라?"

"어어?"

갑자기 곳곳에서 작은 탄성이 터져 나온다. 무슨 구경거리라도 있나 보지?

나는 어떻게 해서든 의자에 올라가려고 애를 썼다. 의자에 올라가서 나도 구경거리 볼 거야. 근데 내 저질 다리는 왜 일어서지도 못해!

안 돼, 올라가야 한다고. 나 올라가야 돼!

"공주님!"

"어머!"

"서셨어요!"

응? 쟤네 왜 저래?

의자의 턱을 잡고 이제 몸을 기대 올라가 볼까 하고 있는데, 순식간에 내게 시선이 몰렸다.

왜 이래, 부담스럽게. 나 뭐 했나?

내가 뭘 하긴 한 것 같은데, 나도 모르겠다. 뭐지, 이 반응은? 당황해서 우물쭈물 입술만 모으고 있는데, 어느새 익숙한 날카로운 시선 때문에 나는 조금 무서웠다.

고개를 돌려보니 아니나 다를까, 카이텔이다. 카이텔은 어쩐지 평소와 다른 표정을 짓고 있었다. 조금 놀란 표정?

그런데 뭘 보고 놀란 거야? 뭐니, 애비야.

내가 나도 모르는 사이에 너한테 돈을 빌려 간 거니? 빌려 간 거 없는데.

"파파!"

에라, 모르겠다.

설마 사랑스러운 제 딸인데, 뭔지 모르지만 죽이겠어? 나는 팔을 활짝 벌리며 그를 불렀다.

자, 어서 와서 나를 안아. 그리고 그 눈 좀 돌려라.

그러나 나는 바보였던 것이었다. 평소라면 앉아 있어서 두 팔을 벌려도 상관없었는데, 지금은 서 있는 상태였다. 그것도 의자를 잡고.

의지하던 의자에서 손을 놓아 버리자 내 몸이 갸우뚱 뒤로 기울어진다.

어라, 어라!

몸이 넘어간다! 아빠, 와서 어떻게 좀 해 봐!

내가 내 몸을 제대로 가눌 수 없다니, 이게 무슨 소리요!

뒤로 넘어가서 의자에 머리를 박고 밀려오는 아픔에 얼굴을 찡그리는 순간, 내 허리를 잡는 손길이 느껴진다. 나는 바로 눈을 번쩍 떴다. 아니나 다를까, 내가 안긴 건 카이텔이었다.

그런데 카이텔의 표정이 어째 평소와는 다르다. 어쩐지 다급한 얼굴이었다. 그래도 파파다, 엉엉.

"파파!"

의자에 박은 머리가 아팠다.

지잉. 머리에 뭐가 울리는 것 같아. 벌써 아파서 눈에선 눈물도 흘렀다. 그런데 파파 생일이니까 울고 싶지 않다. 나는 필사적으로 훌쩍였다.

"괜찮으냐?"

울면 안 되는데 눈물 나네. 이제 내가 운다고 죽일 놈은 아니었지만 그래도 울고 싶지 않았다.

그래, 오늘은 아빠 생일인걸.

비록 자기는 싫어한다지만, 그의 생일이라는 사실은 변함이 없었다. 나는 조금 훌쩍이다가 환하게 웃었다.

아, 안 봐도 안다. 정말 바보 같은 얼굴이겠지. 지금은 카이텔이 나한테 무슨 말을 해도 별로 서럽지 않을 거 같다. 알아. 나도 바보 같은 거.

"파파."

하지만 팔을 벌리고, 나를 안은 카이텔의 목을 끌어당기는 건 멈추지 않았다. 그래, 나는 그의 딸이니까.

"애잉 쭈까에요!"

비록 인간의 말은 아니었지만, 축하해 주고 싶다. 너의 생일을 누가 축하하냐 너는 물었지만, 나는 그래도 너를 축하해 주고 싶다. 너는 내 아버지고, 이 세상에 하나밖에 없는 나의 가족이다.

그 사실 하나면, 너를 축하하는 이유는 충분하다.

"······생일 축하해요?"

인간의 언어가 아니라 알아듣기 난해했을 텐데, 카이텔은 금세 알아들었다. 그의 놀란 시선이 나를 향한다. 나는 어째 쑥스러웠다. 별거 한 것도 없는데, 흠흠.

그래, 옛다, 내 선물.

카이텔의 목을 끌어안은 팔에 힘을 준다. 그리고 그의 뺨에 난생처음으로 뽀뽀를 해 주었다.

쪽!

작은 소리가 주변을 메운다. 나는 그의 뺨에 기습 뽀뽀를 마치고 자랑스레 웃었다.

헤헤, 어때? 아빠, 나 이제 인간 같지 않음? 이제 인간 비스무리한 걸로 바꿔서 불러 주면 안 될까?

내가 작게 재촉하자, 카이텔이 멍청한 표정에서 깨어난다.

그의 표정은 뭐랄까, 나도 알기 힘든 얼굴이었다.

뭐지, 화난 건가?

그러나 내 팔을 잡은 손이 조금 떨리고 있다. 나는 그의 상태를 제대로 알 수 없었지만 그게 화난 것이 아니라는 건 알았다. 그 순간 내 귀에 작은 목소리가 들린다.

"……고맙, 다."

뭘 새삼스레.

다시 마주치는 시선에 나는 웃어 주었다.

생일 축하해요, 아빠.

— End. Caitel

"증오한다, 황제여. 내 육체와 피가 너를 용서치 않으리라. 내 몸마저 으스러지면 내 피를 이은 이 아이가 나 대신 너를 저주하리라."
저주의 말을 내뱉던 여인의 눈동자는 제법 격렬했다. 그렇게 불타오르는 증오는 오랜만이라, 마치 모닥불에 불을 쬐는 나그네처럼 여인의 증오를 받아들였더란다.
단 하룻밤. 같이한 기억이라곤 그 기억밖에 없다.
어디에서 끌고 왔는지, 무슨 사연을 지닌 건지도 솔직히 말하면 관심 없었다. 그런 여인은 후궁에 가면 지천에 널려 있었으니까.
그러나 그 감정은 흥미롭다. 그것이 카이텔이 느낀 전부였다.
제 품에서 떨던 여인의 향취는 기억하고 있다. 곧 흩어졌지만, 그래도 기억은 했었다. 제 자신이 먼저 도발하고 유혹해 놓고, 그가 응하자 스스로가 먼저 물러서는 것이 우스웠다.
물론 그뿐인 감상이었지만 그런 감상이라도 남는 것이 되레 신기하다. 보통이면 잊혀지고 없을 터인데.

"아이라."

그래서였을까, 그때 그 반응은.

떨면서도 단 한 발자국 물러서지 않던 여인의 눈동자는 아직도 기억한다. 푸르른 녹색 눈동자는 겨울을 부르는 북쪽의 왕녀답지 않은 짙은 녹음이었다.

그러나 그 녹음이 담은 것은 증오. 그것도 가장 격렬한 증오였다. 어울리지 않는다. 짧게 생각했었다.

그런데 그런 여자를 닮은 아이라, 제법 흥미가 생길 법한 일이 아닌가. 그러나 막상 본 아이는 그녀보단 그를 닮아 있었다.

카이텔, 제 자신을.

불쾌할 정도다. 박제 수준으로 빼닮은 이목구비는 자연스레 그의 혐오를 이끌어 냈다. 그래서 그 사실을 두 눈으로 확인했을 때, 자연스레 손을 뻗었다.

죽이려 했다. 명백히 죽이려고 뻗은 손길이었다.

그것은 아득할 정도로 당연한 의무. 어째서 당연한 건진 모르지만 손을 뻗는 데에 다른 악의는 없었다. 그것은 의무였으니까. 메마른 감성으로 메마른 이유에 의해 죽인다. 그것에 다른 여지가 끼어들 자리는 없었다.

그러나 카이텔은 쥐려던 손에 힘을 주진 못했다.

제 아이라는 것은 단 한 번도 생각해 본 적 없다. 하물며 핏줄이 닿았다는 이유 하나만으로 제 자신을 제외한 모든 황족을 죽인 인간이다. 핏줄에 대한 애정 하나만으로 살려 둘 정도로 온정 넘치는 인간은 아니었다.

하지만 맥동하는 목을 쥔 채 마주한 짧은 시선이 그의 자비 없는 손길을 멈추었다.

그랬다. 그의 손을 멈춘 건 핏줄도 혈육도 그 무엇도 아니었다. 그저 짧은 시선. 찰나라고 부를 정도로 아주 잠깐의 시간이었다.

"폐하!"

자신을 부르는 목소리가 들린 것은 그때였다.

당황한 목소리에도 동요 없는 시선. 아이는 제 아비가 저를 죽이려는지도 모르는 채 물끄러미 낯선 남자를 올려다보고 있었다. 아마 그 남자가 제 아비란 것도 모를 테지.

뭘까, 그 감정은. 대체 무어라 설명해야 하는 걸까.

알 수 없는 감흥이었다. 그래서였을까, 그렇게 손을 놓았던 것은.

손에 힘을 줄 수 없었다. 아니, 힘을 주기 싫었다.

그래, 아이를 살린 것은 제 변덕이었다. 한순간의 짧은 변덕. 언제 뒤바뀔지 모르는 그런 변덕이었다.

그러나 그 변덕이 후에 가져올 파장을 알았다면 그 자리에서 죽여 버렸을까?

후에 고민했지만 제 자신조차 그 답은 알 수 없었다.

"아따!"

아기라는 생물이라는 건 연약했다. 나약하고, 여리다. 조금만 힘을 주어도 금세 그 숨을 잃어버리는 그런 약하디약한 생명이었다.

살아 있는 게 의심스럽다. 정말로 그렇게 작은 몸으로 어떻게 살아 있는 건지가 의심스러웠다.

그렇게 약한데, 그 약한 생명을 돌보는 여인도 신기하다. 그리고 그 아이를 키워 내는 그 일련의 과정들마저 제법 기이했다. 그 작은 몸이 자라는 것도, 그 작은 몸을 지키고 키워 내는 것도. 그래, 그것은 지켜보기만 해도 무언가는 흥미로운, 그런 지치지 않는 재밋거리 중 하나였다.

그래서 지켜보았다. 계집아이니, 나중에 커도 거슬리면 팔아 버리면 그만이라 생각했으니까.

가끔은 그따위로 취급되는 제 아이에 대한 동정도 있었다. 아무것도 모르는 눈동자가 그를 가만히 응시할 때면 알 수 없는 감상이 제 가슴을 헤집었다. 그래, 너도 원해서 그렇게 태어난 것은 아니었을 텐데.

"태어났다 해도 고작 이런 삶의 연속인데, 무슨 짓을 해서라도 너를 낳으려던 네 어미가 우습구나."

허나 그만큼 더 격렬하다.

요동치는 심장의 소리를 베지 않고서도 들을 수 있다는 사실에, 그리고 그 작은 몸이 살아 있는 생명체라는 걸 다시 한 번 깨달은 순간에 그제야 그는 인정했다.

아이를 살린 것은 제 어미를 닮아서가 아니라 제 어미를 닮지 않아서였다는 것을. 그래, 그래서였다는 것을.

지독할 정도로 자신을 닮았다. 그 은적발도, 그 진홍안도 모조리. 그리고 그것들을 깨달은 순간, 카이텔은 인정하지 않을 수가 없었다. 그 아이는 제 아이였다.

"내 아이구나."

닿는 체온이 보통의 인간보다 높다. 시선이 마주할 때마다 버릇처럼 방긋 웃는 그 얼굴이 바보스럽다 생각했지만 어느새 그 미소에 손을 뻗는 제 자신을 발견해야 했다. 타인의 온기나 자취라는 건 불쾌하다고 생각했는데, 제 아이는 그런 범주에 들지 않는 모양이었다.

오랜만에 본 자신의 아이가 울고 있었다는 걸 깨달은 순간 치밀었던 화가 그 모든 심경의 변화를 대변했다. 제 자신의 살의에도 울지 못한 제 아이를 감히 누가 건들 수 있다는 말인가. 물론 그 감정이 제 자식이라 규정짓는 것은 아니라는 걸 스스로도 알고 있다. 하지만 이미 제 것이라 분류한 이상, 그 이상의 기준은 무의미했다.

"폐하께서도 언젠가 공주님을 사랑하게 되실 거예요."

평온한 말을 늘어놓는 유모의 참견쯤이야 우스웠다. 평안하게 살던 여인이라 별다른 신경을 쓰지 않았던 것도 사실.

"요 근래에 인간이 되긴 했지. 그게 딱 아이가 생긴 시점 이후라고는 말 못하겠다. 그런데 네 딸 나도 좀 보면 안 될까?"

페르델의 평가도 심드렁했다.

아이가 자라는 걸 지켜보는 게 흥미로워 딱히 다른 일에 관심을 쏟지는 않았으니까. 그 정도의 평가는 받을 수 있다고 생각했다. 허나…….

"후회할 거다."

드란스테가 나타난 순간 모든 게 뒤바뀌었다.

얄미운 놈이 빙그레 웃으며 눈웃음을 짓는 순간, 그때야 깨달았다. 제 자신이 늪에 빨려 들고 있음을.

너무 늦었나.

길을 잘못 든 사람이 언제나 다급히 출구부터 찾듯 그도 출구를 찾았다. 언제 적부터인지 알 수 없는 시작이 혼란스럽게 만든다. 어느새 그는 아이에게 익숙해져 있었다. 아니, 아이가 있는 삶에 본인도 모르게 젖어 들고 있었다.

"파파."

아이가 웃음 짓는다. 그 미소가 어찌나 사랑스러운지. 사랑 받기 위해 태어났다는 걸 모두에게 알리기 위한 미소가 정말 모두를 미소 짓게 만들었다. 그래, 메마른 감성의 제 자신조차 이렇게까지 말랑하게 만들어 놨으니까.

후회할 거다.

머릿속에 목소리가 경고한다. 후회할 거라고. 더 이상은, 안 된다고.

그러나 정말 후회되는 것은…….

"파파?"

제 아이를 품에 안는다. 지나칠 정도로 뜨거운 체온.

평균보다 낮은 체온 탓에 평균보다 더 높은 체온을 지닌 제 아이가 무슨 난로처럼 느껴질 때가 있었다. 그러나 지금은 더없이 익숙하다. 이 체온이 아니면 안 될 정도로.

그래, 그렇구나.

낮게 가라앉은 시선이 음울하게 아이를 내려다본다. 아이는 아무것도 모르게 해맑게 웃었다.

그래, 정말로 후회되는 것은…….

낮은 목소리가 작게 읊조린다.

이제 죽이지도 못한다는 그 사실 자체였다.

3. World is mine!

3. World is mine!

카이텔의 생일 파티가 벌어졌던 것도 벌써 두 달 전이다.

뭐, 지난 두 달 사이에 큰 변화가 있었냐고 한다면 그냥 내가 이제 배로 기는 것 말고 무릎으로 길 수 있게 된 거랑 무언가를 잡고 쉽게 서 있을 수 있다는 사실뿐이었다. 굉장히 작은 변화였지만 그 때문에 솔레이 궁의 시종들은 내 시야와 맞는 모든 물체의 모서리는 모조리 뭉툭하게 만들어야만 했다.

난 내가 천재라서 금방 길 수 있게 된 줄 알았는데, 세르이라의 말을 들어 보니 평범하게 잘 자라고 있다고 했다.

쳇, 그래 나 둔재다.

벌써 겨울이 다가오는구나. 어쩐지 나날이 날 제 곁에서 떼어 놓지 않으려 하는 우리 애비 때문에 나만 죽을 것 같다.

애비야, 네가 심히 귀찮구나. 생각 같아선 날 이만 놓으라 말하고 싶지만 아직 나는 내 목숨이 소중했으므로 그냥 조용히 안겨 있었다.
 아, 졸려.
 "그러니까 폐하, 일단 랑그르보다는 남쪽의 프레치아를 어떻게 해결하는 것이 우선이라고 생각합니다."
 겨울이 다가와서인지, 아니면 카이텔의 생일 파티가 끝나서인지 이유는 모르겠다만 이 아담한 집무실에도 작은 변화가 하나 있었으니, 그건 바로 페르델의 잦은 방문이었다.
 "왜?"
 이 궁에서 사는 것도 이제 도합 10개월이건만 이상하게 그의 얼굴을 보는 건 이번이 처음 같았다. 그건 좀 많이 이상했다.
 그래, 이상해.
 이름은 익숙한데 저 얼굴은 익숙지 않았다.
 저놈도 푸른색이었구나. 가까이서 구경할 기회가 없어서 녀석이 푸른 머리카락을 가지고 있다는 건 알았어도 눈동자마저 푸른지는 이번에 처음 알았다.
 그런데 페르델이 가진 푸른색은 푸른색이라기보단 하늘색에 가까운 옅은 하늘빛이었다. 전체적으로 시원시원한 인상이 잘생겼다는 생각보단 잘 웃는구나—라는 인상을 준다. 그래도 미남인 건 확실했다.
 고놈 참 잘생겼네.
 단지 학자풍이라고 생각했던 선입견과 달리 좀 더 날카로운 인상이다. 하지만 역시 그 무엇보다도 중요한 건 절대로 카이텔하고 놀 것 같은 얼굴이 아니라는 사실이었다.
 왜 노는 거지, 대체.

"프레치아의 황제가 조용한 게 일단 마음에 걸리고, 무엇보다 최근에 프레치아 주변국에서 무기를 대량으로 반출한 흔적이 발견되어 조사 중이거든요. 지금 시기가 별로 좋지 않습니다. 적어도 그 흔적이 무엇인지는 제대로 조사해 보고 결정하십시오."

카이텔의 품에 안긴 채로 나는 손잡이 없는 컵을 두 손으로 쥐고 마시고 있었다. 물은 아니고 과일즙이었는데, 맛있어서 내가 자주 마시는 음식이었다.

맛있어, 냠냠냠.

페르델을 훔쳐보며 입맛을 다시고 있는데, 순간 페르델이 시선을 준다.

응?

"프레치아도 거슬려."

그냥 착각이었나.

카이텔이 내가 다 마신 컵을 치운다. 이미 다 마신 터라 미련 없이 나는 파파에게 내 컵을 양도했다.

아, 맛있었다, 쩝쩝.

"펠레폰 황제는 별다른 움직임 없나?"

"아쉽게도 없습니다."

내 컵을 치우고, 카이텔은 요람 쪽으로 발을 돌렸다.

날 내려놓으려 그러는 거니?

초롱초롱 시선을 보내자 순간 시선이 마주친다. 예전이라면 그냥 무표정으로 내려다보기만 할 텐데, 나름대로 인간이 된 건지 요새 카이텔은 내가 시선을 마주하면 웃어 주었다.

비록 그게 메마른 옅은 미소일지라도.

쩝쩝, 세르이라랑 가서 걸음마 공부하고 싶다. 난간을 잡고 걸어가는 건 나름대로 할 만했지만 그래도 역시 걸음마는 세르이라의 손을 잡고 하는 게 최고였다. 무엇보다도 넘어지면 금방 잡아 줄 사람이 가까이 있다는 게 어찌나 안심이 되는지. 혼자 뭐 잡고 걷는 것보다 세르이라랑 걸으면 마음 놓고 발을 뻗을 수 있었다, 얍얍얍!

그렇게 세르이라랑 잘 노는 날 지켜보며 우리 애비가 좀 부러웠던 모양이었다. 나름대로 자신도 내 걸음마 연습을 시켜 주려고 하는데……. 이 초보 아빠는 내가 겁나 빨리 걸을 수 있는지 알고 지가 먼저 진도를 뺀다.

결국 고생하는 건 나였다.

몰라, 안 해! 몇 걸음 떼다가 바로 엉덩이 깔고 앉아 버리는 나 때문에 카이텔은 걸음마 연습을 제가 시키겠다는 원대한 야망은 포기해야 했다.

그래, 아빠는 아직 육아마스터하기엔 일러. 그러니까 너랑은 걸음마 안 해, 이 자식아!

"아시시는?"

"아, 지금 잔당 처리 끝내고 궁으로 돌아오는 길이라고 합니다. 뭐, 이 개월 후면 돌아오겠죠."

무심한 대꾸에 괜히 내가 다 아시시란 사람이 불쌍해졌다.

쯧쯧, 제 주인의 명을 받아 열심히 싸우고 돌아오는 중이라는데 황궁에 등 따시고 배부르게 앉아 있는 놈들이 하는 말이 이 꼬라지라니.

세상 믿을 거 하나 없다더니, 딱 그 짝이다.

그런데 저놈은 왜 자꾸 나를 쳐다본담?

카이텔이 놔준 덕에 요람에 앉혀져서 잉차잉차 그대로 난간에 기대 일어서니, 페르델의 표정이 크게 흔들렸다.

뭐지? 너 설마 나한테 반했니? 내 나이 이제 10개월 살이다. 넘 보지 마라, 이 도둑놈아!

"그러고 보니 이렇게 가까이서 공주님을 뵙는 건 처음이네요."

"오지 마."

녀석의 불손한 시선을 우리 애비도 느낀 모양이었다. 한 걸음 다가오기가 무섭게 날 감싸고돈다. 페르델은 괜히 한 걸음 다가왔다가 불한당 취급을 받고 있었다.

"......"

셋 다 말이 없다.

페르델이 한 걸음 더 내디디려고 발을 떼자, 카이텔이 자연스럽게 제 칼에 손을 가져갔다. 순식간에 형성된 살벌한 기세에 나는 조용히 난간을 붙잡고 입을 내밀었다.

뭐 하는 거지, 이건.

둘도 없이 절친한 친구 같더니, 그건 다 사기였나. 나는 눈동자만 굴리며 두 사람을 훑어보았다.

그 순간 페르델이 얼떨떨한 얼굴로 입을 연다.

"저기, 폐하?"

"안 돼."

카이텔은 아예 페르델에게서 등을 돌렸다. 아니, 등을 돌린 게 문제가 아니라 등을 돌리면서 나를 가렸다는 사실이었다.

'응? 으응? 이게 진짜 무슨 일이지? 우리 파파, 왜 이래!'

당황한 건 나뿐만이 아니었다. 카이텔 너머 들려오는 페르델의 목소리도 마찬가지로 당황한 말투였다.

"야, 카이텔!"

"넌 안 돼."

다시 나를 안고, 살짝 몸을 돌리며 카이텔이 경고한다. 빼꼼히 고개를 내밀어 확인한 페르델은 어이없는 표정으로 입을 딱 벌리고 있었다.

"내가 미래의 범죄의 새싹이냐? 와, 누군 딸 없냐? 진짜 서러워 죽겠네!"

"없잖아."

평이하게 대꾸하는 카이텔은 정말 진심이었다. 그 말에 울컥한 건지 페르델의 표정이 구겨진다. 그는 진심을 다해 외쳤다.

"있거든! 있을 예정이거든! 약 일 년 후에 그럴 거거든!"

"어쨌든 지금은 없잖아."

"결혼하면 낳을 거야! 너보다 더 많이 낳을 거라고!"

"그럼 낳고 와서 말해."

어쩜 한마디도 못 이기니. 지켜보는 내가 다 슬프다.

그래서 우리 아빠의 완벽한 승리를 축하하지도 못하고, 나는 그 저 작은 손으로 입을 가렸다.

저 불쌍한 놈, 너도 불쌍한 놈이었구나.

어찌 우리 아빠랑 노는 놈은 하나같이 불쌍한 거 같아. 그것도 유행인가.

"……와, 저 나쁜 놈."

억울함을 호소하는 목소리에 나까지 고개가 끄덕여진다.

그래, 나쁜 놈이긴 해. 우리 아빠가 좀 많이 나빠.

아, 이런 거 자랑스레 여기면 안 되는데, 왜 어째서 나쁜 놈으로 우리 파파를 뒤따를 자가 없다는 생각을 하면서 내가 이런 심정을 느끼는 거냐고. 참으로 부조리한 현실이었다, 더러운 세상.

"보여 준다고 했잖아! 네 생일에!"

나는 모르는 모종의 계약이 오고 간 모양이었다.

카이텔도 그런 약속을 한 게 기억이 나는지 잠시 미간을 찡그린다. 그러면서 진지하게 날 응시하는 폼이 정말로 보여 주기 싫은 모양이었다.

하지만 약속은 약속이다. 카이텔이 몸을 돌렸다. 그리고 제 품에 안긴 나를 페르델에게 기꺼이 보여 주었다.

"그래, 봐."

"응?"

"보라고."

페르델의 얼굴이 순식간에 환해진다. 바보같이 환하게 웃는 그 얼굴을 보고 나는 조금 무서웠다.

저 인간 저거 왜 저래?

그러나 페르델이 나에게 손을 뻗는 순간, 그 손을 차단하며 카이텔이 딱 잘라 경고했다.

"보기만 해."

이게 무슨 소리냐는 듯 페르델이 얼굴을 구긴다. 그리고 나도 의아했다.

응? 애비야, 지금 뭐 하는 거니.

우리의 시선을 한 몸에 받은 카이텔이 꿋꿋한 무표정으로 페르델을 보았다. 페르델은 자신에게 오는 시선에 일단 얼굴부터 구겼다. 아니나 다를까, 우리 애비의 말은 역시 예술이었다.
"보여 주기만 한댔지 만지게 해 준다고는 안 했어."
······네가 다섯 살짜리 꼬맹이냐.
나의 감상은 둘째 치고, 앞에서 절규가 터져 나온다. 페르델은 경악을 하며 카이텔에게 삿대질까지 했다.
이런 하극상을 보았나. 너 진짜 빡쳤구나, 쯧쯧.
나의 동정이 닿기도 전에 페르델이 소리친다.
"이건 사기야!"
페르델이 절규를 하건 뭘 하건 카이텔은 매정하게 몸을 돌렸다. 그 모습이 흡사 버림받은 여인네의 모양새 같아서 나는 놈이 격하게 불쌍했다. 첫 만남의 깔끔했던 재상님의 이미지는 이미 바닥으로 곤두박질친 지 오래. 나는 내 상상 속의 그분과는 다른 페르델을 뚱한 표정으로 쳐다본다.
역시 사람은 알고 봐야 하는 건가.
나름 충격과 공포였다.
"사기 당했어!"
카이텔 앞에서도 당당하게 제 자신의 주장을 이어 가던 재상님은 이미 눈앞에 없었다. 듣기에는 철혈재상이라고 불리는 놈이라던데.
철혈이 어디 있나요, 철혈이? 철혈이 보이지를 않네.
"보고할 건 그게 끝인가?"
"응. 아, 아니, 네."
페르델은 그렇게 대답해 놓고 잠시 머리를 갸웃했다.

"네, 예, 아니오. 아, 맞아요."

반말을 해야 할지 존댓말을 해야 할지 헛갈리는 모양이었다.

왜 저래?

하긴 사적으로는 친구라지만, 공적으로는 그의 폐하와 재상이지. 주군에게 반말을 할 수는 없는 건가?

이상한 데서 확고한 질서에, 개념이 잡혀 있는 아이로구나 생각하는데, 카이텔이 바닥에 떨어져 있는 장난감을 주워 주었다.

어, 내 장난감!

내가 바로 반색을 하며 손을 뻗으니 카이텔이 싱긋 웃는다. 그 표정이 마치 줄까, 말까 간 보는 것 같아서 나는 필사적으로 달라고 손을 뻗었다. 사디스트 끼가 다분한 이놈의 아버지가 제 딸이 간절히 원해야 장난감을 던져 준다. 이 개새끼.

파파, 주세요! 빨리 주세요! 야! 내놔, 이 자식아!

"그냥 편하게 해. 여기 둘밖에 없다."

"네 딸은 인간이 아니냐? 셋이거든."

내가 장난감을 쟁취해 내는 걸 지켜보며 페르델이 구박을 했다.

간 한번 겁나 크네.

역시나 내 느낌은 틀리지 않았다. 카이텔의 심기를 거스르는 어투에 순식간의 우리 애비 얼굴이 굳어진다. 원래 날카로운 시선 탓에 저렇게 굳은 얼굴로 노려보면 나조차도 무서워서 방긋방긋 웃곤 했는데, 역시 절친은 다른 모양이었다.

페르델은 노려보는 그 따끔따끔한 시선에도 전혀 개의치 않았다. 도리어 방긋방긋 웃는다. 그리고 그 미소에 되레 우리 애비가 열을 받는 모양새였다.

뭐지, 이 관계는.

마치 서로에게 사이좋게 엿을 먹이는 것만 같다. 너네, 대체 정체가 뭐니.

"안 가냐?"

"응. 일 없어."

헤실헤실 웃으며 페르델이 갑자기 두 손을 번쩍 올린다. 이건 또 어떤 미친 짓인가. 장난감을 입에 문 채 쳐다보고 있자니, 녀석이 환희에 가득 찬 함성을 내질렀다.

"우와, 휴식이다! 야호! 휴식이다!"

으, 응? 쟤가 저렇게 방정맞은 놈이었던가.

나는 조금 당황했다. 지난 10개월 동안 언뜻언뜻 마주쳤던 기억을 아무리 더듬어 봐도 내가 가지고 있던 이미지는 이런 게 아니었다. 이렇게 방정맞고 가벼운 놈이라니!

아니야! 내가 가진 이미지는 이런 게 아니었다고!

겉으로는 유쾌하긴 하지만 속엔 시커먼 구렁이가 10마리쯤은 살고 있고, 앞에서는 미소로 모든 사람을 대하지만 뒤에선 냉소적인 표정을 지으며 '훗, 이 세상은 나의 것' 이러면서 폭군이라 악명 높은 우리 파파마저 뒤에서 조종할 것 같은, 배후에 도사린 암적인 흑막이었는데!

그 흑막은 도대체 어디에?!

저기, 흑막님? 언젠가 저놈이 배신을 때려서 내가 우리 아버지를 구해야 하나 싶을 정도로 악의 기운이 느껴지는 놈이었는데, 악의 기운은 대체 어디로 가고 저렇게 깃털처럼 날아가 버릴 것 같은 놈만 남은 거냐고!

젠장, 뭔가 사기 당한 기분이야. 이건 아니야! 엉엉.

"보고 다했으면 꺼져."

저 살벌한 말에 허겁지겁 방을 떠나는 사람들만 봐 와서 그런지 배째라는 식으로 소파에 앉으며 편안하게 등을 기대는 페르델은 그래도 나름 신선했다. 간 크게 카이텔 먹으라고 가져다 놓은 쿠키도 제멋대로 집어 먹으며 녀석이 빙그레 웃는다.

아, 그래도 방정맞아!

"싫은데. 너 분명히 생일 파티 때 나한테 그랬어. 너 대신 그 인간들을 상대하면 나한테 이 집무실에 마음껏 들어올 수 있는 권한을 준다고."

"내가 언제."

"저, 이씨!"

한순간 얼굴을 찡그리며 바로 벌떡 일어서는 꼬라지를 보니 또 우리 애비한테 사기를 당한 모양이었다.

저놈 저거 좀 어디가 모자란 거 아냐? 그나저나 정말 또 사기 당한 거니. 그럼 곧 집무실에서 추방당하겠구나.

"사기꾼아, 네가 그럴 줄 알고 미리 받아 놨지!"

그건 그렇고, 페르델은 어느새 제 품에서 작은 종이 한 장을 꺼내 들었다. 멀어서 안 보여. 아니, 보여도 물론 글씨를 읽을 수 없어 보나마나 했지만.

그런데 이 와중에 내가 하도 입으로 장난감을 냠냠 빨아먹으니 카이텔이 내게서 장난감을 빼앗아 간다.

그건 내 거야! 왜 뺏어 가는 건데, 엉엉.

이빨 나는 곳이 자꾸 간지러워서 무언가를 물고 싶어서 그런 건데, 그걸 빼앗아 가다니.

아씨, 긁는 걸로는 성이 안 차는데.

참담한 기분이다.

"짠, 계약서! 보이냐, 이 내용이!"

내 장난감을 빼앗아서 그대로 버린 카이텔이 나를 다시 제 품에 안았다.

망할 놈아, 내가 네 장난감이냐고.

왜 자꾸 안아 대는 건지 이해를 못하겠다. 그러나 아니꼬운 표정으로 페르델을 노려보는 카이텔은 진정 살벌했다.

네, 알아서 닥칠게요, 아버지. 파파, 난 아빠가 세상에서 제일 좋더라.

"너 결혼은 대체 언제 하냐?"

어, 결혼해?

두 눈을 동그랗게 뜨고 페르델을 쳐다보았다. 그 순간 마주친 시선에 페르델이 예쁘게 웃는다.

어, 어……. 자식, 잘생겼네.

"에헴, 다음달."

근데 곧 유부남이 될 인간이구나. 음, 아니, 그보다…….

뭔가 착잡하다. 나는 괜히 우리 파파를 쳐다보았다. 내 시선에 카이텔이 나를 내려다본다. 시선이 마주치자 방긋방긋 미소 지었다. 이제 제법 예쁜 짓을 많이 해서 그런지 우리 카이텔이 날 그렇게 사랑하는 거까지는 아니더라도 좋아하긴 하는, 뭐 그런 느낌이었다, 그래도.

괜히 카이텔의 뺨을 건드려 본다. 그 바람에 날 좀 더 높게 안아 들어서 카이텔은 제 시선에 내 시선을 맞추었다.

　기분 나쁠 정도로 붉은 눈동자. 아니, 이젠 따뜻할 정도로 붉은 눈동자다. 처음 마주했던 이 눈동자의 살기도 이젠 제법 옅어진 듯하다. 나만의 착각일 수도 있겠지만, 그래도 그렇다고 믿고 싶었다.

　원래대로라면 우리 애비도 저렇게 결혼해서 날 낳았어야 했는데, 그러지 못했다. 왜 평범한 모든 삶이 이 남자를 비켜 가는 기분일까?

　"빨리 시르비아 납치해서 우리 집에서 살고 싶다. 애기 낳고 싶다, 애기!!"

　나와 카이텔의 모습을 본 페르델이 안달이 나는지 소리를 지른다. 그 바람에 카이텔의 시선이 그에게 돌아갔다. 그건 좀 다행이었다.

　하마터면 울 뻔했네.

　그 사이를 끼어든 페르델이 빙그레 웃는다.

　"부럽지? 부러워 죽겠지? 나 이제 유부남이다! 유부남이지롱, 유부남!"

　유부남이 된다고 기뻐하는 건 너밖에 없을 거다, 아마도.

　나는 이미 페르델에게 내가 상상했던 그 이미지를 매치시키는 걸 포기했다. 저놈은 내가 알던 그놈이 아니야. 새로운 놈이다.

　젠장, 내 상상 속의 흑막으로 둘러싸인 재상님이! 이게 다 매체의 폐해야, 폐해. 영화를 너무 많이 봤어.

　"헤헤, 내가 너보다 먼저 결혼한다! 부럽지! 우리 아내님도 완전 예쁘고 사랑스럽다! 더 부럽지?!"

　근데 이건 좀 심각할 정도로 자랑하는 것 같은데.

카이텔이 이 자랑질을 오래 들어줄 만큼 너그러운 인간이 아니었다. 그래, 아니나 다를까, 칼집을 잡으며 녀석이 음산한 목소리로 협박한다.
"죽고 싶냐?"
"……."
순식간에 조개처럼 다물어진 입.
그러나 페르델은 기세가 수그러든 게 아니었다. 잠시 움찔했을 뿐이지.
"쳇, 자랑도 못하게 해."
그래도 이 정도 자랑을 들어주는 게 어디냐. 둘이 친구가 맞긴 맞는 모양이구나.
새삼 깨달았다. 드란스테의 말은 1할도 들어주지 않으려 애쓰는 놈이 그래도 페르델의 말은 제법 오래 들어주고 있었다. 친구한테만 자상한 **차**가운 **도**시 **황**제인가.
"아시시한텐 이런 자랑도 마음대로 못한단 말이야. 그렇다고 드란스테 님한테 할 수도 없고. 너밖에 없는데, 그 자랑도 못 받아주냐, 이 쫌생아!"
순간 카이텔의 눈동자가 번뜩였다.
"죽여 줄까? 말만 해."
"……살고 싶습니다."
그 카이텔이 어디 가나 싶었다. 나는 작게 혀를 차며 내 아비의 옷깃을 손에 쥐었다.
아, 이 품이 이제 익숙해져 있다는 것도 조금 서글프다.
애비야, 나를 이만 세르이라에게 양보하는 것이 어떻겠니? 네가 귀찮아서 죽겠구나.

카이텔은 나를 안고 페르델이 앉아 있는 소파의 맞은편에 앉았다. 그리고 나를 제 무릎에 앉힌다. 내 어깨를 잡은 큰 손이 제법 다정했다.

"신혼여행은 사흘이다."

"뭐? 너무 짧아! 일주일은 보내 준다며, 이 사기꾼아!"

"돌아가는 정세가 급박해서 안 돼."

딱 잘라 말하자 울상이 된 페르델이 옆에 있는 쿠션을 품에 안고 흐느낀다.

"시르비아한테 최소 일주일은 꼭 붙어 있을 수 있다고 말해 놨는데. 너 나빠! 야, 이 나쁜 놈아!"

네가 애냐?

정작 애는 여기 있는데, 저 앞에 있는 놈이 더 애 같았다.

"너 제 시간에 안 돌아오면 너네 형제 모두 불러들여 부려 먹을 거다. 각오해."

심드렁하니 대꾸하며 카이텔이 제가 집은 쿠키를 내게 넘겼다. 그리고 나는 순간 내 손에 쥐어진 쿠키 때문에 아니꼬운 시선으로 우리 애비를 쳐다봐야 했다.

애비야, 나 아직 이 다 안 났거든? 고작 아랫니, 그것도 앞니 두 개만 났는데, 이 쿠키를 내게 넘겨주는 저의가 뭐니? 무슨 햄스터처럼 쪼아 먹으라 이거니? 죽을래!

"우리 집 인간들 중 쓸 만한 건 나밖에 없다며. 그래 놓고 내 형제들을 쓰겠다고? 그새 미친 거?"

"널 부리는 효율은 안 나오겠지만 대신 네 형제들이 너에게 퍼

붓는 원망은 만들어 낼 수 있겠지."

"……저 악마."

지나가는 말로 들었던 이야기였지만, 콩가루 집안인 아그리젠트 황가와 달리 페르델의 비테르보 후작 가문은 여타 다른 귀족 가문과는 달리 제법 가족끼리 끈끈한 정으로 이어진 단란한 가문이라고 했다. 전통적으로 비테르보 후작 가문의 약점은 제 가족이고, 그래서 무엇보다도 가족을 소중히 여기는 가풍을 가지고 있다고.

그 탓인지 페르델의 표정이 어두워졌다. 쿠션을 더 꽉 끌어안으며, 음울한 표정으로 말을 잇는다.

"넌 나쁜 놈으로 치면 세계 최강일 거야. 내가 인정해."

그리고 좀비처럼 자리에서 일어섰다. 손에서 쿠션을 놓고 흐느적 흐느적 문가로 걸어가는 폼이 심상치 않았다. 저거 갑자기 왜 저러지? 의아한 것은 나뿐만이 아니었다.

"어딜 가."

남에겐 일말의 관심도 없는 카이텔이 웬일인지 친히 물어봐 준다. 그러나 그 관심이 페르델은 엄청 고까운 모양이었다.

"너 미워서 일하러 간다. 왜?"

"잘 가."

"씨이."

욕을 삼키는 페르델의 숨소리는 나도 들었다.

너 이 자식, 그래, 이 누나가 널 동정한다. 파이팅! 인생은 그렇게 암울하지만은 않아! 나를 봐, 이 애비가 이제 내 매력에 풍당 빠져서 나 없으면 살 수 없는 상태가 되었다고! 물론 그건 내 꿈인 거 나도 알지만……. 뭐, 언젠간 진짜 그럴 거다!

잠시 노려보다가 페르델이 방을 나간다. 그와 동시에 집무실이 열리며, 시종이 휴게실 안으로 들어섰다.

"폐하, 세스쿨로 백작이 폐하를 알현하기를 청하옵니다."

우리 애비는 언제나 바쁘구나. 나는 손을 흔들었다.

다녀오세요, 파파.

그 말을 알아들은 카이텔이 작게 웃는다. 그래도 꼭 요람에다가 나를 내려놓고 잠시 내 머리를 쓰다듬는다. 몇 개월 전과 비교했을 때 사뭇 달라진 손길이었다.

"곧 돌아올 테니, 나오지 말고 있어라."

예전의 그 암살 기도가 있던 바, 이제 휴게실은 시녀라 할지라도 카이텔의 허락이 없으면 제멋대로 들어오지 못했다. 게다가 그것으로도 마음이 놓이지 않는지 휴게실과 연결된 문도 열어 놓는다. 카이텔이 앉는 자리에선 바로 고개만 돌리면 놀고 있는 내가 보일 수 있게 각도도 조정된 상태였다. 그것 때문에 집무실 배치도 다시 다했다던데.

쯧쯧, 아무튼 우리 애비지만 별났다.

그럼 요람 안에서만이라도 기어 볼까? 몸을 뒹구르르 돌리고 딱 엎드리자마자 무릎을 세운다. 이게 저번 달엔 안 되던데, 어느 날 갑자기 되더라. 아무튼 인체의 신비란.

얼른 걷고 싶다. 그러려면 운동을 많이 해야 한단다, 엉엉.

운동해야지, 운동.

으싸 으싸 팔을 내뻗으며, 요람 안을 정신없이 기어가고 있는데, 갑자기 닫혔던 휴게실 문이 스스로 열렸다.

어라?

나는 긴장한 기색으로 난간에 붙어 문을 쳐다보았다. 여차하면 소리 지르려고 그런 건데, 놀랍게도 들어온 것은 암살자 아저씨가 아니었다. 그건 도둑고양이처럼 들어오는 페르델.

페르델이었다.

페르델은 조심조심 걸어와서 요람 난간에 딱 붙었다. 문 너머 집무실을 훔쳐보며 사각지대에 몸을 숨긴 녀석이 갑자기 웃었다.

"에헤헤."

잠깐. 너 일하러 간다며, 이 자식아.

내가 놀라서 몸을 조금 뒤로 빼니 심하게 반짝이는 초롱초롱한 시선으로 녀석이 내 손을 덥석 잡았다.

어, 어?

"귀엽다!"

그러고서 다시 해맑게 웃는다. 나는 당황하지 않을 수 없었다.

……이거 혹시 바보?

* * *

날씨가 매우 좋았다. 오랜만에 나오는 희사원의 정경에 나는 나도 모르게 기분이 한껏 고양되어 있었다.

밖이다! 산책이다! 피크닉이다!

"베베!"

기분 좋으니까 또 헛소리가 나오네. 나도 모르게 헛소리를 하는 일이 늘었다고 하지만, 이건 그냥 내 혀 운동을 위한 의미 없는 헛소리일 뿐이었다.

그러나 이 헛소리를 들으며 좋아하는 건 도리어 나를 보는 두 사람이다. 내가 의미를 담고 하는 말은 개소리 취급을 하더니, 이렇게 아무 소리나 지껄이면 좋다고 웃으면서 말을 받아 줬다.

너네 미워, 알아?!

"그랬어요? 자, 우쭈쭈."

"브아바!"

"아, 귀여우셔라."

좋냐? 그게 또 좋단다, 어휴.

생각 같아선 귀찮구나, 이제 그만하자 이러고 싶었는데, 이게 일린의 하루 일과 중 가장 행복해 보이는 때라서 차마 그러기도 묘했다. 게다가 세르이라가 훈훈한 얼굴로 우리 둘을 바라보고 있기도 했고.

"자, 공주님, 곤지 곤지."

검지로 손바닥을 찌르는 간단한 행동을 곧잘 따라 하자 일린은 이런 걸 해내는 게 뭐 그리 신기한지 활짝 웃으며 환호성을 지른다. 세르이라가 옆에서 작게 미소 지었다.

엄마, 나 좀 잘했음?

"잼잼잼잼."

"잼잼잼!"

내 작은 손바닥이 꼬물락꼬물락 쥐어졌다가 펴진다. 작은 행동이었지만 의외로 반복해서 하는 건 좀 힘들었다. 별로 움직이지도 않았는데 팔에 피곤이 몰려온다.

아, 몰라. 나 아직 어려서 이거 이렇게 하는 것도 대단한 거라고, 엉엉!

"우와, 잘했어요. 아이, 예뻐요!"

칭찬 소리에 환하게 웃자 세르이라가 머리를 쓰다듬어 준다. 고양이 같은 행동이긴 했지만 그 칭찬이 정말 좋아서 나도 모르게 세르이라의 품에 머리를 박았다.

으에, 엄마, 좀 더! 좀 더! 좀 더 칭찬해 줘요.

칭찬 정말 좋다. 솔직히 말해서 나 예쁘고 사랑스럽잖아, 응? 칭찬해 줄 만하지 않아?

"애교가 많이 느셨네, 우리 공주님."

정말? 진짜?

두 눈을 초롱초롱하게 뜨고 세르이라를 보니 우리 유모가 환하게 웃는다. 그 미소에 괜히 나까지 기분이 좋아졌다.

"떼르이라!"

아직 이가 다 나지 않아서 불분명한 발음이지만 세르이라는 확실히 내가 자신의 이름을 불렀다는 걸 인지한 모양이었다. 두 눈을 동그랗게 뜬 그녀가 오늘따라 정말 예뻤다.

아, 딱히 우리 유모라서 예쁘다고 그러는 건 아니다! 활짝 웃으면서 기어가서 무릎 꿇고 앉아 있는 세르이라의 다리를 짚고 올라선다. 세르이라는 감격에 젖은 얼굴로 나를 안아 들었다. 그녀의 눈가엔 어느새 촉촉한 눈물이 자리 잡고 있었다.

"이린!"

옆에서 같이 감격하던 일린이 제 이름을 부르자 두 눈을 동그랗게 뜬다.

나는 두 사람을 보며 꺄르르 웃었다. 아마 내가 더 크면 더 많은 시녀들을 거느리게 될 거다. 그러나 아무리 많은 시녀를 거느린다 해도 이 두 사람은 여전히 내 안에 특별하게 남아 있을 거다. 이 두 사람이 날 특별하게 대해 준 만큼.

그 촐싹맞은 일린이 갑자기 고개를 돌렸다. 나는 고개를 갸웃했다. 그러자 제 앞치마로 눈물을 닦으며, 일린이 엉엉 울기 시작한다. 나는 깜짝 놀랐다.

일린, 너 갑자기 왜 우니!

"우리 공주님이 이제 다 자라신 것 같아요. 어떡해? 벌써 시집가겠다고 그러면 어쩌죠?"

"그러게 말이다. 시간이 너무 빠르구나."

저기요, 두 분. 나 아직 10개월 살이거든요? 시집 갈려면 한참 멀었어.

누구는 자라날 생각에 머리가 아득한데, 어디는 벌써 김칫국부터 마시고 있다. 하, 이게 바로 동상이몽이라는 것인가.

빨리 자라고 싶다. 한 네 살까지만.

그때만 되어도 잘 걸어 다니고, 인간의 말을 구사할 수 있고, 무엇보다도 공부는 안 해도 되고! 그래, 4살로 평생 살고 싶네.

"공주님—."

다 운 건지 제 눈가를 정리하던 일린이 나를 부른다. 나는 세르이라의 품에 안겨 있다가 일린을 돌아보았다. 일린의 눈가는 여전히 붉게 물든 상태였다. 그걸 보니 또 마음이 찡하다.

그래, 넌 내가 너 엄청 싫어할 때도 날 좋아했었지. 그런데 나도 어느새 같이 휘말린 모양이었다. 이렇게 일린이 우는 게 조금 싫은 걸 보면.

뻗는 손에 그대로 같이 손을 뻗어 안겨 주니 세르이라에게서 날 넘겨받은 일린이 어쩔 줄을 몰라 하며 나를 본다. 그 얼굴엔 근심이 한 가득이었다.

"어떻게 해. 이렇게 귀여워서 누구한테 시집보내요. 평생 내 품에 가둬 놓고 키우고 싶다."

어이, 그건 범죄야.

"공주님은 나 홀로 보고 있을 터이니 씻고 오거라, 얼굴이 말이 아니구나."

"많이 심해요?"

응. 좀 심하다.

내가 고개를 끄덕이자 일린이 웃음 지었다. 울다가 웃으면 엉덩이에 뿔 나는데. 아, 진지하게 그런 걸 걱정하는 내 자신이 싫다. 하, 근데 진지하게 걱정되는 걸 어째.

"자, 공주님, 저 그럼 다녀올게요."

나는 고개를 끄덕여 주고 제 스스로 일린의 품에서 떨어져 나왔다. 그 모습을 또 두 사람이 감격스럽게 바라본다.

에헷, 나 이제 혼자서도 잘해요!

일린이 빨리 다녀온다고 뛰어가는 모습을 보며 잉차잉차 열심히 기어서 내 장난감이 있는 곳으로 찾아간다. 세르이라는 잠시 내 무릎이 쓸리지 않게 조심조심 살펴봐 주었다.

희사원 잔디밭에 깐 돗자리 끝에 가서 털썩 앉으니까 유모가 날 보고 웃는다. 불과 7개월 전만 해도 얼굴에 그늘이 많은 여인이었는데, 이렇게 달라질 수도 있는 건가. 그건 조금 신기했다.

"아이따—."

내 목소리에 그녀가 시선을 돌린다. 마주친 눈동자가 곱게 휘었다. 그 미소에 맞추어 내가 웃는다.

세르이라는 내가 잘 노는 걸 한 번 확인하고 가까이에 앉아 제가 들고 온 책에 시선을 주었다.

선선한 바람이 불어온다. 차갑지 않지만 서늘한, 마치 물속에라도 잠긴 듯한 평온함. 흘긋 시선을 주는 그녀와 잠시간 눈을 마주치자 세르이라가 웃었다. 물론 나도 또 웃었다.

나는 그녀가 평범한 엄마들처럼 이렇게 나를 돌보면서도 제 일을 하는 걸 좋아했다. 어느 순간부터, 아마도 내가 혼자 잘 놀게 된 이후부터겠지만 세르이라가 뜨개질을 하고 수를 놓고 책을 읽기 시작했다. 그저 나를 돌보며 하기 시작한 소소한 소일거리였지만, 마치 그게 온전히 나만을 위해 사는 것 같지 않다고 말하는 것 같아 정말 좋았다. 물론 내가 진짜 아기였다면 관심 가져 달라고 낑낑댔겠지만.

"어, 어?"

잠깐, 장난감아, 어디 가니!

손에서 놓친 동그랗게 생긴 장난감이 데굴데굴 굴러간다. 나는 당황해서 입을 모았다. 어떡해! 조금만 기어가면 잡아 올 수 있을 것 같은데, 끄응.

잠시 세르이라를 돌아본다. 그러나 책에 푹 빠져 있는 모습을 보니 괜히 방해하고 싶지 않았다. 그래, 내가 평범한 애기도 아니고, 잠깐 기어갔다가 오는 거면 괜찮겠지? 나는 바로 엎드려서 조심조심 기기 시작했다.

예쁜 노란 공아, 어디 가니! 나랑 놀자!

아까는 재빨리 나가더니 어느새 느려진 공이 데굴데굴 굴러가다가 멈춘다. 나는 좋다고 그 공이 있는 곳까지 기어갔다. 손으로 잔디를 짚는 기분은 간지러웠다. 간질간질.

털썩 주저앉아서 공을 제 품에 잘 갈무리한다. 그리고 괜히 주변을 둘러보았다. 공 때문에 신경 쓰지 않아서 몰랐는데, 어느새 풍경이 제법 변해 있었다.

너무 멀리 왔나? 여긴 어디지?

"그러니까 제 말은 폐하께서 너무 강한 패도를 행하신단 말입니다."

"그런가? 나는 모르겠던데."

어, 사람 목소리다.

그것도 남자 둘이다. 응? 근데 어째 한쪽의 목소리는 무언가 익숙했다.

누구지?

빼꼼히 풀숲으로 고개를 내밀자 희사원의 산책로를 거니는 두 사람이 눈에 들어왔다.

어, 페르델이다!

어쩐지 익숙하다 했더니 정말 익숙한 사람이었다. 설마 페르델이었을 줄이야.

"북부 귀족들이 누구를 중심으로 모였는지 잊진 않으셨겠지요. 아무리 재상님께서 남부 귀족파의 수장이라 하셔도 막을 수 있는 여론에는 한계가 있습니다. 이러다간 언젠가……."

"언젠가 정권이 무너져 내린다. 뭐, 그런 걸 말하고 싶은 거야?"

빙그레 웃으며 대꾸하는 폼이 제법 능글맞다. 이걸 보니 또 저번 주의 기억에 혼동이 왔다. 우리 애비 몰래 내 손을 잡고 행복에 겨워하던 그 방정맞은 푼수가 정녕 저기 서 있는 저 재상님이 맞단 말인가.

"처음부터 피로 시작된 황권이었습니다."

대화하는 상대는 처음 보는 남자였다. 옅은 금발에 창백한 인상을 가진 남자는 무엇이 그리 걱정인지 잔뜩 먹구름 낀 얼굴로 대화 중이었다.

"아니지."

반면 그를 대하는 페르델은 만면에 웃음이 가득이다. 물론 생글생글 웃는 건 나를 볼 때도 마찬가지였지만 지금 그의 웃음은 뭔가 달랐다.

뭐랄까. 그래, 무언가 날이 서 있었다.

"처음부터 피로 얼룩진 황좌였다. 그 황좌에 명예란 단 한 톨도 없었어."

그것을 말하는 페르델의 표정에 어린 것은 지독한 경멸. 그것은 언젠가 내 아비에게서도 보았던 그 비슷한 감정이었다.

아마도 혐오라고 부르는 것이겠지, 그걸.

상대방은 무어라 덧붙이지 못했다. 나도 그의 냉막한 표정에 숨이 막히는데, 그걸 직접 마주한 상대는 얼마나 숨이 막혔겠는가. 훔쳐봐서 미안하긴 했는데, 괜히 훔쳐본 기분이었다.

공 찾으러 나와서 이게 무슨 상황이람.

"나도 폐하께서 왕위를 차지하시며 저질렀던 모든 행위에 대해 공감하는 건 아니야. 전대 폐하를 죽이신 건 명백한 패륜이었고, 그건 도의적으로 많이 어긋난 사건이지. 게다가 여자 형제는 모조리 팔아 치우고, 제 남자 형제는 뤼미에 궁에 모조리 밀어 넣어 그대로 불태우지 않았었나."

"……악마 같은 짓이었습니다."

치를 떨며 입술을 깨무는 상대와 달리 빙그레 미소 짓는 페르델은 심드렁했다.

"뭐, 그렇겠지."

역시 너도 보통 놈은 아니었구나.

나는 인상을 찌푸렸다. 뭐, 그렇다고 우리 파파처럼 미친놈이란 소리는 아니다. 드란스테는 미친놈이 확실하지만, 페르델은 그냥 바보. 그런데 그 바보가 그냥 바보는 아니다. 뭐, 아니겠지만.

아, 몰라. 뭐야, 이 미묘한 기분은.

"나도 그걸 이해하는 건 아니야. 단지……."

저렇게 진지한 표정의 페르델은 처음이었다. 몰래 훔쳐보는 얼굴이지만 그래도 신기하다. 나는 마음 놓고 그냥 신기해 하기로 했다.

네가 바보지만 바보가 아니었다니.

얼핏 철혈재상이라는 단어가 어울려 보이기도 한 그런 모습이었다.

"정당한 분노가 너무 잔인하게 풀어졌다고 생각만 할 뿐이지."

그런데 쟤가 대체 뭐라 그러는 거니.

야, 그래서 우리 애비가 나쁘다는 거야, 아니라는 거야?

"하지만 그 일이 있기에 지금의 폐하께서 계신 게 아니던가. 되돌릴 수 없는 건 그냥 내버려 두는 게 좋아."

빙그레 웃는 미소는 딱히 별다른 감정을 담고 있지 않다.

나는 그제야 저 자식이 뭐 하는 놈인지 감이 잡혔다. 어쩐지 아무 이유 없이 욕해 주고 싶더라니, 쯧쯧. 괜히 욕을 먹을 상이 아니다. 천생 정치를 할 놈이구나, 저거.
어떻게 말을 저렇게 교묘하게 돌려 말하지?
그러니까 페르델 저 녀석의 지금 논리를 따져 보자면 그런 거였다.

〈따지고 들자면 그놈이 나쁜 놈이 맞지만 그에게도 이유는 있어. 물론 그 이유가 정당한 건 아냐. 근데 건드려서 얻을 것도 없는데 괜히 건드려서 귀찮게 하지 말고, 이만 여기서 이 이야기를 접자.〉

······이놈 보게?
완벽하게 한 발씩 빼고, 한 발씩 걸친 언변이었다. 누구의 편도 아니고 중립인데, 그렇다고 둘 다의 편을 조금씩 들어 줘서 듣는 모두에게 친근감을 느끼게 하는, 뭐 그런 화술. 이런 거 생각 안 하고 그냥 듣다 보면 여차하다 나까지 말려 들어가는 그런 마법의 화술이었다.
역시 무서운 놈이었어, 저놈.
"허나 정작 가장 죽여 마땅했던 6황자는 궁 밖으로 빠져나가 어딘가에서 기회만을 노리며 숨죽이고 있을 텐데."
"그래, 그것도 있었지."
굼벵이도 구르는 재주는 있다더니, 바보라 그런지 구르는 재주도 예술이다. 아, 그러고 보니 저놈 우리 애비랑 놀던 놈이었지. 그래, 이제 좀 알 것 같다. 저러니까 붙어 있지. 저러니까 우리 애비한테 엿도 먹이고 그러는 거였다.
뒤에서 정세를 완전히 장악하고 있다더니, 지금 모습을 보니 그 말이 결코 허황되게 들리지 않았다.

"6황자가 도망친 것 때문에 나머지 형제들을 잔인하게 도륙했던 점도 없지 않아 있어."

아, 도망친 황자가 있었구나.

그건 또 처음 듣는 소리였다.

그럼 그 황자가 이제 반역을 준비해서 우리 아빠를 쳐 내는 건가?

뭔진 몰라도 그렇게 되면 엄청 피바람이 불겠구나.

그저 그런 일 없이 조용히 넘어갔으면.

어휴, 괜히 한숨이 다 나온다. 평탄한 집안에서 태어나고 싶었는데, 어떻게 태어난 게 망할 놈의 콩가루 집안이냐? 나의 운명도 참 얄궂다.

"안 좋았지. 여러모로."

페르델은 그렇게 말하고 턱을 톡톡 쳤다.

"열아홉에 저질렀던 살육이다. 벌써 폐하의 보령이 스물여섯이니, 그것도 벌써 칠 년 전이구나. 세월 한번 빠르군."

그 난리를 열아홉에 쳤다는 게 더 놀라운데, 이 나라의 사람들은 나와 기준이 많이 다른 모양이었다.

그런데 그렇게 따지면 황위를 차지한 게 얼마 안 되었네?

아, 맞다. 황위에 오르고 일단 내전을 종식시키는 데 3년 걸리고, 그 이후에 이제 내전 하는 아그리젠트 넘보던 주변국을 쓸어버리는 데 또 4년을 보냈다고 그랬다.

그러고 보니 정말 피의 역사구나.

감흥이 새로웠다.

"아직 그 잔당들이 황궁에 남아 있음을 잊으셨던 건 아니겠지요? 이럴 때일수록 자비를 베풀어 성군으로서의 면모를 부각시키는 게……."

그런데 저놈은 왜 페르델이랑 노는 거지? 아까부터 고장 난 라디오처럼 같은 말만 반복하고 있다. 몸이 비실비실한 게 절대 검을 잡는 타입은 아닌 것 같고, 그럼 문관인가.

"좋은 말이야."

페르델이 방긋 웃었다. 자신의 말에 호응해 주는 줄 알고 상대 귀족의 표정이 잠시 환해졌지만, 그 환함을 표현하기도 전에 페르델이 딱 잘라 말한다.

"그러나 듣기에만 좋군."

바로 끝나는구나.

어쩐지 페르델과 상대가 안 된다는 느낌이었다.

아, 하품 나와.

훔쳐 듣는 게 재미있어서 시간 가는지 몰랐네. 게다가 산책한다면서 걷는 거라 애들 속도가 느려서 내가 기어가는 걸로도 충분히 알아들을 수 있었다. 물론 풀숲에 몸을 숨기기에도 적당했고.

근데 내 장난감 어디 갔지? 내 장난감!

"안 그래도 요새 공주님 때문에 말이 많습니다. 폐하가 변한 것 같다느니, 이제 인간 같다느니. 이럴 때 이미지 쇄신을 꾀하는 것도 나쁘지 않아요."

나는 장난감을 찾아 헤매며 풀숲을 뒤졌다. 그러나 보이지 않는다.

엉엉, 누구 내 빨갛고 동그랗게 생긴 장난감 못 봤나요? 노랗기도 한데. 노랗고, 빨갛고, 이렇게 이렇게 생긴 건데, 엉엉. 거기에 세 개의 검과 사자가 이러고 있는 건데. 황가 무늬도 새겨져 있고,

이 나라 주요 가문의 문장은 다 있는 건데. 엉엉, 예뻐서 내가 아끼던 건데!

"폐하 생신 때 보이신 모습도 있고, 다들 폐하께서 공주님께 죽고 못 사는 것 같다고 말들이 많습니다."

"아, 그건 나도 들었어."

"심지어 외신外臣들조차 폐하께서 변하셨다고 떠들고 있습니다. 이번 기회를 살리는 것도 나쁘지 않아 보입니다."

망했다. 내 장난감은 내 품에서 사라졌다. 아, 훔쳐 듣는 거 너무 재밌어서 내 장난감을 제대로 챙기지 못했다. 나름대로 아끼던 건데. 내가 물고 빨진 않았지만 그래도 좋아하던 건데. 훌쩍, 눈물이 나온다.

엉엉, 망했어. 엉엉, 내 인생은 끝났어. 장난감아!

"아직 그 단계는 아니야."

"예?"

"그 단계는 아니라고."

입술을 뾰족하게 내밀고, 나는 뒤를 돌아보았다. 여전히 페르델과 그 남자는 이야기꽃이 한창이었다.

지금 페르델한테 가서 나 세르이라한테 데려다 달라 그럴까?

아, 근데 나 아직 인간의 말을 잘 못하는데. 그런데 혼자 돌아가려니까 자신이 없다. 희사원은 내 생각보다 너무나 훨씬 큰 정원이었다.

"토리노, 네가 무엇을 우려하는 건지는 알겠는데."

나갈까 말까 고민하고 있는데, 그 순간 페르델이 웃었다.

살짝 짓는 희미한 미소였지만 나는 알아볼 수 있었다. 그 순간의 그 미소만큼은 진심이란 것을.

"그게 뭐든 아직 이르다."

그래, 내가 널 믿기에도 아직 이른 것 같아.

불현듯 저번 주가 떠오른다. 페르델은 우리 애비 몰래 내 손을 잡았다는 이유 하나만으로 한 달간 집무실에 들어오지 못하는 불호령을 받았다. 내 손 잡은 거 안 들키려고 테라스로 도망치려고 했는데, 우리 귀신같은 애비가 바로 잡아냈다지.

쯧쯧, 아무튼 못 말려.

"그런데 우리 공주님 어여쁘지 않냐?"

"예? 예."

으, 응? 근데 왜 갑자기 나로 화제가 돌아가는 거야?

페르델이 금세 헤실헤실 웃는 얼굴로 물으니까 토리노라는 귀족도 갑자기 얼굴을 붉히며 고개를 끄덕인다.

뭐, 뭐지?!

"딸 삼고 싶더라고요."

"그렇지? 나도 딸 낳고 싶더라."

갑자기 그게 생각나네. 딸은 키울 맛이 나고, 아들은 키우다 미쳐 버릴 것 같다는 그 유명한 명언. 페르델은 입맛까지 다시며 아쉬운 표정을 지었다.

너 이 녀석, 나의 매력에 너무 빠져들었어. 안 되겠어, 저놈!

"제 아내가 생일 파티에서 공주님을 보고 오더니 갑자기 딸을 낳고 싶다고. 물론 저도 낳고 싶어요. 딸은 어떻게 해야 낳을 수 있는 겁니까?"

"그걸 낸들 알겠냐? 아씨, 살아오면서 카이텔 그놈한테 부러운 거 아무것도 없었는데, 요 근래 하나 생겼어."

페르델은 괴로운 얼굴로 머리를 짚었다. 그 표정이 정말 괴로워 보여서 나는 기분이 묘했다.

설마 그 부럽다는 게 나는 아니겠지? 설마, 에이, 설마.

"그게 딸입니까?"

"응. 근데 공주님 가까이서 보니까 진짜 더 귀엽더라."

……설마는 사람을 배신합니다. 설마는 사람을 죽일 수 있습니다! 설마는 희망 고문을 하는 못된 아이입니다! 썩을, 설마를 믿는 게 아니었어!

페르델은 바보가 맞았다. 내 이야기가 나오니까 급격히 풀어진 얼굴로 헤실거리더니 급기야는 저번 주의 이야기를 풀어 놓는다.

아, 저 멍청이.

"살이 진짜 말랑말랑해. 하, 진짜 살아 있는 인형이야. 인형!"

어, 정말? 나 그렇게 예뻐?

괜히 뺨을 감싸 쥐었다. 자식, 네가 사람 볼 줄 아는구나. 그래, 내가 좀 인형 같긴 하지. 헤헤, 칭찬받았다. 나보고 예쁘대!

"근데 하필 카이텔을 쏙 빼닮아 버리는 바람에. 그래, 그놈 미모가 죽이긴 하지. 웬만한 여색에도 뒤지지 않잖아. 망했어."

왜 저게 욕 같은지는 그냥 내 느낌이 이상한 거겠지?

페르델은 머리를 쥐어뜯다가 한숨과 함께 무심코 몸을 돌렸다. 그런데 하필 그 녀석의 시선이 훑은 곳에 내가 있었다는 게 문제였다. 어느새 고개를 빼꼼히 내밀고 있다가 그래, 말 그대로 딱 걸렸다.

엄마야!

"……."

아직 앞에 있는 귀족은 날 눈치채지 못한 모양이었다.

페르델이 갑자기 두 눈을 빠른 속도로 깜빡인다. 그러더니 눈을 한 번 비볐다.

안 그래도 돼. 네가 보고 있는 것이 내가 맞느니라.

결국 어색한 이 분위기를 깨기 위해 내가 먼저 웃었다.

해맑게, 활기차게, 예쁘게!

"페르데?"

"어, 공주님……."

그제야 내가 인형이 아니라 사람이라는 걸 알았나 보다. 페르델의 눈동자가 너무 커져서 저러다 눈동자가 튀어나오는 게 아닐까 걱정된다.

쟤 괜찮으려나? 왜 저래, 부담스럽게.

"공주님께서 날 기억하고 계시다니!!"

무슨 광신도를 만난 교주가 된 기분이었다. 뭐야, 이 격한 반응. 환희에 젖어서 소리 지르는 녀석을 보자니 내가 다 기분이 꿀렁하다.

으, 으으? 으에?

"아, 이게 아니구나."

그래, 그건 좀 아니야. 나 방금 너한테 아는 척한 거 좀 후회했어.

페르델이 바로 다가와서 내 앞에 앉았다. 그리고 나와 시선을 맞춘다. 방긋방긋 녀석의 얼굴엔 어느새 웃음이 흘러넘칠 정도로 흐르고 있었다.

"공주님이 여긴 어쩐 일로?"

묻지 마. 나도 몰라.

숙녀에게 그런 거 묻는 거 아니다, 너.

내가 아무것도 몰라요란 표정으로 헤실헤실 웃고 있으려니 바로 눈이 풀려서 방긋방긋 웃는다.

일단 홀려 놓고 있긴 한데, 얘 진짜 위험한 거 아니야? 이름 괜히 불러 줬나?

이제 슬슬 무섭다. 도망쳐야 하는 거 아닌가 순간 깊은 내적 갈등을 시작하는데, 그 순간 페르델의 눈동자가 반짝였다.

"으싸, 공주님."

그리고 날 그대로 안아 든다.

어? 어어?

제법 안는 폼은 좋았다.

너 어린애 많이 안아 본 거니? 혹시 경험자?

아니, 이게 문제가 아니구나. 녀석이 나와 시선을 맞추더니 빙그레 웃는다. 나는 그 미소에서 어쩐지 한기를 느꼈다.

"미천한 소인과 잠깐만 놀아 주시겠나이까?"

……나 무사히 살아서 집에 돌아갈 수 있을까?

페르델이 날 데려간 곳은 황궁 밖.

내성에 위치한 어떤 저택이었다.

그 덕에 나는 난생처음 솔레이 궁을 제외한 황궁의 전경을 제대로 볼 수 있었다. 그뿐만이 아니라 내성의 민간인들이 사는 곳까지. 그 모든 것을 본 것은 이번이 처음이었기 때문에 새로운 세상에 넋을 놓고 구경하느라 정작 페르델이 나를 납치했다는 사실조차 제대로 인지하지 못했다.

처음엔 당황해서 그렇다 치지만 황궁을 나가려는 순간에는 울었어야 했는데, 그보다 눈에 새로운 것들이 들어오는 게 신기해서 거기에 정신 팔리다 보니.

아, 망했어.

그러나 신기했다.

그도 그럴 게 잦은 전쟁으로 살기 힘들고 폐허가 된 전경들만 막연히 상상했는데, 막상 눈앞에 마주한 것은 아그리젠트 제국의 부유함과 풍요로움이었다. 당황하지 않을 리가.

물론 내가 부유하게 살고 있다지만 그건 공주라서 가능한 것이라 생각했다. 그런데 이게 뭐야, 막상 나와서 본 내성은 내 상상 이상이었다.

이게 바로 제국주의로 무장해 얻은 부유한 제국의 모습인가.

수십 곳이 넘는 식민지에서 가져온 풍요가 이 제국에 꿀 흐르듯 넘쳐흘렀다. 그리고 나는 왜 그렇게 창칼로 무장한 아그리젠트의 병사들이 다른 나라를 침범하려 드는지 깨달았다.

이런 달콤한 과실을 맛본 이상 멈추기 힘든 거겠지. 무섭네, 여러모로.

"시르비아는?"

"가든에 계십니다."

나를 가볍게 안고 있는 페르델이 도착한 곳은 엄청 큰 저택이었다. 글자를 읽을 수 없어 어딘지는 알 수 없었지만 곳곳에 새겨진 문장을 보건대, 결코 권세가 약한 곳은 아니었다.

근데 어디서 많이 익숙하다? 어째 이건 내 공에도 그려져 있던 문장 같은데. 끄응, 이름이 뭐더라?

"시르비아!"

그냥 성이라고 우겨도 될 정도로 거대한 저택에서 페르델은 용케 길을 잃지 않고 가든으로 찾아갔다.

근데 가든?

그곳은 가든이라기보다 온실이라고 말하는 게 더 정확한 곳이었다. 유리벽으로 사방이 둘러싸인 생기 넘치는 식물들로 가득한 공간. 무슨 영화 속에서나 보던 크기다.

우와, 신기해.

"시르비아, 인사 드려. 아리아드나 공주님이셔."

시르비아라면 페르델이 결혼한다는 여자인가.

저번 주의 기억을 어렴풋이 되짚으며, 나는 나와 마주치는 분홍색 눈동자에 깜짝 놀랐다. 사람이 저렇게 핑크핑크할 수도 있구나. 곱게 반묶음을 한 분홍빛 머리카락이 꽃잎처럼 흐드러져 흔들린다.

"어, 어머!"

혼자서 단란한 티타임을 보내고 있던 여인은 갑작스런 등장에 놀라 일어서다 그만 찻잔을 엎었다. 푸른 찻물이 흘러내리며 하얀 원피스에 진한 얼룩을 남긴다.

저거 비싸 보이는데, 어떡하냐.

괜히 내가 다 아까워서 눈살을 찌푸렸다.

"괜찮아?"

"네네, 괜찮아요."

작게 미소 짓는 여인은 아름다웠다. 이 바보 놈한테 아까울 만큼.

우와, 예뻐. 뭐, 저런 미인이 다 있지?

마치 분홍빛 복사꽃을 잘게 찢어서 뿌려 놓은 것 같은 색채였다. 창백할 정도로 하얀 피부 탓에 화선지에 뿌려 놓은 복사 꽃잎이 그대로 녹아들어 퍼지는 것 같은 느낌. 참으로 단아하고, 여리여리하고, 정갈한 것이 완전히 내 취향이었다.

언니, 손 한번만 잡아 주세요.

전생이었다면 한번 안아 봐도 되냐고 달려들고 싶을 만큼 아름다운 분이셨다, 흑.

세르이라가 평범한 미모라고 말하던 인간들, 내가 인정할게. 아무리 내 눈엔 둘도 없이 예쁜 엄마라도 눈앞의 여인은 정말 그 누구도 쉽게 갖다 댈 수 없을 만큼 어여뻤다.

이런 천사랑 결혼한다니! 페르델, 이 도둑놈!

"공주님, 우리 집사람 될 사람이에요. 예쁘죠? 네?"

그래, 예뻐 죽겠다. 나는 아니꼬운 시선으로 페르델을 쳐다보았다. 그 순간 내 앞에 선 시르비아가 수줍게 웃는다.

아, 언니, 너무 예뻐요. 얼굴에서 그냥 광채가…….

"아, 안녕하세요, 공주님. 레이디 아퀼레이아입니다."

"이브어!"

목소리마저 예뻐!

나는 손뼉을 치며 감탄했다. 이 언니, 왜 이렇게 예쁜 거야?!

"어머, 말도 잘하시네요."

아, 웃는 것도 예쁘다. 시르비아는 날 보더니 작게 눈웃음을 뿌리며 어쩔 줄을 몰라 했다.

아, 언니, 내가 더 어쩔 줄을 모르겠어요. 언니, 왜 이리 예뻐요. 이건 반칙이잖아! 누가 이렇게 예쁘래!

"전에 시르비아 네가 공주님 뵙고 싶다고 그랬잖아. 그래서 내가 데려왔어. 잘했지?"

"가까이서 뵙는 건 처음이에요."

두 손을 포개며 시르비아가 감격한 얼굴로 내 앞에 섰다. 페르델이 뿌듯한 표정으로 웃는다.

너, 이놈.

순간 많은 말이 생각났지만 그냥 인정하기로 했다. 그래, 네가 팔불출이 되는 걸 이해할 수 있을 거 같아. 이런 천사랑 결혼하려면 당연히 팔불출이 되어야지!

엉엉, 진짜 예쁘다.

시르비아가 두 손을 쥐었다 펴며 어쩔 줄을 모르더니 내 눈치를 보며 조심스레 내 손을 잡는다. 그 손길이 어찌나 조심조심한지 괜히 나까지 수줍을 지경이었다.

"어쩜 이리 어여쁘실까!"

내 손을 잡는 데 성공하고, 시르비아가 환하게 웃었다. 그 바람에 나도 모르게 같이 웃어 버렸다. 아, 이 언니 왜 이리 예쁜 거야? 사람이 이렇게 예뻐도 돼? 이건 사기야.

마주치는 눈동자도 분홍빛이었다. 사람이 핑크색인 건 이상할 거라고 막연히 생각했는데, 눈앞에 막상 그런 사람이 서 있으니까 핑크색만큼 사람한테 어울리는 색이 또 없어 보인다. 이게 이렇게 수줍고 사랑스러운 빛깔이라니.

"폐하께 허락 받고 데려오신 거예요?"

"응."

응? 뭐라고?

나는 어이가 없어서 페르델 쪽으로 고개를 돌렸다. 페르델이 표정 하나 변하지 않고 고개를 끄덕인다.
와, 이놈 보게. 거짓말 솜씨가 장난이 아니다. 어떻게 저렇게 태연하게 거짓말을!
"지난여름에 있었던 암살 시도로 솔레이 궁의 근위대만 두 배로 편성되었다고 들었는데, 용케 허락해 주셨네요."
환하게 웃는 시르비아를 보며 나는 가슴이 아팠다.
시르비아, 넌 지금 속고 있는 거야. 난 납치당한 거라고!
그러나 내가 웅얼거려 봤자 발음이 새서 잘 설명할 수가 없었다. 아, 망할, 이 세상은 썩었어!
"응. 시르비아도 알다시피 우리 폐하가 좀 남자시잖아. 기꺼이 허락해 주셨어."
우리 아빠가 남자긴 하지만 허락은 안 했거든?
물론 페르델이 그냥 날 끌고 온 건 아니었다. 날 데리고 나오기 전에 무언가 종이쪼가리에 알 수 없는 글을 열심히 써서 황제궁에 보내 놓긴 했는데.
어, 음, 그런데 아무리 생각해 봐도 망할 놈의 우리 미친놈이 그 쪽지 하나로 가만있을 거 같진 않단 말이지.
그래, 그게 문제의 핵심이었다.
"그런데 왜 공주님만 달랑 보내셨을까요? 보통은 유모 분도 같이 보내 주시지 않나요?"
"어, 그러게. 왜 그랬지?"
시르비아의 말에 페르델의 웃음이 살짝 깨졌다. 태연히 거짓말하더니, 그 작은 균열에 시르비아가 잠시 눈을 가늘게 뜬다. 그 모습조차 귀여우니 이를 어쩐다.

언니, 왜 저런 놈하고 결혼하세요. 더 좋은 남자랑…….

"페르델."

시르비아가 고요히 미소 지으며 눈웃음을 친다. 그런데 왜 웃는데 무서운 걸까. 괜히 가만히 있던 나까지 알 수 없는 오한에 몸을 부르르 떨었다.

"지금 거짓말하는 거 아니죠?"

"으, 응? 아, 아마도?"

"……."

딱 걸렸다, 요놈.

시르비아의 얼굴이 굳어진다. 페르델은 급격히 당황해서 허둥지둥거렸다.

쯧쯧, 저놈.

내가 혀를 차고 있으려니 시르비아가 침묵으로 페르델을 꾸짖는다. 페르델은 급주눅 든 얼굴로 고개를 숙였다. 깨갱깨갱.

"큰일은 안 저질렀어. 뒷수습도 제대로 할 예정이고."

밖에서는 제대로 흑막 같더니, 이렇게 보니 그런 것 같지도 않다. 그러고 보면 비테르보 후작 가문의 제 1원칙이 '모든 것은 가족을 위해서'였던가. 흘러가는 이야기로 언뜻 들은 이야기 중엔 그런 말도 있었다.

시르비아는 한참을 노려보다가 결국 먼저 한숨을 내쉬었다. 그리고 어쩔 수 없다는 얼굴로 입술을 꾹 다물더니.

"정말이죠?"

"응!"

와, 저놈 바로 웃는 것 좀 보게.

바보 같은 웃음이었지만 페르델의 그 웃음엔 이상하게 사람 마음을 녹이는 게 있었다. 친하지 않은 나조차도 이 바보 멍청이가 짜증나긴 하지만 이 바보한테 화내는 내가 더 바보같이 느껴지는데 시르비아야 오죽하겠는가.

그녀는 결국 한숨을 내쉬고 고개를 절레절레 젓더니 결국 페르델의 미친 짓을 용납해 주었다.

"공주님 정말 귀여워요. 저도 이런 아이를 낳고 싶어요."

"낳을 수 있어!"

페르델이 웃으면서 시르비아의 손을 잡는다. 그러더니 잠시 목을 가다듬었다.

뭐야, 한 곡 뽑아 보게?

"그리고 낳아 줘."

……오메! 저 볼 붉어지는 거 봐라!

오메! 오, 마이 갓! 여기 더러운 커플이 있어요! 소름 돋아! 미치겠다, 으악! 낳아 달라니!

그런데 좋다고 시르비아는 얼굴을 붉히며 고개를 숙인다.

아, 아악!! 나는 대체 무슨 죄야! 무슨 죄인데, 이 더러운 커플에 껴 있어야 하냐고! 연애질은 너네 집 안방 가서 해라! 엉엉, 더러운 세상.

"정말 얌전하시네요. 보통 아이들은 낯선 곳에 오면 엄청 운다던데."

"우리 공주님은 공주님이니까 괜찮아. 그 폐하의 따님이시잖아."

"뭔가 말이 안 되면서도 이해되는 이유예요."

가운데 날 두고 두 사람이 더없이 선의에 찬 시선으로 나를 바라본다.

뭐랄까, 조금 기분이 이상했다.

간질간질하면서도 뭔가 서글픈 그런 기분. 그래, 그러고 보니 내가 상상했던 이상적인 부모님들이랑 이 둘은 닮아 있었다. 정말 이런 부모 밑에서 태어났다면 살맛 났겠는데.

멀거니 그런 생각을 해 본다. 바보에다가 멍청해 보이긴 해도 나름 돈도 많고, 백도 좋고, 믿기진 않지만 머리도 좋은 재상인 아빠랑 자상하고 다정한 어쩐지 세르이라를 닮은 여리여리한 엄마, 완벽하네. 새삼 이 둘 사이에서 태어날 아이가 부러웠다.

하지만 그래도…….

역시 그 아빠를 버리고 이 집으로 입양 오고 싶다는 생각이 들지 않는 것 보면 나도 우리 애비한테 이미 마음을 많이 연 상태라는 걸 결코 부정할 수 없었다.

에휴, 어쩌겠어. 망할 놈의 아버지지만 그놈 밑에서 태어난 게 내 팔자인걸. 그러고 보니, 우리 애비 괜찮으려나. 설마 화난다고 우리 세르이라를 죽이고 그런 건 아니겠지? 아닐 거야.

……불안한데?

그때였다. 갑자기 가든의 입구 쪽이 소란스러워진 것은.

"폐, 폐하!"

페르델은 그 소리를 듣자마자 시르비아에게 날 넘겼다. 그리고 갑자기 창문 쪽으로 달려간다.

뭐야, 저거. 자살이라도 하게?

"페르델!!"

황제 폐하 납시오!

페르델의 자살 시도는 오늘도 미수로 끝났다. 카이텔은 가든에 들이닥치자마자 창문으로 도망치려는 페르델의 목덜미를 잡아챘다. 그 폼이 얼마나 살벌한지 시르비아와 나는 두 손을 모으고 '어머, 저건 뭐야' 이러며, 강 건너 불구경을 해야 했다.

"으아아아!"

도망치기 전에 딱 걸린지라, 그대로 바닥에 내팽개쳐진 페르델이 나무에 박은 어깨를 감싸 쥔다.

아, 아프겠다.

그대로 언제 나타난지 모를 칼을 쥐고, 카이텔은 몸을 일으키는 페르델의 목에 그 칼날을 들이밀었다. 예리하게 빛나는 하얀 빛이 내 가슴마저 서늘하게 만든다.

저거 진짜 저러다 죽는 거 아니야?

괜히 나까지 심각해진다. 우리 애비 기세가 정말 장난이 아닌데.

"어디 변명 한번 해 보지?"

비아냥거림이 다분한 목소리에 페르델이 고개를 든다. 그러나 자신의 목에 갖다 박힌 칼날 때문에 쉽사리 움직일 수는 없었다. 칼을 피해 몸을 뒤트는데, 칼날이 그 행동마저 따라가 턱 바로 아래를 찌른다. 페르델은 불편한 얼굴로 미간을 찌푸렸다.

쯧쯧쯧, 저절로 혀가 차진다.

그러게 나는 왜 납치해 왔니? 우리 애비가 미친놈이라는 걸 너도 알잖아.

미친놈이 제대로 날뛰는 건 한 번도 본 적 없었는데, 이번 기회에 제대로 구경을 할 수 있을 듯했다. 분노한 카이텔이 내뿜는 위압감은 예전에 페일린 공주에게 안겨 내가 울었을 때 못지않았다.
"씨, 그렇다고 사람을 내팽개치냐!"
저놈은 아직 상황 파악이 안 된 건가?
나는 궁금함을 넘어서서 어이가 없었다. 아니면 간덩이가 어마어마하게 큰 걸까? 너무 무서워서 이성이 마비된 거라고 생각해도 좋았다. 무시무시한 기세로 험상궂게 노려보는 카이텔의 시선이 보이지도 않는 모양이다.
나는 진지하게 걱정했다. 머리를 심하게 다쳤구나, 네가.
"닥쳐."
나지막이 일갈하는 목소리는 사나웠다. 흡사 짐승이 으르렁거리는 소리와도 같아 내 눈엔 카이텔이 페르델을 잡아먹으려는 모양새처럼 보이기도 했다.
그나저나 사람을 저렇게 가차 없이 다루는 것도 재능이다, 재능. 그래, 내 일 아니라 이거지.
나는 느긋했다. 에이, 설마 납치당했다고 애비가 날 죽이겠어? 그 순간 페르델이 입술을 삐죽인다. 무슨 배짱인지, 페르델은 아무렇지 않게 제 목에 댄 칼등을 살짝 밀었다.
"내 쪽지 못 봤어?"
"봤어."
"봤는데, 왜 이래?"
이해할 수 없다는 표정. 나는 그 순간 페르델이 쪽지 하나 믿고 엄청 나댔다는 것을 기억했다.
그래, 그 쪽지 대체 뭐라고 적혀 있었던 거야?
말이 나오기가 무섭게 카이텔이 제 품에서 구겨진 종이쪼가리를 꺼낸다. 버리듯 던진 그 쪽지를 받아 든 페르델은 얼떨떨한 얼굴이었다.

"읽어."

별다른 말은 없었다. 페르델은 그저 얼굴을 구겼다. 그리고 구겨진 종이를 펴더니 낭랑한 목소리로 외쳤다.

"댁의 따님은 제가 데려가겠습니다. 괴도 P!"

신이시여, 저 새끼를 구원하소서.

왜 부끄러움은 나의 몫인가. 나는 한숨을 내쉬며 고개를 돌렸다. 시르비아도 차마 그 광경을 볼 수 없는지 모르는 척 고개를 돌린다.

언니, 지금에서야 묻는 거지만, 저런 놈 어디가 좋아요, 네?

제 말을 못 알아듣겠다고요? 예? 뭐라는지 모르겠다고? 아, 그렇구나.

의사소통에 장애가 있어서 죄송합니다, 아, 씨.

"이게 뭐 어때서! 그 밑에 친절히 '공주님은 다섯 시간 안에 제자리에 돌려놓겠습니다' 라고도 써 놨잖아."

저놈은 간이 없는 걸까, 눈치가 없는 걸까, 겁이 없는 걸까?

세계 7대 난제에 들어갈 법한 질문이었다. 나는 심각하게 고뇌했다.

간? 눈치? 겁?

그 순간 카이텔이 페르델의 배를 밟는다. 일말의 망설임도 없는 행동이었다.

"그냥 죽어."

그대로 발로 짓누르며 칼을 든다.

이러다 정말 살인나는 거 아니야?!

나는 시르비아의 머리카락을 꼬옥 쥐었다.

"으악, 카이텔!"

그러나 바로 가차 없이 떨어질 것 같던 칼날은 허공에 맴돈 채 멈춰 선다. 나는 두 눈을 동그랗게 떴다. 눈썹을 꿈틀대며 노려보다 카이텔이 제 손의 칼을 던진다.

주, 죽이진 않는구나.

정말 이대로 살인이 일어나나 싶었는데, 아니라서 다행이었다. 카이텔이 발에 한 번 힘을 준다. 페르델이 소리를 질렀다. 그와 동시에 멱살을 잡고 일으킨다.

"저번엔 나 몰래 내 딸의 손을 잡고 있더니, 이번엔 아예 납치를 해 가?"

"헉, 아니거든. 야, 내가 유괴범이냐! 아니야! 공주님이 길거리에 있길래 난 얌전히 주워서 보호하고 있었을 뿐이었다고!"

"닥쳐."

"보호하고 있었다니―."

페르델의 변명은 거기서 끝이었다. 나는 차마 볼 수 없는 무참한 광경에 고개를 돌렸다. 저런 거 보면 눈에 좋지 않아요.

"―까! 으아아아악."

울려 퍼지는 페르델의 외마디 소리가 시끄럽게 고막을 때린다.

으, 아아, 그런데 아버지, 사람을 패는 솜씨가 예사롭지 않네요. 이분 왕년에 사람 좀 패 보셨나 보네.

"죽어."

카이텔의 손길은 정말 인정사정 보지 않았다. 멱살을 잡은 페르델을 내팽개치더니, 나무에 걸린 페르델이 도망치기 전에 그 목덜미를 잡고 팔을 꺾는다. 그냥 슬쩍 보기만 하는 걸로도 아파 죽을 듯한 광경이었다.

으아, 내 팔이 괜히 더 아프다!

"살려 줘. 잘못했어. 살려 달라고!"

"죽으라고."

"앞으론 길거리에서 공주님 봐도 안 주울게! 보호 안 할게! 살려 줘!"

애타게 생존을 부르짖고 있지만 화를 풀려고 내뱉은 페르델의 말들이 도리어 카이텔의 더러운 성질머리를 살살 긁고 있었다. 단번에 얼굴을 구긴 카이텔이 제 손에 더 힘을 준다. 정말 가차 없는 손길이었다.

"뒈져."

단 번에 기각한다.

일말의 망설임도 없이 카이텔이 페르델의 등을 찼다. 그 발길질에 넘어가며 페르델이 몸을 일으킨다. 나는 조금 의아한 기분으로 그 장면을 지켜보았다.

뭐지, 이 이상한 기분은. 응? 으응?

"아냐, 살려 줘. 넌 날 살려 줄 수 있어. 날 살려 줄 의무가 있잖아! 넌 내가 필요해!"

딱히 페르델의 개소리 때문이 아닐 텐데.

나는 시르비아의 어깨에 뺨을 기대며 생각에 잠겼다. 그리고 곰곰이 생각에 잠긴다.

뭐지, 대체?

그러다 별안간 내가 느끼는 이 위화감의 정체를 알아낼 수 있었다.

아, 그렇구나.

"필요 없어. 꺼져."

페르델의 멱살을 잡고 으르렁거리는 카이텔은 살벌했다. 무시무시한 게 잡아먹기라도 할 것 같다. 그런데 그 눈동자에 살의는 없었다.

"어, 꺼져도 돼?"

반색을 하며 페르델이 묻자, 멱살을 잡은 카이텔이 빙그레 웃는다.

"어, 저승으로 꺼져."

살기는 있는데 살의는 없다니.

이게 무슨 팥 없는 붕어빵 같은 소리란 말인가.

분명 상황은 심각했다. 우리 애비는 머리끝까지 화가 나 있었고, 페르델은 곧 죽어도 이상하지 않을 상황이며, 페르델의 목숨 구걸은 처절하기까지 했다. 비록 페르델의 표정과 행동이 우스꽝스럽긴 했지만 그렇다고 이 긴장감 넘치고 급박한 상황이 달라지는 건 아니었다. 그런데 보는 사람들은 그냥 그러려니 한다. 그리고 그것이 바로 내가 느낀 위화감의 원인이었다.

페르델이 무참히 내던져진다.

우리 애비, 팔 힘도 좋지. 어떻게 저놈을 저렇게 짐짝 던지듯 홱홱 던진단 말인가.

"헛, 아, 아아, 아아아아— 아파! 으악!"

그래도 죽일 것 같지 않으니 다행이다. 하긴 애초에 죽일 생각이 었음 저렇게 죽을 듯 패는 대신 그냥 처음부터 칼로 썰었겠지. 나는 조용히 한숨을 쉬며 고개를 돌렸다.

아, 페르델 너 이 자식 힘내라.

그로부터 페르델은 한참이나 맞았다. 그래, 열심히 맞았다. 미친 듯이 맞았다. 그리고 엄청 맞았다.

근데 사람이 맞는데 안쓰럽긴커녕 제 죗값을 치르는 것 같은 모습은 또 처음이었다. 몇 시간인지 모를 시간이 지나고 카이텔이 패는 걸 그만두고 멈췄을 때, 나는 별안간 내게 돌아오는 시선에 방긋 웃었다.

"파파!"

해맑게 웃으며 그를 맞이하자 거칠게 일그러졌던 카이텔의 표정이 누그러진다. 다행히 애교가 통하는 걸 보고 나는 꺄르르 웃었다.

나는 아무것도 몰라요, 파파!

카이텔은 내가 이렇게 부르는 걸 엄청 좋아했다. 그래, 티는 안 내지만, 이렇게 부르면 날 보는 시선이 곧잘 누그러지곤 했다. 물론 그런다고 무언가 큰 게 바뀌진 않지만 그의 시선이 조금이라도 부드러워지는 게 내 생명 연장의 꿈을 이뤄 줄 것 같아 열심히 없는 애교, 있는 애교를 다 동원했다.

시르비아의 품에서 손을 벌리며 그를 부르니 카이텔이 잠시 페르델에게 시선을 준다. 이걸 더 팰까 말까 고민하는 시선이었다.

"파파—."

이제 그만해라. 저놈 불쌍하다.

내가 그를 부르자, 카이텔의 시선이 다시 내게로 돌아온다. 짧은 숨을 한번 내쉬고, 카이텔은 그대로 페르델 곁에서 떨어졌다. 운동은 두 놈이 같이했는데, 우리 괴물 같은 아빠는 숨 한번 고르지 않았다.

숨 안 차냐, 이놈아.

"옷이 더러워졌군."

응? 내 옷?

아, 그러고 보니 희사원을 휘젓고 다니느라 흙이 옷에 다 묻어 있었다. 갈아입지 않았으니 그 흔적이 고스란히 남아 있는 것도 무리가 아닐 터. 나는 그냥 방긋방긋 웃었다.

아빠, 그래서 나 때릴 거야? 그럴 거야?

"다오."

별다른 말 없이 날 품에 껴안는다. 시르비아는 날 순순히 넘겨주었지만 그러면서도 놀란 얼굴이었다. 분홍빛 복사꽃이 물든 것 같은 파리한 여인이 부드럽게 웃음 짓는다.

"오랜만에 뵙습니다, 폐하. 에반젤리움이 닿기를."

"오랜만이군."

응? 아는 사이야?

아, 하긴 페르델의 피앙세였지. 그래 명색의 절친의 부인 될 사람인데, 아무리 우리 아빠가 미친놈이라도 모를 리가 없었다. 카이텔의 품에 안겨 둘의 모습을 멀거니 지켜보는데, 그 순간 페르델이 끼어들었다.

"너 내 부인한테 꼬리 치지 마! 내 거야! 시르비아, 눈 감아! 저런 놈 보면 눈이 썩는다고!"

그러나 이쪽으로 와서 제 예비 마누라를 사수하기도 전에 페르델은 카이텔이 던진 찻잔부터 피해야 했다, 쯧쯧.

"너무해! 우리 사이가 이 정도밖에 안 되냐, 이 나쁜 놈아!"

찻잔을 피하고 페르델이 불평을 토로해 봤지만.

"그냥 죽여 줄까?"

돌아오는 반응이란 이것뿐이다.

나는 조용히 속으로 아버지에겐 절대 개기지 말아야겠다고 생각했다. 무서워, 엉엉.

내가 품 안에서 쪼물딱쪼물딱 움직이니 카이텔이 고개를 숙인다. 초롱초롱한 눈망울로 나는 우리 아버지를 올려다보았다.

왜 보니, 애비야. 역시 내가 너무 귀엽지? 나도 알아.

"헤헤, 귀엽다."

애교는 아버지 보라고 부린 건데, 엉뚱한 놈이 눈이 풀려 있다. 나는 무서워서 애비의 옷깃을 잡았다.

뭐야, 저놈 무서워.

옆에서 시르비아가 입을 가리며 웃고 있다.

언니, 지금 웃을 때가 아니에요.

"……."

카이텔이 조용히 제 손에 검을 쥔다. 어느새 소환된 검이 그의 오른손에 곱게 쥐어져 있었다. 페르델은 그걸 보고 기겁했다.

"아, 씨, 보는 것도 내 맘대로 못하냐!"

카이텔이 웃는다. 물론 예뻤지만 그 이상으로 소름끼치도록 날이 선 미소였다.

"그 눈을 파내야 그 입을 닥치려나?"

"죄송합니다."

페르델은 입술을 삐죽이며 이쪽으로 다가왔다. 시르비아가 그 옆으로 가서 그를 돌본다. 얼굴엔 상처가 하나도 나지 않았지만 온몸이 안 쑤시는 곳이 없는 표정이었다.

얼마나 패 댔으면 얘가 저런 표정으로 들어올까.

나는 조용히 혀를 찼다. 쯧쯧.

시르비아의 손길을 받으며 페르델이 울상을 짓는다. 그 순간 나를 보던 카이텔이 페르델을 노려보았다.

"그 정도로 끝난 것에 대해 조용히 신께 감사 기도나 올리지?"

"……감사합니다."

웬일로 기가 죽었네.

하긴 우리 애비가 보통 미친놈이어야지, 쯧쯧. 카이텔의 가슴에 뺨을 기대며 입술을 오물거렸다. 그리고 그 순간 뒤이어 들린 기도문에 들이마시던 숨을 도로 내뱉어야 했다.

"저 미친놈을 제 친구로 주셔서요."

다시 무시무시한 기세로 카이텔이 페르델을 노려본다. 이번에 날아간 건 컵받침이었다. 으악. 뒤이어 들린 작은 비명에 나는 조용히 한숨을 내쉬었다.

아, 저 바보.

"신혼여행 딱 이틀 준다."

"어?"

저거 일주일 전엔 사흘이라 했던 것 같은데.

아마도 원래 기간은 일주일이었다. 안 그래도 줄었는데, 거기서 더 줄다니, 불쌍한 놈.

나도 아는 그 사실에 페르델이 바로 분개했다.

"와, 저 나쁜 놈 보게!"

그러자 나를 들고 가든 밖으로 향하던 카이텔이 가던 길을 멈춘다. 그리고 살며시 뒤를 돌더니 페르델에게 시선을 주었다. 제법 등골마저 서늘하게 만드는 시선.

"하루."

페르델은 바로 조개처럼 입을 다물었다.

아, 저 불쌍한 놈.

내가 몰래 없어져서 세르이라에게 무슨 피해가 갈까 우려했는데, 다행히 세르이라는 별일 없는 모양이었다. 아마 카이텔의 분노는 그날 페르델한테 다 쏟아진 모양.

단지 문제라면 세르이라였다.

돌아온 솔레이 궁에서 날 맞이한 세르이라는 두 눈이 붉게 물들어 퉁퉁 부은 채였다. 그걸 보고도 마음이 짠해서 미안했는데, 더 문제는 그 이후로 내 옆에 꼭 붙어서 떨어질 생각을 안 한다는 것이었다. 그리고 그건 카이텔이 날 데리고 있을 때를 제외한 모든 시간에 해당되었다.

"공주님, 다음에도 그렇게 막 가고 그러시면 안 돼요?"

나를 씻기고 막 내 몸의 물기를 닦아 주며 세르이라가 굳은 표정으로 말한다. 당부하는 목소리가 제법 엄중했다. 나는 그녀가 내게 돌려준 장난감을 다시 품에 안고 고개를 끄덕였다.

이 예쁜 공은 세르이라가 찾았다고 한다.

황금으로 도금되고 붉은 인장으로 온갖 문장이 새겨진 공. 이걸 보고 내가 없어졌다는 사실에 놀라 기절 직전까지 갈 정도로 혼비백산했다고.

"그 공이 아무리 좋아도 그렇지, 그렇게 막 나가고 그러면 안 돼요. 이 세상은 공주님이 생각하는 것보다 더 무섭다고요."

그건 나도 알아.

자랑은 아니지만 그 험악한 세상에서 묻지 마 살인으로 세상 하직한 몸이다. 천국으로 로그인할 줄 알았더니, 다른 세상으로 로그인해서 좀 놀라웠지만 기억이 고스란히 남아 있는 것도 신기했다. 물론 그 이유가 내 지난날의 방종을 변명해 줄 수 있는 건 아니지만.

그래, 그건 내가 잘못했다.

미안해요, 엄마. 그러니까 화내지 마요. 응?

"다음부터는 안 그러실 거죠?"

기가 죽어서 아예 시선을 마주하지 못하니, 세르이라가 부드럽게 웃는다. 그리고 내 시선을 제 자신에게 맞추었다. 그녀의 봄날 같은 미소에 나는 열심히 고개를 끄덕였다.

응. 절대로 안 그럴게. 다시는 안 그럴게요.

내 반응에 세르이라가 웃는다. 그 미소는 제법 오랜만에 보는 애틋함이었다.

"그래요. 그럼 됐어요."

지아비를 잃어서 그런 건지 세르이라에겐 상실에 대한 공포가 다른 사람보다 더 크게 느껴지는 모양이었다. 그건 이번 일이 아니어도 쉬이 알 수 있는 사실이었다. 그저 그러려니 넘겼었는데, 다시 생각하니 애틋하다.

하긴 현명하고 현숙하다 해도 그녀도 인간이다. 가장 사랑하는 사람을 잃은 고통이 크지 않다면 거짓말이겠지.

"우리 공주님은 저보다 먼저 떠나시고, 그러면 안 돼요?"

담담한 듯 한껏 가장한 평온한 목소리였지만 그 속에 숨어 있는 작은 떨림을 내가 모를 리가 없다. 쉽사리 대꾸해 줄 수 없는 종류의 질문이었지만 나는 그저 투명한 실에 이끌린 마리오네트라도 된 듯 고개를 끄덕였다. 세르이라가 원하니까.

무언가 가슴에서 잔잔한 울림이 퍼진다. 코끝이 시큰하게 달아올랐지만 개의치 않았다. 부모님을 회상하며 슬퍼하는 건 당연한 거니까.

단지 조금 서글프다.

이 못난 딸을 스물다섯이나 되도록 키우고 먹이고 재워 주셨는데, 그 보답을 하나도 못한 채 죽어 버렸다. 내 의지가 아니라고 해도 내가 부모님보다 먼저 가 버린 불효를 저지른 것은 사실. 물론 남아 있는 형제들이 있지만 그렇다고 해서 나를 잃은 상실이 어떻게 보상되는 건 아닐 것이다.

떠난 자는 언제나 말이 없다.

남겼다 한들 곧 부유해 버릴 언어가 무슨 도움이 되겠냐만 그 흔한 유언조차 남기지 못한 것이 끝내 한으로 남는다. 신이 날 가엾게 여겨 한 번만 그 얼굴을 볼 수 있게 해 준다면 좋을 텐데.

그럼 좋을 텐데, 사랑한다고 말 한 번만 하고 싶은데.

"공주님, 우세요?"

어느새 눈물이 뺨을 타고 흐른다. 나는 당황해 나를 안는 세르이라의 내음을 들이마시며 그 품의 온기에 몸을 기댔다.

사랑한다고, 정말로 사랑한다고. 단 1초만이라도 좋으니 말하고 싶다. 엄마, 아빠 품에 안겨서 단 한 번만이라도 좋으니 말하고 싶다.

이 얼마나 무심한 딸이었단 말인가. 다 컸다는 이유로, 바쁘다는 이유로 잘 찾아가지도 않았다. 가끔 가서 부린 것은 투정과 짜증이 전부. 사랑한다는 그 흔한 한마디조차 겸연쩍어 쉽게 말해 주지도 못했다. 효도하겠다고 했는데, 잘해 주겠다고 했는데, 내가 한 약속들은 모조리 내 죽음 속에 묻혀 버렸다.

그렇게 허망하고, 그렇게 무심하고, 그렇게 못된 딸을 그럼에도 그리워하실 부모님을 생각하니 목이 멘다.

세르이라처럼 잘 견뎌 냈으면 좋겠다. 많이 괴로워하지 않았으면 좋겠다. 내 죽음이 부모님에게 큰 충격으로 가지 않았으면 좋겠다. 정말 그랬으면 좋겠다. 해 준 것도 없는데 남긴 것이라곤 상처뿐이라니. 이 얼마나 가슴 아픈 비극인가.

이젠 내가 그 상처를 도로 보듬어 주지도 못하는데.

"우리 공주님이 갑자기 왜 이러시지?"

나는 왜 이제야 내가 그렇게 세르이라를 사랑하게 되었는지 알 수 있었다.

그래, 그랬구나. 그랬었구나.

무언의 깨달음. 그리고 무언의 이끌림.

그래, 세르이라는 우리 부모님을 닮았다. 생김새, 성격, 버릇, 이런 것들이 아니라 그녀의 위치가 닮았다. 남겨진 자라는 것. 사랑하는 누군가를 떠나보내고 혼자 남은 자라는 것.

그래서 떠난 자인 내가 그녀를 사랑할 수밖에 없는 거였다.

"떼르이라."

내가 그녀를 부르자, 날 자신의 품에서 떼어 놓고 세르이라가 시선을 맞춘다.

푸른 눈동자. 짙은 녹음을 닮은 예쁜 눈동자.

어느새 눈이 퉁퉁 부었다. 머리도 아프다. 눈물이 말라 버린 자리에서 느껴지는 아릿한 감각도 제법 시원했다.

"예, 공주님, 말씀하세요. 응?"

말 대신 나는 그녀의 머리카락을 잡았다. 그리고 가만히 세르이라의 창백한 뺨에 내 볼을 기댄다. 따뜻하다. 보이는 것만큼 차가운 살이 아니었다. 나는 그 온기를 느끼며 눈을 감았다.

후회는 아무리 빨라도 늦다. 그 흔한 명언을 지금에서야 뼈저리게 느끼다니, 나도 참 바보인가 봐. 허나 그래도 싫다.

더 이상은……, 그래.

더 이상은 이렇게 후회하기 싫었다. 이번엔 정말 잘해야지. 정말 후회하지 말아야지. 제 손에 쥐고 있을 땐 그 소중함을 모르다가 사라지고 나서야 땅을 치고 후회하는 그런 일은 두 번 다시 하지 말아야지. 그래야지.

"우리 공주님이 오늘따라 왜 이렇게 칭얼거리실까?"

세르이라가 미소 짓는다. 나는 나를 떼어 놓으며 웃는 그녀의 얼굴이 그 순간 더없이 아름답게만 느껴졌다. 무언가가 목구멍까지 차오른다.

그리고 바로 그 순간이었다.

"엄마!"

내 목소리에 순간 세르이라의 몸이 굳는다. 덩달아 그녀의 표정도 굳었다. 놀란 듯 커진 눈동자에 시선을 마주하며 다시 한 번 입을 연다.

"엄마, 엄마!"

얼마나 이렇게 부르고 싶었는가. 대체 얼마나 엄마라고 부르고 싶었던가. 언젠간 불러 줘야지, 그렇게 불러야지, 맨날 다짐하면서도 끝내 부르려다가 목구멍 끝에 걸려 맴돌기만 할 뿐 내뱉지 못했던 그 말을 결국 내뱉고야 만다.

그동안 내 목구멍을 틀어막던 이성이 그러면 안 된다 막아섰지만, 이미 내 입에선 그 단어가 나가고 난 후였다.

지금이 아니면 안 될 것 같은 걸 어떡해.

지금이 아니면 영영 엄마라도 부를 수 없을 것 같았다. 그런 절박함이 나를 내몰았다.

"엄마……."

이젠 다시 후회하지 않을 거야. 손안에 쥔 소중한 걸 놓아 버리지도 않을 거다. 그래, 이번 삶은 아직 후회할 단계는 아니었다. 더 많이 웃고, 더 많이 행복하자.

그리고 더 많이…… 사랑한다고 말해 주자.

놀란 세르이라의 품에 안기며 나는 조그맣게 중얼거렸다.

"하랑해여."

아직 부족한 발음이 제대로 내 의지를 전해 주진 않지만 그 작은 말에 미소 짓는 세르이라의 얼굴로도 충분했다. 세르이라가 웃는다. 그리고 어느새 그녀의 눈동자에선 잔뜩 고인 눈물이 한 방울씩 떨어지고 있었다.

울지 마. 응?

"웬 눈물이람. 주책맞게."

그래도 흐르는 눈물을 막지 못한다. 나는 손을 들어 그녀의 뺨에 흐르는 눈물을 닦아 주었다.

내 고사리 같은 손이 제 눈물을 훔치자 세르이라가 웃는다. 그것은 울음을 참으려는 웃음이었기에 참으로 우스꽝스러운 표정이었다. 그래도 웃음은 나오지 않는다.

'아, 큰일 났다.'

이 모습마저 예뻐 보이다니. 이를 어쩐담.

나보다 더 어린 내 엄마의 손을 꼭 잡고 나는 나 홀로 작은 다짐을 했다. 절대 그녀가 나로 인해 우는 날은 없도록…….

* * *

겨울이 다가오는 발걸음은 종잡기가 어려웠다. 테라스 밖 눈이 쌓이는 광경을 지켜보며 나는 조용히 창문에 손을 대었다.

이제 내 나이도 1살이 되어 간다.

드디어 몇 살이냐 물으면 대답할 나이가 생기는 것이었다. 곧 내 생일을 축하하는 돌잔치가 열릴 예정이라고, 언뜻 들었던 기억도 있었다. 뭐, 돌잔치라기보다 파티에 가깝지만.

그냥 내 생일을 축하하고, 앞으로의 성장을 기원하는 파티였다. 따지고 들면 그게 돌잔치지만.

"좀 느리네요, 폐하. 속력 좀 내 봐."

뒤를 돌아보니 페르델이 싱글싱글 웃으며 카이텔 앞에서 까불고 있었다.

쯧쯧, 저러다 또 한 대 처맞지. 아무튼 매를 지 스스로 벌어요, 벌어.

처음엔 뭐 저런 간덩이가 부은 멍청이가 다 있나 싶었는데, 이젠 익숙해져서 그러려니 했다. 이게 바로 인간은 적응의 동물이라 그러는 건가. 하, 슬프다. 저 장면이 이제 익숙하다니.
"이차르타에 큰 가뭄이 들었대. 아마 네가 원하는 식량 수준은 만들지 못할 것 같다."
카이텔의 표정이 미미하게 굳어진다. 카이텔이 원하는 수준의 식량이라면 분명 군비였다. 요 근래 또 전쟁이 일어날 거라 말이 많더니, 결국 저 미친놈이 사고를 치려는 모양이구나. 나는 그냥 심드렁하니 앉아 있었다.
"쓸모없군."
싸늘히 내뱉은 서늘한 말. 그 말은 진심이었다.
페르델이 말없이 어깨를 으쓱인다. 굳이 대꾸할 말이 없는 게지.
그 한마디를 끝으로 카이텔은 입을 다물었다. 두 사람이 나란히 마주 보고 앉아 더럽게 많은 서류를 처리한다. 다리를 쭉 펴고 스트레칭에 도전하며, 나는 두 사람을 구경했다.
한 달간 집무실 접근 금지가 풀린 이후, 페르델은 하루가 멀다 하고 카이텔의 집무실에 와서 노닥거렸다.
아, 정정. 일을 했다.
따로 재상관저에 커다랗고 좋은 집무실도 있건만 왜 굳이 여기서 일하는 건지는 모르겠는데, 본인 말에 따르면 이곳에서 일하는 게 더 재미있다고 한다. 뭐래.
"너 언제 꺼지냐?"
"네가 그 서류 다 처리하면."
아무튼 낯짝도 두껍지.
싱글싱글 웃는 저 얼굴을 몇 대 쳐 보고 싶을 정도로 페르델은 만만치 않게 얄미웠다. 뭐, 그래 봤자 드란스테가 얄미운 걸로는 이미 톱을 먹어서 그렇게 죽이고 싶을 정도로 얄밉지는 않았지만.

전의 날 한 번 납치했던 일로 신혼여행을 하루로 줄여 버린 기적을 만든 페르델은 불행히도 제때 결혼하지 못하는 비극을 겪었다. 12월에 할 예정이었는데, 차질이 생겨 1월에 하게 되었다고 한다.

근데 그 결혼식이 내 생일 다음 날이라는 게 좀 무섭더라.

음, 설마 노린 건 아니겠지. 에이, 설마.

"요새 드란스테 님이 안 보이네?"

지루한 듯 펜을 돌리며 페르델이 말을 건다. 카이텔은 돌아보지도 않고 대꾸했다.

"알 게 뭐야."

"무심한 놈, 그래도 네 스승이다."

멍청한 놈, 우리 애비가 널 무시하지 않은 것만으로도 감사히 여겨라. 이런 친구 사이도 있는 건가 싶을 정도로 그동안 지켜본 페르델과 카이텔은 좀 많이 신기했다.

왜 안 깨지지?

절교를 해도 백만 번은 했을 것 같은데, 그렇게 죽어라 싸워도 정작 그 이후엔 바로 원래대로 원상 복귀였다. 그리고 그건 정말 신기했다.

나는 괜히 한숨을 내쉬고 옆을 돌아봤다. 그곳엔 창문에 기대 나와 같은 장면을 보고 있는 드란스테가 있었다.

"응? 왜? 놀아 줄까?"

아니, 그냥 네가 한심해서.

내 대꾸에 드란스테가 웃는다. 그의 손이 내 머리를 쓰다듬었다.

내 머리에 손대지 마라, 요놈아!

이제 좀 길어져서 제법 사람의 모양새를 할 수 있게 도와주는 내 머리는 여러모로 소중했다. 머리가 길어져서 안 건데, 은적발이라는 머리카락은 정말 신기하고 신비롭고 아름다운 색채다. 이게 애비한테 받은 거라 좀 껄끄럽긴 해도.

"하지만 모습을 드러내면 널 만지지도 못하게 하는걸, 저놈이."

그래서 몰래 만지니 좋더냐?

내가 한심한 시선으로 녀석을 노려보니 드란스테가 내 요람에 몸을 기대며 방긋 미소 짓는다.

"응."

어휴, 아무튼 이 변태.

나는 고개를 한 번 가로젓고 다시 창밖으로 시선을 돌렸다. 하늘에서 솜털 같은 눈송이들이 휘날리는 광경은 계속 봐도 질리지 않았다.

그 넋 나간 모습이 제법 드란스테의 흥미를 돋운 듯했다.

"눈 처음 봐?"

아니.

"그런데 왜 그렇게 열심히 봐? 눈 좋아해?"

아, 진짜.

말없이 옆을 쳐다보니 드란스테가 방긋방긋 웃고 있다.

뭘까, 이 데자뷰는. 뭔가 언젠가 본 것 같은 장면이 나한테 되풀이되고 있는 기분이었다.

기분 탓이겠지. 기분 탓일 거야. ······무시하자.

"왜 대답이 없어?"

진짜, 저게!

내가 한 번 죽일 듯 노려보고 나서야 드란스테는 날 괴롭히는 걸 그만두었다. 싱긋 웃으며 두 손을 뗀다.

아무튼 이놈도 문제야.

작게 투덜거리며 나는 다시 창밖으로 시선을 주었다.

눈이 오는 하늘. 원래 나는 여름에 태어난 아이였다. 그래, 전생엔 말이지. 그 기억이 25년이나 있어서 그런지 갑자기 겨울이 생일이라고 하니 기분이 미묘했다.

내가 겨울에 태어났구나.

어쩐지 북쪽의 왕녀였다는 어머니가 생각난다. 본 적도 없지만 만난 적도 없지만 그래도 무언가 미적지근한 감각이 남아 있기는 했다. 보고 싶은 감정, 아니, 사실 어떤 사람이었을까가 제일 궁금하다. 그래, 이게 그리움이라고 표현하기엔 좀 그렇지만 그런 종류의 감정이었다.

정신을 차려 보니 어느새 드란스테는 사라지고 없었다.

처음엔 이 갑작스런 부재가 참 적응이 안 되었는데…….

그것들이 마치 내가 이 삶에 익숙해졌다는 증거가 되어 가는 것 같아 기분이 좀 미묘했다. 다시 뒤를 돌아보니 파파와 페르델이 열심히 서류 처리 중이다.

나는 일어나서 그쪽의 난간을 붙잡고 몸을 기댔다.

"카이데르!"

이건 발음 연습이었다, 부름이라기보다.

그래, 발음 연습일 뿐이야 '

아무래도 이가 많이 없으니 발음이 새는 건 당연했다. 엉엉, 그러니까 말을 제대로 하기 전에 최대한 내 혀를 부드럽게 풀어서 정확한 발음을 구사하고 싶…… 긴 개뿔!

그래, 그냥 예쁨 받고 싶었어, 젠장.

"페르데르!"

갑작스런 내 부름에 페르델이 번쩍 고개를 든다. 날 바라보는 눈빛이 여전히 부담스러웠다.

괘, 괜히 불러 줬나. 아빠 이름만 부르기 민망해서 같이 부른 건데.

나는 살짝 후회했다.

카이텔이 내게 시선을 준다. 처음 만났을 때도 저랬던가 싶을 정도로 녀석의 시선에 이젠 너무 익숙해져서 나는 내 자신의 적응력이 좀 놀라웠다.

역시 호랑이 굴에 들어가도 정신만 바짝 차리면 호랑이가 될 수 있는 거구나.

응? 잠깐. 이게 아니었던 것 같은데.

"페르델이래! 어쩜 저리 귀여울까! 천사야, 천사!"

응. 내가 좀 천사긴 해. 근데 이제 그만하지 않으련, 나의 광신도야. 네가 이미 내 매력에 빠져 내 노예가 된 건 아는데, 좀 많이 무섭거든, 엉엉.

결국 나를 보던 시선을 돌린 페르델이 하는 짓이라곤 그 전과 똑같았다.

"네 딸이라고는 믿을 수가 없다. 저런 천사를 어디서 주워 온 거냐. 당장 이실직고해!"

이제 하루에 열댓 번은 받는 저 시비에 카이텔은 시종일관 무시로 넘어갔다. 상대하기 귀찮은 것도 있겠지만 무엇보다 상대할 가치가 없다며.

흑흑, 불쌍한 페르델, 친구가 자기더러 상대할 가치를 못 느끼겠다고 대놓고 앞에서 말하다니. 물론 페르델이 그런 걸로 상처를 받거나 그러진 않았다, 그래.

"파파!"

내 부름에 카이텔의 시선이 천천히 내게로 향한다. 나는 내게 닿는 진홍색의 눈동자에 빙그레 미소 지어 주었다.

내 백만 불짜리 미소를 봐 봐.

카이텔은 그저 한번 보더니, 다시 시선을 내렸다.

아, 저 도도한 애비, 딸한테 한번 웃어 주기라도 하면 어디 덧 나냐?!

"그래서 결론은 아시시를 보내기로 한 건가?"

"어……."

아시시라는 이름이 나오면 화제는 보통 한 가지였다. 그놈의 지긋지긋한 전쟁.

"아시시한텐 미안한 이야기지만, 뭐."

볼을 긁으며 페르델이 웃는다. 물론 그건 진심이 담긴 미소였다. 그런데 네 시선은 왜 나한테 와 있는 거니, 냉큼 우리 애비에게로 고개를 돌리지 못할까!

"네가 안 간다며, 그럼 아시시지."

그건 약간 책망하기도 하는 어조였다.

음, 뭐 내가 너무 민감하게 받아들인 걸지도 몰랐다. 어쨌거나 카이텔은 페르델을 무시하고 여전히 서류 정리에 여념이 없다. 저 수많은 서류가 주요 귀족들 행태 보고서랑 식민지에서 올라오는 상황 보고서들이라니, 안 볼 수도 없는 노릇.

나는 턱을 괴고 일에 한창인 두 사람을 구경했다. 오물오물 턱받이를 씹어 먹으면서, 응응.

"근데 왜 안 간다는 거야? 너 스트레스 많이 쌓였잖아. 한 번쯤 풀고 와야 할 때 아니야? 내가 잘못 계산한 건가?"

우리 애비가 무슨 미친개니? 욕구불만이라고 한 번 풀어 주고 오게.

아, 미친개 맞구나. 페르델 미안.

페르델의 말에 카이텔이 제 손에 쥐어진 펜을 놓는다. 고개를 들고 서늘하게 응시하는 시선이 제법 나른했다.

"맞아. 그런데 가고 싶지 않아."

"왜?"

페르델이 묻는다. 그 질문에 카이텔은 말없이 나를 돌아보았다.

응? 엉? 어엉? 나는 왜? 나는 갑자기 왜 봐?

내 의문도 잠시, 페르델의 눈초리가 점점 가늘어진다. 그가 단정적으로 물었다.

"설마 공주님 때문에?"

카이텔은 말없이 다시 서류에 코를 박았다. 나는 당황했다.

응? 내가 뭘 했는데?

"진짜?!"

놀란 건지 페르델의 목소리가 살짝 커진다. 페르델은 정말 드물게 진심으로 놀라고 있었다. 그 손도 꼼지락거리지 못하는 걸 보니 많이 놀라긴 한 모양이다. 물론 곧 녀석의 중얼거림을 듣고 제정신이 아니라는 사실도 알 수 있었다.

"카이텔이 아닌가 봐. 어떡해. 저건 카이텔의 탈을 쓴 괴물이 틀림없어. 아니라면 혹시 반아그리젠트 연합 정부의 첩자인가? 혹시 외계인?"

……우리 애비 정체를 고민하기 전에 네 정신부터 찾아오는 게 어떨까?

저놈은 안 돼. 틀렸어.

고개를 가만히 가로젓고 있으려니 카이텔이 시선을 든다. 제법 날카로운 시선에 페르델은 반사적으로 두 손을 들었다. 항복이라는 뜻이었다.

"애는 오랫동안 보지 않으면 사람을 잊어버린다더군."
"그래서 전쟁 안 가겠다고?!"

설마 그저 때문이었니?

카이텔의 대답은 나에게도 조금 의외였다. 저건 누구? 우리 아빠가 아니야. 우리 아빠가 저렇게 자상한 남자일 리가 없어!

"네가?!"

페르델의 반문에 카이텔은 그저 그를 한 번 노려보는 걸로 끝냈다. 그리고 다 처리한 서류를 탁자 위에 올려놓더니 곧장 내게로 온다.

날 잊지 않는 건 감사한데, 이게 기분이 좀 미묘하다. 내가 자기를 잊어버릴까 봐 그 좋아하는 전쟁터에도 안 간다고?! 이놈이?

"사람 됐네."

그래, 사람 됐다.

덩달아 감탄하는 와중에 나를 안은 카이텔이 제 얼굴을 찡그렸다.

"죽고 싶나?"

노려보는 시선이 제법 살벌한데, 페르델은 그저 방긋방긋 잘도 웃었다.

아, 저것도 재능이라니까.

훌륭한 매를 부르는 재능.

"됐고, 이거나 사인해."

"베리타 궁 사용 허가서?"

한 손으로 나를 안아 들고 자신이 받은 서류에 카이텔이 서명을 한다. 페르델은 서명을 받자마자 그 서류를 채 갔다.

"일주일이나 대체 누가 묵는 데 사용하는 거지?"

펜을 건네며 카이텔이 물으니 페르델이 방긋 웃는다. 아무리 생각해도 저렇게 얄밉게 웃는 놈은 쟤가 처음인 것 같아.

어우, 얄미워.

"비밀!"

카이텔은 이번만큼은 말로 하지 않았다. 바로 옆에 있던 내 장난감을 집더니 던져 버린다.

으아.

나는 내 장난감이 페르델의 어깨를 맞고 바닥에 떨어져 큰 소리로 부서지는 걸 바로 코앞에서 목격해야만 했다.

내 장난감! 내 장난감이 부서지다니!

"근데 너 이제 꽤 아빠답다?"

페르델이 미소 짓자 카이텔이 인상을 쓴다.

"닥쳐."

매몰찬 대꾸에 상처받은 어린양이 되어 고개를 숙이는 페르델을 보고 나는 혼자 울었다.

아, 내 장난감. 내 장난감은 대체 무슨 죄요! 애비야, 화난다고 딸 물건을 그렇게 막 부수고 그래도 되니? 솔직히 나는 네 밑에서 자라면서 내 인격이 망가질까 걱정이 되거든? 너는 그런 걱정이 되지 않는 거니?

"십이월에 결혼한다더니, 왜 갑자기 일월에 한다는 거지?"

"아, 그거 다 너 때문이잖아, 이 망할 놈아!"

카이텔은 그대로 날 바닥에 내려놓았다.

뭐니, 애비야, 놀자고?

내 두 손을 잡고 내가 지 손을 잡고 서는 걸 멀뚱히 구경한다. 아, 아직 다리에 힘 다 안 들어가는데.

"시르비아가 삐져서 요새 나랑 말도 안 해, 엉엉."

"그럼 하지 마."

"파혼하자 그래서 내가 일주일 내내 싹싹 빌었더니 그러면 누구도 가 본 적 없는 신혼여행 장소를 찾아내면 결혼해 주겠다고 그러는 거야."

역시 걸음마는 세르이라랑 하는 게…….

못마땅했지만 애비가 하고 싶다니 어쩔 수 없지. 잠시 같이 놀아 주기로 하고 나는 열심히 천천히 걸었다. 아, 이놈 전에는 너무 빠르더니 이젠 너무 느려.

야, 내가 무슨 거북이냐!

"그래서 찾았나?"

"응! 그러니까 결혼하지!"

페르델은 정말 행복하게 활짝 웃었다.

저놈의 더러운 커플. 에라이, 여기 솔로 둘의 분노가 느껴지지 않느냐!

"난 시르비아가 정말 좋아!!"

쿠션이 시르비아라도 되는지 품에 안고 소파로 넘어지는 페르델을 보고 카이텔은 내 딸랑이를 주워서 던졌다.
아, 진짜 넌 내 장난감이 무슨 돌멩이라도 되냐고, 그만 던져!
"왜 때려."
이번엔 정말 아팠던 듯 페르델이 성을 내자 카이텔이 한 마디 한다. 그 대답이 좀 생각보다 예술이었다.
"뭔가 짜증나서."
"……."
그 짜증을 나와 다른 모든 사람들도 느꼈단다. 역시 우리 애비는 여자가 많아도 솔로였다. 이 분노를 같이 공유하다니.
아, 아빠, 이때만큼 아빠를 사랑한 적이 없었던 것 같아요. 우리 이제 좀 친해질 수 있을 듯?
"야, 그거 은근히 상처다?"
거기 커플은 빼고.
분명 커플은 빼고 싶었는데, 어째 페르델은 은근슬쩍 내 앞까지 기어와 있었다.
어이, 광신도, 이제 날 좀 그만 사랑하는 게 어떻겠나. 자네의 사랑은 영 내가 부담스러워서 말이지.
"우리 딸내미는 여전히 귀엽네, 우쭈쭈."
"우쭈쭈!"
말을 빨리 하고 싶다는 바람에 간혹 영어 배울 때처럼 들리는 말을 아무렇게나 지껄이고 있는데, 그럴 때마다 페르델은 좋아서 죽으려고 했다.
그냥 죽어라. 죽어. 그렇게 좋냐.
"누가 네 딸이야?"

페르델이 접근하자마자 카이텔이 내 몸을 숨긴다. 바로 가리는 그 행동에 서운한지 페르델이 입을 삐죽였다.
"뭐 어때! 나도 내 딸 생길 거다, 뭐!"
그건 네 주장이고.
우리 애비도 나와 같은 생각이었는지 나를 보여 줄 생각을 안 한다. 나는 그 품 안에서 낑낑댔다. 썩을 놈의 아빠가 날 아직도 지 물건 취급을 하네, 엉엉.
애비야, 나는 애기란다. 소중히 여겨야 한다고!
"아, 귀여워. 정말 토끼 같아!"
"토끼!"
내가 낑낑대는 게 토끼 같냐. 어디 토끼처럼 맞아 볼래?
페르델을 노려보며 혼자 분을 삭이고 있으려니, 아니나 다를까 애비가 한마디 한다.
"개 같아."
……나 지금 잘 살아 있는 걸까?
그냥 태어나자마자 죽는 게 나았으려나? 이젠 좀 말도 하고 걸음마도 잘하고 밥도 인간스러운 걸 먹는데, 왜! 아직도! 개야! 내가 개같이 널 물어 봐야 그 개 같다는 말을 그만둘 거냐! 엉?!
"욕이야, 그거?"
"그냥 말인데."
"……"
페르델의 표정이 미묘하게 일그러진다.
알아, 나도 그 마음. 네 마음이 바로 내 마음이란다.
이 아버지를 대체 어찌하리오, 하.

"카이텔."

웬일로 페르델이 진지하게 카이텔을 불렀다. 심각한 표정으로 팔짱을 끼더니 한마디 하기를.

"넌 좀 말을 순화해서 하는 법을 배워야 할 것 같아."

"그런 건 뭐에 쓰라고 배워?"

아니, 쓰일 데는 많아요, 파파. 일단 나랑 대화하는 게 있고, 나랑 대화를 하는 게 있고, 나랑 대화를 하기 위해서가 있고, 나랑 대화를 하려고 하는 게 있지. 자, 어때. 많죠?

"아기야. 아기는 그런 사소한 말에 상처받는 여린 생명체라고."

"어차피 못 알아들을 텐데."

아, 씨, 다 듣고 있으니까 순화하라고!

이 말이 통하지 않는 멍멍이를 보았나. 답답해서 내가 한숨을 내쉬려니 옆에서 페르델도 한숨이다.

그래, 우리 처지가 뭐 이렇지. 아, 이 망할 놈.

"근데 왜 하필 개야? 토끼도 있고, 돼지고 있고, 말도 있고, 여우도 있는데?"

넌 왜 그런 게 궁금하니?

평소랑 다름없이 쓸데없는 질문이라 나는 카이텔이 무시할 줄 알고 옆에 있는 딸랑이를 주워 들었다. 동그랗고 큰 게 막대기에 매달려 있는 모양새가 정말 고기 같다.

고기, 고기!

그걸 물어뜯고 있으려니 카이텔이 내 손에서 딸랑이를 뺏어 간다.

아, 잇몸이 간지럽다고, 아빠야!

"눈동자."

"응?"

빼앗기지 않으려고 안간힘을 썼지만 결국 내 딸랑이는 그의 손으로 사라졌다.

그는 좋은 딸랑이였습니다, 흑흑.

"나만 담아내는 눈동자가 개 같아서."

"욕이 아닌 것 같은데, 욕으로 들린다?"

그래, 내 눈동자가 그렇게 개 같니?

아, 근데 진짜 욕이 아닌데, 욕같이 들린다. 그냥 이건 단순히 내가 순수하지 못한 탓인가.

"제 주인이 패고 죽이려 해도 개는 제 주인한테 꼬리를 흔든대."

이건 갑자기 뭔 소리래?

항상 재미라곤 눈곱만큼도 없는 심각한 인간이지만 지금 카이텔은 뭔가 평소와는 달랐다. 무언가. 가라앉은 느낌? 나는 숨을 크게 한 번 내쉬었다. 한숨 같은 소리가 작게 울린다.

"그게 생각나. 저 눈동자를 보면."

카이텔은 그렇게 말하고 입을 닫았다.

파파, 라고 작게 속삭이며 내가 그의 뺨에 손을 뻗는다.

애비야, 나는 네가 정말 다 좋은데 이럴 때면 뭘 어떻게 대해야 할지 난감하거든?

아, 거기까진 좋은데…….

왜 네가 버림받은 강아지 같은 눈빛을 하는 거냐고, 이 남자야.

내 손이 카이텔 뺨을 쓰다듬는다. 그런 표정 짓지 않아도 된다는 걸 알려 주고 싶은 손짓이었는데, 그의 뺨에 비하면 너무 하잘것없는 손이라 기분이 이상했다.

이 손은 대체 언제 커지는 거람.

그의 뺨을 완전히 다 가릴 수 있을 만큼 커지려면 얼마의 시간이 필요한지도 모르겠다.

"기분 나빠."

페르델이 덩달아 표정을 굳힌다.

"왜?"

그의 작은 질문에 카이텔이 내 허리를 붙잡았다. 마주치는 눈동자가 내 눈동자와 똑같은 진홍빛. 붉고 화려한, 생명과 죽음을 동시에 나타내는 색.

"내가 어떤 인간인지도 모르는 채 아비라는 이유 하나만으로 의존하잖아. 내가 저를 죽일지도 모르는데 말이지."

"그래서 죽일 거야?"

턱을 괸 채 담담히 묻는 질문에 카이텔의 시선이 페르델에게 돌아갔다. 나름대로 심각한 상황일 텐데, 페르델의 표정은 무미건조했다. 마치 영화를 보는 관객처럼.

"아니."

조금이라도 긍정의 말을 내뱉었다면 냅다 도망치려 했는데, 다행히 아빠는 아빠인지 카이텔의 대답은 부정이었다. 그의 시선이 다시 내게 돌아온다. 혼란을 담고 있는 눈동자가 이상하게도 내게는 예쁘게 느껴졌다.

어어, 설마 나도 미친 건가?

"그러면서 왜 그런 걱정을 해? 넌 가끔 정말 이상해."

"가끔이 아닐 텐데."

"그래, 항상."

말대답 했다가 또 한 대 맞는다.

아무튼 저건 입으로 매를 벌어요.

페르델을 한심한 눈으로 쳐다보는 걸 잊지 않고 나는 날 붙잡는 시선에 다시 고개를 돌렸다.

"내가 어떤 인간인 줄 알고?"

너, 아마도 미친놈?

"내가 저를 죽이려고 들면 어떡하려고 이러는 거지?"

카이텔은 진심으로 묻고 있었다. 나는 동의할 수 없는 당연한 질문들이었는데, 그에겐 아닌 모양이다. 날 품에 안으며 그가 작게 뇌까렸다.

"너무 무방비해."

그건 내가 아직 애기라…….

뭐, 네가 내 아버지라 내가 무방비한 게 없다고는 말 못하겠지. 사실 좀 어려운 질문이었다. 나한테도, 그에게도.

옆에서 페르델이 한숨을 내쉰다. 그도 이 어려운 난제에 무어라 할 말이 생각나지 않는 모양이었다.

"아버지와 딸이야. 좀 무방비해도 되는 관계 아니냐?"

"아버지와 딸이 무방비해도 되는 관계라고 배워 본 적이 없어서 말이지."

그가 일생을 어떻게 살아왔는지 알 수 있는 말이었다. 그 조소에 아득히 빨려 들어가는 어둠이 있다. 나는 그냥 그의 품에서 꼼지락거렸다.

"그 눈동자가 널 배신할까 무서운 거냐?"

"아니."

'그럼 왜 그러는 건데, 응?'

이 혼돈을, 이 혼란을 몰라주고 싶은 건 아니다. 나도 알아주고, 답해 주고, 풀어 주고 싶었다.

하지만 그것도 알고 있을 때의 문제지. 그가 무엇에 의문을 가지고 있는 건지 어떤 게 두려운 건지 또 어떤 게 좋은 건지 감이 잡히질 않는다. 알면 알수록 어려운 인간이었다.

"아시시가 생각나."

어쩐지 나를 안고 있는 팔이 떨리는 기분이다.

미묘했다. 이런 건.

그래, 너랑 나는 아직 좀 거리가 있는 것 같아. 태양이랑 지구 사이 정도는 아니고, 서울이랑 부산 같은 거리?

물론 그것도 엄청 멀지만 태양이랑 지구 사이에 비하면 새 발의 피였다. 괜히 궁금하다. 카이텔의 과거와 카이텔의 생각과 그 마음을 다 알게 되는 날이 오면 나는 이 남자를 어떻게 생각하게 될까? 좋아할까? 아니면 혐오할까? 사실 지금은 잘 모르겠다.

그래도 중요한 사실은 카이텔은 여전히 내 아빠라는 것이겠지.

"넌 좀 더 사람을 믿어도 돼."

페르델의 목소리에 겨우 제 자신의 감상에서 깨어난다. 가만히 마주하는 시선이 숨 막힐 듯 짙었다.

"네 딸이잖아."

그래, 그것만큼 명백한 게 또 어디 있을까. 나는 바로 수긍했지만 카이텔은 얼굴부터 찡그렸다.

"충고하지 마."

"해 줘도 난리야."

서운한 듯 페르델이 몸을 뺀다. 이제야 카이텔이 내 아빠로 돌아온 것 같아 나는 조금 기뻤다. 당장에 팔을 벌려 그의 목을 끌어안는다.

으앙.

"파파!"

근데 애비야, 그런 쓸데없는 걱정 마라. 난 네가 날 죽이려 들면 뒤도 안 돌아보고 도망갈 거다. 나 이제 길 수 있다! 얕보지 마라!

"내가 아들 낳으면 네 딸 나한테 줘라."

"뭐래."

헤실헤실 웃는 페르델에게 날아간 건 또 내 딸랑이었다.

또 내 장난감을! 망할 놈아, 내 딸랑이는 네 투포환이 아니라고! 그렇게 막 던지고 그래도 되는 물건이 아니시란 말이야!

"왜! 내가 네 사돈감으로 부족해?"

"어."

망설임 없는 대답에 페르델의 얼굴이 구겨졌다.

"많이 부족해."

그 한마디를 남겨 놓고 카이텔이 날 든 채 휙 가 버린다. 졸지에 혼자 남은 페르델이 뒤에서 소리쳤다.

"저 썩을 놈!"

* * *

오늘은 드디어 내가 나이를 먹는 날이었다. 한 살.

아니, 이 나라도 햇수 나이라서 정확히는 두 살이다.

내가 두 살이라니. 내가, 내가 두 살이라니!

손가락으로 나이를 세어 보다 닥쳐 오는 묘한 기분에 괜히 입술을 깨물었다.

내가 두 살이래. 엄마, 나 두 살 먹었어!

아무래도 전생의 나이가 나이이다 보니 그동안 나이를 먹는다는 사실에 제법 무감각해져 있었다. 살아간다는 게 그런 것이기에 제 생일을 까먹고 그냥 지나가는 해도 많았다. 그것도 누군가가 축하를 해 준다는 사실이 잠시 기쁜 것일 뿐이었지. 그리고 받게 되는 선물도, 그저 감사할 뿐이었다.

이미 그날에 태어났다는 사실은 그러니 저러니 아무렴 어떠냐는 식으로 변해 버린 지 오래고, 언제 태어났나 보다 태어났다는 사실을 더 중요하게 여겼었다. 날을 생일이라 바꿔 축하해 주는 것도 아무렇지 않았으니까.

왜 그리 무감각하게 살았던 건지. 뭐, 하긴 이미 먹은 나이가 나이인지라 이제 내가 늙는구나 싶어서 생일이 오지 않았으면 하는 것도 있었고. 어쨌든 생일이 온다는 것 자체만으로 그렇게 설레거나 기쁘지 않았는데…….

"우리 공주님, 좋으세요? 오늘은 유난히 일찍 일어나시고, 기분도 좋으시고."

세르이라가 살포시 미소 짓는다. 그 미소에 따라 웃으며 나는 두 손을 맞대며 박수를 쳤다. 정말 기쁠 때 하는 행동.

세르이라가 내 이마에 작게 키스해 준다.

내 안의 동심이라는 건 이미 다 사라진 줄 알았는데, 의외로 남아 있는 모양이었다. 두근두근. 낮게 박동하는 설렘이 혈액을 타고 온몸으로 퍼졌다. 그건 좀 달짝지근한 기분이었다.

"자, 이제 파티 준비하셔야지요? 폐하께서 공주님을 위해 열어 주시는 생일 파티예요."

"응!"

내가 수긍하며 고개를 끄덕이자 세르이라가 작게 웃는다. 그 웃음소리도 정말 좋았다.

아직 제대로 걷거나 그럴 수는 없지만 이제 서 있는 건 어느 정도 가능했고, 그런 것들을 하나둘씩 해낼 때마다 알 수 없는 성취감이 내 몸을 감쌌다.

이런 게 자란다는 거구나. 묘한 감흥이었다. 누워서 아무것도 못할 때가 바로 어제인 것만 같은데. 어느새 이렇게 걸음마도 할 수 있게 컸다니.

"많이 컸네."

어, 이 목소리는?

고개를 들어 옆을 보니 어느새 온 드란스테가 내 위에서 웃고 있었다. 녀석이 웃는 건 언제나 늘 재수 없었는데, 오늘은 내 생일이라 그런지 흠……. 자식, 잘생겼네.

"오늘 생일이지?"

"응!"

모를 줄 알았는데, 기억하고 있었구나.

아무 기대 없었는데 누군가가 기억해 준다는 사실이 생각보다 기뻤다.

쳇, 자식, 그동안 나한테 집적거렸던 거 다 용서해 줄게.

내가 근엄하게 고개를 끄덕이니 녀석이 웃는다.

뭘 웃어? 비웃지 마!

"아니, 좀 웃겨서."

저게 근데!

뾰로통한 얼굴로 노려보자니까 더 크게 웃어 젖힌다.

저거 봐라, 아오.

불만스런 표정으로 노려봐 주고 있지만 그게 통할 턱이 없었다. 결국 드란스테는 내키는 대로 꿋꿋하게 다 웃었다.

저 얄미운 놈, 왜 오늘은 어째 얌전하다 했다.

순간 녀석과 시선이 마주친다. 씨익 웃는 그 입을 정말 꼬매 주고 싶었다.

아, 근데 너 요새 왜 이렇게 안 보여? 나 더 어릴 땐 많이 왔잖아. 설마 내가 만날 구박해서 삐진 거야?

"내가 많이 안 보이니까 서운해?"

됐거든. 꺼져.

내 머리로 뻗는 손을 쳐 내고 나는 뒤로 물러났다.

이왕이면 빛의 속도로 사라져 주는 게 좋을 것 같아. 어디서 덤벼들어?

충분히 경계 어린 태도였건만 녀석은 전혀 신경 쓰지 않고 자세를 낮춰 내 시선과 자신의 시선을 맞추었다. 그리고 꿋꿋하게 내 머리를 쓰다듬는다.

그만 만지라고, 이 변태야.

"하는 게 좀 있어서 그래. 마음 같아선 여기서 너랑 같이 살고 싶지만."

싶지만?

뾰로통하게 쳐다보니 녀석이 빙그레 웃는다.

"내가 좀 바쁜 남자라."

아, 그러세요?

저절로 얼굴이 굳는다. 그럼 이만 꺼지렴. 나도 바쁜 여자거든. 진짜 이 인간을 어떻게 구박해야 잘 구박했다고 소문이 나는 걸까.

난제야, 난제.

내가 고개를 설레설레 짓고 옆에서 준비 중인 세르이라에게 손을 뻗자 세르이라가 눈치채기도 전에 그 손을 드란스테가 잡는다.

뭐, 왜!

바로 노려보니까 순간 내 작은 손에 딱딱한 무언가가 쥐어졌다.

응?

"이거"

뭐야?

호기심이 동해 쳐다보니 그건 달 모양의 어떤 보석이었다.

예쁘다. 흑요석인가?

냉큼 자리를 깔고 앉아 예쁜 보석 구경에 열중하고 있으니 드란스테가 내 앞에 앉는다. 새초롬하게 녀석을 올려다보니 녀석이 내 손에 있는 그 보석을 굴렸다.

응?

굴리니까 다른 빛으로 변한다. 우와, 예뻐라.

"생일 선물."

"으아!"

예뻐!

무의식적으로 낸 큰 소리 때문에 세르이라가 이쪽으로 고개를 돌렸다.
으앙, 어, 어쩌지? 하, 하하.
놀라서 어색하게 미소 지으니 반사적으로 세르이라도 웃는다. 잠시 이쪽을 주시하던 세르이라는 내게 별일 없다는 걸 확인하고 다행히 다시 고개를 돌렸다.
휴우, 다행이다. 하마터면 큰일 날 뻔했네.
근데 이거 브로치야?
"아니."
내가 하는 꼬라지를 지켜보고 있던 드란스테가 심드렁히 대꾸한다. 건성인 대꾸에 나는 약간 골이 났다.
그럼, 뭐야?
"글쎄."
이게 진짜 한 대 맞으려고. 내가 두 눈을 치켜뜨고 노려보자 그제야 빙그레 웃는다.
아오, 진짜 짜증나. 잘해 주고 싶다가도 쥐어 패 주고 싶다.
너 내가 좀 더 크면 두고 보자. 꼭 패 줄 거야.
내 진심 어린 으름장에도 불구하고 드란스테가 웃는다. 크크큭거리는 게 터져 나오는 웃음을 억지로 참는 것 같아서 더 배알이 꼴렸다. 아오!
"잠깐만, 잠깐! 이거야, 이거."
그게 뭔데?
내 노려보는 시선에 자기가 준 보석을 들고 드란스테의 손은 내 귀로 향했다.

응? 이거 귀걸이였어? 근데 나 귀 안 뚫었는데.
"알아."
아는 놈이 귀걸이를 주니, 죽을래?
진짜 진심으로 깊은 외적 갈등을 빚어 볼까 고민하고 있는데, 녀석이 빙그레 웃었다. 늘 보던 재수 없는 미소였다.
"이렇게 하면 돼."
뭘 어떻게 할 건데? 아야!
그 순간 갑자기 귀에서 따끔한 감각이 느껴졌다. 반사적으로 소리를 내며 얼굴을 찡그렸는데, 마음의 준비가 되지 않은 상황이라 더 놀란 듯했다.
아, 진짜 미리 예고라도 해 줄 것이지. 이놈이 진짜!
"자."
그러나 화를 내려고 고개를 든 순간, 나는 내가 뭘 해야 되는지 그만 까먹고 말았다. 그도 그럴 게…….
"이브어!"
내 바로 앞에 들이밀어진 거울.
아, 아무튼 이 자식 고단수라니까.
그래도 오랜만에 보는 거울에 비춰진 내 모습은 정말 귀엽고 사랑스럽고 깜찍하고 예뻤다.
엉엉, 넌 나중에 커서 미인이 될 거야. 부디 마의 16세만 무사히 넘겨다오.
근데 보면 볼수록 귀걸이가 어째 귀걸이 같지 않다. 물론 예쁜데, 뭐랄까? 그냥 보석이라는 느낌이 아니다. 보면 볼수록 홀리는 느낌이랄까.

이거 뭐야?

"너한테 무슨 일이 생기면 불러. 바로 날아올게."

자기가 준 귀걸이를 만지작거리며 드란스테가 낮게 속삭였다. 어쩐지 좀 낯간지럽다.

흠흠, 그럼 이 귀걸이가 너랑 나를 이어 주는 거야?

"응? 아니."

그럼 널 어떻게 불러. 죽을래?

"그거 부숴야 돼."

"……."

얘가 방금 뭐라고 한 거지?

이 귀걸이를 부숴야 한다고. 아, 귀걸이를 부숴 버리면 되는구나, 아항. 그래서 널 부르는 거구나! 아, 그렇구나, 헤헤.

"으아악."

뭐라고, 이 새끼야, 그냥 돼지란 거니?

내가 이 귀걸이의 보석을 부술 수 있을 리가 없잖아.

한 대 맞아 볼래?

잡히는 대로 녀석의 뺨을 강하게 쥐어서 앞뒤로 흔드니까 드란스테가 소리를 지른다. 그래 봤자 여기서 네 목소리 들을 수 있는 사람 나밖에 없거든. 이게 처맞을라고, 진짜.

"네가 날 강하게 부르면 저절로 깨질 거야. 걱정 마."

한차례 꼬집힘을 당하고 녀석이 웃는다. 이상한 게 진짜 때린 건 난데, 어째 당한 게 나 같다.

아오, 그래도 속이 안 풀려. 얄미워, 얄미워 죽을 거 같아.

내가 두 눈을 가늘게 뜬 채 녀석을 보니 녀석이 환하게 미소 지었다.

"생일 축하해."

그러면서 이마에 닿는 입술이 제법…….

흥, 아부하기는.

그래도 조금, 그래, 조금 쑥스럽다, 쳇.

드란스테는 선물을 주고 그대로 또 휑하니 사라졌다. 늘 그런 놈이었지만 그렇게 가 버려도 서운하지 않다는 점이 녀석의 신비다.

뭐, 언제고 또 올 거니까.

느닷없이 나타나는 게 취미인지라 느닷없이 사라져도 그냥 그랬다. 오히려 오래 있는 게 이상해. 맞아, 응.

"공주님, 생신 축하 드려요."

다정한 목소리들이 내게 인사를 건넨다. 그건 솔레이 궁에 머무는 궁녀들이었다. 세르이라와 일린을 비롯해서 만나는 사람마다 내 생일을 축하한다.

아무런 감흥이 없는 생일이라고 해도 이렇게 축하 받는다는 사실 자체가 감사하고 기쁘거늘, 제 자신마저 신난 생일인데 두말하면 잔소리.

사랑 받고 있구나, 나.

흠, 뭐 이건 좀 기분 좋았다.

"생신 축하드려요, 우리 공주님."

"꺄아꺄아"

일린이 준 생일 선물은 작은 목도리였다. 그동안 세르이라한테 배운 솜씨로 뜨개질을 하는 모습을 간간이 봐 왔다만 그걸 날 위해 뜬다고는 생각지도 못했기에 조금 감동이었다.

 세르이라가 준 건 큰 토끼였는데, 후드를 눌러쓴 엄청 귀엽고 사랑스러운 토끼였다. 귀가 밑으로 쳐져서 더 귀여웠다. 이것도 세르이라가 직접 만든 선물. 그래서 그런지 목도리에서도 인형에게서도 좋은 냄새가 난다. 좋아라.

 "자, 이제 갈까요?"

 파티는 해가 질 무렵부터 시작이었다.

 그러고 보니 오늘 카이텔은 일이 많아서 보지도 못했네.

 그도 그럴 게 나는 선물 세례와 축하 인사에 바빴으니, 어느새 해가 질 무렵이 된지도 몰랐다. 물론 겨울 해라서 짧은 건 아는데, 그래도…….

 뭐, 파티장에서 보면 되는 거니까.

 "우리 공주님, 예쁘시네요."

 푸른 드레스를 입고 머리엔 꽃 모양의 머리핀도 달고, 오늘 나는 내가 봐도 예뻤다.

 아, 역시 예뻐. 누굴 닮아서 이리도 예쁠꼬, 헤헤.

 저번과는 달리 세르이라의 팔에 안겨 파티장에 입장한다. 아무래도 아직 아기라서 그런 모양이었다. 입장하자마자 준비된 요람에 앉혀져서 사람들을 쳐다본다.

 우와, 사람들 많다.

 "생신 축하드립니다, 공주님."

 처음 보는 사람들이 당연하게도 압도적으로 많았다. 그럼에도 기분이 좋았다. 낯선 사람들이 건네는 인사에도 기분이 이리 좋아지다니.

역시 생일의 마력, 헤헤.

들은 바로 이 파티는 황궁에서 꽤 권력가만 불러서 조촐하게 치르는 파티라고 그랬다. 초대 인원이 50명 안팎을 넘지 않는다고. 그래도 내 눈엔 어마어마한 인파로만 보인다. 어려서 그런가.

근데 대체 이 정도가 조촐한 거면 거대한 파티는 몇 명이나 참석한다는 소리야?

"공주님께서 정말 귀여우시네요."

"태어나신 지 불과 몇 달 전인 것만 같은데, 이제 걸음마도 곧잘 하신다죠?"

아무래도 내가 주인공이라 그런지 다들 내 이야기로 정신이 없었다.

"성장이 빠르시다고 해요. 이제 곧 말도 트실 것 같은데."

"총명하시네요. 역시 폐하의 따님다워요."

"금세 쑥쑥 크시겠네요, 어머."

말은 이미 텄어. 내 발음 구려서 그러지, 흑흑.

너네 슬픈 이야기 이만 그만두지 않을래? 내가 못 듣는 줄 알고 하는 거 다 알거든? 내가 알아들으니까 슬픈 이야기는 그만해!

"그 폐하께서 아리아드나 공주님께 정신을 못 차리신다면서요?"

그러나 그만둘 리가 없었다.

제기랄, 더러운 세상, 망해 버려라!

"어머, 누가 그런 소리를 해요?"

"하지만 입궁하는 모든 사람들이 그 이야기를 아는 걸요?"

"하긴 답지 않은 총애시긴 하죠. 정말 제 자식이 생겨서 개과천선이라도 하려는 모양일까요?"

소곤소곤, 웅성웅성.

진짜 말들 많다. 남자나 여자나 다 똑같았다. 저 입으로 흥한 자, 언젠가 저 입으로 망할 거다. 뚱한 표정으로 턱을 괴고 있으려니 갑자기 멀리에서 세르이라의 모습이 보였다.

응?

눈치채고 보니 내 옆에 있던 세르이라가 없다.

으응? 왜 일린만 있는 거지?

"왜 그러세요, 공주님?"

"헤르이라!"

헤르이라가 아니라 세르이라. 아, 망할, 내 발음 진짜.

뭐 그렇게 말해도 일린은 다 알아들었다. 일린이 당황한 듯 잠시 고개를 돌린다.

그건 내가 우연히 발견한 세르이라였다. 아, 저거 세르이라 맞구나.

"세르이라 님 불러 드릴까요?"

아니아니.

고개를 가로젓자 일린이 당황한다. 울 것 같은 얼굴이었다. 나는 말없이 세르이라 쪽으로 손을 뻗었다.

"아, 데려다 드릴까요?"

"응!"

일린은 당황한 표정으로 어쩔 줄을 몰라 했다.

왜 그래?

내가 고개를 갸우뚱하니 일린이 입술을 깨문다.

얘 진짜 왜 이러지?

안 데려다 줄 것처럼 굴더니 그래도 날 금세 안아 들고 그쪽으로 걸어가기는 했다. 물론 연신 불안한 표정이었지만.
뭐야, 저기에 가면 무슨 폭탄이라도 있니? 왜 그렇게 불안한 표정이야?
"마마!"
세르이라 가까이에 가자마자 환하게 웃었다. 그러나 나를 발견한 세르이라는 이상하게 당황한 기색이었다.
응? 으응? 뭐야, 왜 그래, 둘 다?
일린도 어쩐지 곤란한 표정이고. 이상한 기류에 내 기분마저 곤두박질치고 있는데, 그 순간 나는 그곳에서 어떤 노년의 귀부인 뒤에 숨은 남자아이를 발견했다.
우와, 쟨 대체 몇 개월인 거야?
나보다 훨씬 몸집이 크다. 그것만으로도 놀라운데 무엇보다 그 녀석은 걸어 다니기까지 했다.
"공주님, 자, 이리 오세요."
세르이라가 나를 받는다. 그러더니 그 남자애 앞으로 나를 데려갔다.
"자, 공주님이시란다. 인사하렴."
응? 인사해?
내가 세르이라를 돌아보니 세르이라가 어렴풋하게 미소 지었다.
"제 아들이에요. 많이 작죠?"
이게 아들이라고?
호기심이 무럭무럭 피어오른다.
맞아. 세르이라 아들 있었지. 이 녀석이었구나.
난 왜 그제야 세르이라와 일린이 당황했는지 깨달았다.

근데 쟨 진짜 몇 개월이지?

나랑 개월 수 별로 차이도 안 나는 것 같은데 묘하게 컸다. 신기해. 저도 모르게 신기해서 손을 뻗었다. 어디 얼마나 큰가 재 보려고 그런 것이었는데, 순간 눈앞에 무언가가 번쩍하고 지나갔다.

그, 그레시토!

얘, 너 방금 내 손 친 거니?

깜빡깜빡 눈앞의 현실이 믿기지 않아서 괜히 두 눈만 감았다가 뜬다. 노부인도 놀란 건지 아이의 팔을 잡으며 제 품으로 끌었다.

으앙, 나 상처받았어.

이 몸으로 태어나서 처음으로 당한 거절에 놀라서 멍하니 눈만 감았다가 뜨는데, 놀란 건 나보다 세르이라가 더 심한 모양이었다. 날 끌어안더니 뺨과 이마에 키스를 흩뿌리며 그 손으로 나를 토닥거린다.

"많이 낯선가 봐요. 제가 죄송해요. 공주님 싫어서 그러는 건 아니에요. 네? 괜찮아요, 공주님."

끄응, 아냐, 위로해 줄 것 없어. 그냥 내가 싫은 거야. 눈빛만 보면 알아.

자기가 잘못했다는 걸 아는 건지 움츠러들면서도 어쩐지 나를 노려보는 녀석의 녹안은 확고했다. 어린애들은 진심에 민감하다더니, 진짜 그 말이 사실이었나 보다. 이렇게 쉽게 남의 진심을 알아차릴 수 있는 걸 보면.

근데 쟨 오늘 날 처음 봤으면서 왜 날 싫어하는 거야?

게다가 오늘은 내 생일인데. 씨, 괜히 서럽다.

"그레시토."

엄한 목소리로 세르이라가 그 아이를 불러 보지만, 그레시토는 그 목소리에 오히려 제가 꼭 붙어 있는 노부인의 치맛자락에 고개를 파묻었다.

인상을 쓴 세르이라가 낮게 한숨을 내쉰다. 어째 곤란한 것 같아서 나는 그녀의 옅은 금발을 당겼다. 돌아가자는 의미였다.

내 손짓에 잠시 나를 응시하다가 세르이라가 내 이마에 작은 키스를 남긴다. 그리고 우리는 제 자리로 돌아왔다.

"공주님께선 그레시토가 마음에 드시나요?"

"시토!"

어째 이름이랑 생긴 게 꼭 토끼 같다. 갑자기 아까 세르이라에게 받았던 토끼가 생각났다. 큰 토끼.

그래, 그 녀석이랑 닮은 거 같아. 앞으로 시토라고 불러야지.

"벌써 애칭으로 부르시네."

세르이라는 내가 생각보다 충격 받지 않은 것 같자 안심한 모양이었다. 웃는 얼굴이 좀 애처롭다.

그런데 아까 내가 등장하기 전에도 분위기가 좀 별로였던 것 같았는데. 음, 아닌가? 아, 몰라. 신경 꺼야지.

"시토, 시토!"

그래, 그레시토는 어쩐지 딱딱한 느낌이었는데, 시토라고 부르니 토실토실이 생각나는 게 딱 토끼 이미지였다.

그래, 토끼, 너의 이름은 시토로 정했다! 앞으로 실컷 미워해 주마. 음하핫, 내 생일날 내 손을 쳐 낸 벌이다, 흥!

"뭐 하는 거지?"

어, 이 목소리는?

역시나 나의 천재성은 빛을 잃지 않았다. 고개를 홱 돌려 확인하니 언제 온 건지 카이텔이 시야에 들어온다. 평소와 다름없고 어쩐지 평소보다 더 날카로운 시선으로 녀석이 나를 쳐다보았다.

"파파!"

"이리 와."

아니, 그건 싫은데.

나를 보자마자 세르이라의 품에서 날 빼앗는 넌 진짜 나쁜 놈, 흑흑.

품에 안기자마자 나는 이 무표정한 아버지에게 무슨 말을 해야 할지 고민했다. 웃을까? 아, 근데 너 왜 평소보다 예민해 보이니, 일이 많이 고되었니?

내가 재롱이라도 떨어야 해? 아오, 내가 네 웃음전도사냐고.

"시토!"

"시토?"

아니, 이게 아닌데. 어쩌다 이 말이 튀어나온 거지.

내 말에 세르이라가 급격히 당황한다. 세르이라가 그렇게 허둥대는 모습은 나한테도 처음이었다.

응?

"아, 그게."

세르이라가 대답하기가 꺼려지는지 입술을 깨물었다. 그 순간 나는 딱 맞춰 내 시야에 지나가는 그레시토와 그 노부인을 볼 수 있었다.

저기 있어, 내 손 거절한 놈!

"시토, 저기!"

내 목소리에 카이텔이 시선을 돌린다. 그는 건조한 시선으로 한 번 쳐다보고 말았다. 그 간단한 동작으로도 누구인지 아는 모양이었다.

"네 아들이 아니던가?"

"예, 폐하, 황송하옵니다."

죽을죄라도 지은 듯 세르이라가 고개를 숙인다.

나는 좀 당황했다. 세르이라가 왜 저렇게 죄인처럼 구는 거지? 그러다가 곧 그녀의 위치를 깨닫는다.

아, 맞다. 내 유모였구나.

유모가 맡겨 놓은 아이보다 제 자식을 챙기러 갔다고 오해 받으면 바로 잘릴 테니 그런 모양이었다. 아니면 말고.

"그렇군."

뭐가 그래, 이놈아?

뚱하니 쳐다보자 녀석이 피식 웃는다.

왜 웃는 거니, 내 얼굴이 웃긴 거니, 응?

"마음에 든 건가?"

……그렇게 물어보면 딱히 대꾸할 말은 없는데. 아니, 사실 마음에 든 것도 들지 않는 것도 아니었으니까.

으앙, 어려운 질문이다. 나는 그냥 필살기를 쓰기로 결정했다.

그건 바로 내 미소!

자, 애비야, 나 웃고 있다. 그런 거 묻지 마라!

"공주님!"

다행히 카이텔이 뭐라고 하기도 전에 때마침 구원자가 등장했다. 나는 이번에도 어쩐지 익숙한 목소리에 고개를 돌렸다. 그리고 나 자신의 천재성에 스스로 감탄했다.

"시르!"

"어머, 절 알아보시네요."

환한 미소로 날 반기는 시르비아는 전의 그 모습 그대로였다.

예쁘다. 듣자 하니 스물두 살이라는데, 나 스물두 살 때는 뭐했더라.

젠장, 뭐 이리 예뻐! 벚꽃 같은 머리카락이 하늘하늘 흔들린다. 정말 다시없을 만큼 예뻤다.

"시르, 시르!"

"생신 축하드려요, 공주님."

사근사근한 축하에 금세 기분이 널뛴다.

우와! 시르비아, 사랑해, 엉엉.

그 순간 옆에서 페르델도 인사를 했지만 그 인사는 귀에 들리지도 않았다. 어디 우리 천사를!

"여기 약소하지만 제 성의입니다."

응?

분명 내 선물인데, 어째 받은 사람은 카이텔이었다. 손을 뻗었다가 민망해진 내가 고개를 돌려 아비를 노려본다.

야, 내 거야! 내가 뜯을 거라고!

그러나 이 천인공노할 애비가 딸 생일 선물을 지가 뜯어 보고 있었다.

아, 망할 아버지, 매너 좀.

"빛나는군."

카이텔의 손에서 무참히 포장이 뜯겨진 상자 속에 들어 있었던 것은 바로 보석이었다. 희미하게 빛나는 하늘빛 보석.

어, 옥인가? 보석은 보석인데, 무언가…….

솔직히 처음 보는 보석이었다.

뭐지. 이건?

그 순간 시르비아가 대담하게 카이텔 손에서 그 목걸이를 빼앗는다. 그러더니 바로 내 목에 걸어 주었다. 우와.

"아퀼레이아에서만 나는 희귀한 보석이에요."

내 작은 손을 잡고 그 보석을 가져가며 시르비아가 웃었다.

어째 보석보다 언니가 더 예쁜 것 같아요.

근데 매끌매끌한 감촉이 좋다. 내 엄지손가락만 한 보석이었다.

"라리마라고 불러요. 평화와 사랑, 치유의 돌이라고 합니다. 우리 공주님께 항상 행운만이 가득하기를 빌며 특별히 부탁해서 만들었어요."

"예브어!"

진짜 예뻐! 거기에 뜻도 예쁘다. 마치 시르비아처럼.

어쩜 언니는 얼굴도 예쁜데 마음씨도 그렇게 고와요? 하, 이건 진짜 천사다, 천사야. 그 순간 시르비아가 환하게 웃었다. 정말 마음이 정화될 정도로 환한 미소였다.

아, 후광이…….

"좋아해 주시니 저도 좋아요."

"시르비아!"

"어머, 총명하시네요."

시르비아, 정말 좋아! 시르, 우리 엄마 안 할래? 혹시 내 엄마 자리에 관심 없니? 아니, 황후. 우리 아빠가 좀 개 같긴 한데, 그래도 뜯어보면 괜찮은 구석이 있…….

 아, 없구나. 미안.

 내가 약을 팔려고 했네. 쏘리. 이건 안 되겠구나. 널 위해서라도 이건 안 되겠다. 미안

 "봐봐. 우리 마누라 솜씨가 요래."

 "……."

 그 틈을 타 시르비아 자랑을 하려던 페르델은 카이텔에게 무참히 무시당했다.

 아무튼 쯧쯧.

 심지어 시르비아에게서마저 싸늘한 기운이 풍겨 오자 실실 웃던 페르델이 얼굴을 굳힌다.

 "미안. 닥칠게."

 그래, 잘 생각했어.

 그리고 침울한 표정으로 내게 작은 상자를 내민다. 나는 호기심에 차 페르델이 내게 넘기는 상자를 보았다.

 "자, 이건 제 선물이에요."

 그러나 내가 받기도 전에 그 선물은 날아갔다.

 응? 으응? 깜빡깜빡. 뭐지? 이게 지금 무슨 상황이지?

 "야, 너 뭐해?"

 "네 선물은 필요 없어."

 애비야, 나는 필요하거든?

 페르델이 손짓하자 시종 하나가 날아간 선물을 가지고 다가왔다. 페르델이 분개하며 제 머리를 쓸어 올렸다.

 "야! 너 자꾸 그러면 나 서운하다?!"

그래, 애비야 아무리 그래도 그렇지 마음이 담긴 선물을 그렇게 막 버리고 그러는 거 아니야. 딱히 내 생일선물이라 그러는 건 아니고……. 음. 그래.

"그럼 꺼져."

페르델의 격분에 카이텔은 딱 한마디를 남기고 몸을 돌렸다. 명백한 무시에 페르델이 또 분노했다. 아, 저 불쌍한 놈.

"우와! 저 자식 보소!"

그리고 바로 옆에 있는 시르비아에게 달라붙더니 하소연을 시작한다.

"시르비아, 엉엉. 저 자식이 나 구박해, 엉엉."

"구박 당할 짓을 하시니까 구박 당하시는 거겠죠."

허나 의외로 시르비아는 냉정했다. 아니, 그렇게 상냥하게 웃으면서 저런 말을 하다니. 시르비아의 이면에 놀라 숨을 삼키는데, 페르델도 놀란 건지 두 눈을 동그랗게 떴다.

"헉, 시르비아 너마저!"

그러더니 갑자기 자리에 주저앉는다.

"믿을 사람 하나 없다더니! 엉엉, 이 세상은 썩었어."

나는 순진한 그를 동정했다.

하, 그걸 이제 알았니.

아무래도 아기 생일 파티라 그런 건지 파티는 다른 때와는 달리 금방 끝났다. 물론 그건 나와 카이텔에 한한 이야기고, 더 놀고 싶은 사람들은 더 놀다가 가고 그러는 모양이었다.

어쨌건 보통 파티는 다음 날 아침까지 이어지는 게 다반사라니까. 어이구, 체력들도 좋으셔.

"자, 공주님, 이리 오세요."

나도 씻고 이제 자야 할 시간이었다.

카이텔의 품에 안긴 나를 세르이라가 부른다. 아무 생각 없이 두 손을 벌리고 그 품으로 옮기려고 하는데, 어째 나를 안은 카이텔이 세르이라에게 나를 넘겨주지 않았다.

응? 지금 이게 뭐 하는 짓이니, 애비야. 내가 아무리 좋아도 그러면 안 돼. 나도 씻어야지!

"내가 씻기지."

"예?"

응? 방금 내가 무슨 소리를 들은 거지?

세르이라가 멍청한 표정을 짓는다. 나도 그 옆에서 똑같이 멍청한 표정을 지었다. 얘가 방금……

"같은 말 또 해야 하나?"

그렇게 말하는 카이텔의 목소리는 살짝 날이 서 있었다. 세르이라가 기겁하며 물러난다. 고개를 숙인 그녀는 행여나 무슨 불똥이 튈까 바로 방을 나섰다.

"송구합니다. 그럼 준비를."

만족스러운 표정으로 나를 내려다보는 카이텔 때문에 나는 한차례 곤욕을 치러야 했다.

애비야, 이러지 마라. 우리 이렇게 긴밀한 사이 아니다! 막 씻겨주고 그러는 사이 아니다! 이게 죽을라고 어디서 날 씻기겠대. 내 생명을 씻기는 게 아니라 날 씻기겠다고?

우와, 마른하늘에 이 무슨 날벼락!

내가 오늘 죽을라고 그렇게 행복했던 거구나. 드디어 우리 애비가 날 죽이려고 드는 거구나!

차마 애비가 씻겨 준다는데 안 씻겠다고 생떼 쓰기도 뭐해서 결국 나는 덜덜 떨면서 내 전용 목욕탕에 들어가야 했다. 아무리 카이텔이 내게 좀 너그러워졌다고 해도 제가 몸소 씻겨 주겠다는데 거절하는 딸한테까지 너그럽지는 않을 거라는 게 내 생각이었고, 그건 정확했다, 흑.

내 몸에 꼭 맞는 크기의 자그마한 목욕탕은 너무 뜨겁지도 차갑지도 않은 물로 채워져 있었다.

으아, 뜨뜻해.

"이렇게 씻기는 건가?"

"예, 예."

왜 내가 씻는 거 처음 봐서 신기하니?

하, 근데 내가 이 몸이 아무리 어리다지만 외간남자에게 이 무슨. 아, 외간남자가 아니라 아빠이긴 하지만. 그렇지만⋯⋯.

아, 씨, 부끄러워.

"악, 폐하."

"뭐?"

깜짝이야. 난 나를 죽이려는 줄 알았어, 인간아.

어느새 빨개진 내 팔을 보고 세르이라가 울 것처럼 제 입술을 깨물었다. 내가 평범한 애기가 아니라서 망정이지 진짜 평범한 애기였으면 울고불고 난리가 났을 상황이었다. 뭐 이렇게 무식하게 밀어대?

아, 근데 팔이 쓰라리다. 좀 아파.

"그렇게 문지르시면 곤란합니다. 이, 일단 제 팔에……."

카이텔은 뭐가 문제냐는 듯 쳐다보았지만 내 붉게 변한 팔을 보고 이내 자신의 잘못을 깨달은 모양이었다. 세르이라의 말에 군말 없이 따른다.

"이 정도면 괜찮은 건가?"

"좀 더 힘을 빼세요."

제 딴엔 힘을 뺀 건데도 여전히 강력하다. 세르이라의 표정이 좋지 않았다.

그나저나 내 팔 어쩔겨, 내 팔! 어이없게 희생당한 내 팔은 대체 누가 보장해 주는 건가!

"이 정도?"

"좀 더 약하게."

카이텔은 답답한 모양이었다.

"이런 걸로 정말 씻겨지는 건가?"

씻겨져, 인마.

답답한 건 나뿐만이 아니었다. 세르이라가 약간 뾰족한 목소리로 대꾸한다. 그건 어쩐지 화가 난 듯한 목소리기도 했다.

"아기는 폐하의 생각보다 더 연약한 생명체예요. 아까 그 힘으로 닦으셨다면 분명 살이 다 쓸려 나갔을 겁니다."

"……."

그래, 이 팔을 보라고!

성을 내긴 했지만 카이텔의 시선이 내게 닿자마자 나는 방긋방긋 웃었다. 망할! 그래, 나 아직 살고 싶다니까.

"어렵군."

어쩐지 번민하는 눈동자다.

뭐가 어렵냐? 당연한걸.

그러나 나에겐 당연한 그 일들이 카이텔에겐 한없이 어려운 모양이었다. 문득 그의 진홍색 눈동자가 어둡게 가라앉았다고 생각했을 때, 카이텔이 눈을 감았다. 그가 내쉬는 나지막한 한숨이 내 귓가에 와 닿았다.

그 이후 카이텔은 꽤나 빠른 속도로 목욕시키는 법을 배웠다. 물론 세르이라가 옆에서 일일이 잔소리 아닌 잔소리를 해 가며 가르친 것이기는 한데, 그런 거치곤 제법이었다. 물론 나의 희생도 있었다.

엉엉, 팔은 아직도 쓰라려. 이런 나에게 경의를 표한다. 잘했다, 나.

"좋은가?"

다 씻기고 말리는 건 세르이라에게 맡겼던 카이텔은 어쩐지 지친 표정이었다.

그런데 이놈은 언제 씻고 나온 거야?

고작 내가 머리 말리고 몸 말리고 옷 입을 시간이었는데, 그사이 어떻게 금세 씻고 나온 건지 젖은 머리를 털며 그가 다가왔다.

윽, 근데 너 상체 탈의는 좀 안 하는 게 어떻겠니? 가운 좀 입어.

"잘 웃는군."

그건 너 때문에…….

아, 갑자기 눈물이 쏟아질 것 같으니 그만두자.

내게 다가온 녀석은 지 손으로 내 뺨을 쓸어 보더니 픽하고 웃었다. 막 씻고 와서 그런지 어쩐지 서늘한 그 손길이 제법 좋았다.

아, 시원해.

역시 물에 있다가 나와서 그런지 기분이 상쾌했다.

역시 목욕은 좋은 것 같아. 몸이 나른하게 늘어지는 게 꼭 말랑말랑하게 풀어진 초콜릿 같은 느낌이었지만 뭐 좋았다.

아, 갑자기 초콜릿 먹고 싶네.

"좋아하는 것 같네."

그의 입가에 미소가 드리운다. 그건 좀 드문 일이었다. 이렇게 편안한 미소라니. 조금 놀라웠다.

이런 표정도 지을 줄 아는구나.

신기해서 그의 침대 위에서 두 눈만 멀뚱멀뚱 뜨고 있는데, 별안간 가운을 챙겨 입은 카이텔이 침대 위로 올라왔다. 내 앞에 앉은 그의 손엔 어쩐지 내가 처음 보는 작은 상자가 들려 있었다.

"자."

이게 뭔데?

상자를 받아 들고 카이텔을 올려다보니 시선이 마주치자마자 카이텔이 웃는다. 그는 곧 내 손에 쥐어진 상자를 열어 주었다. 그리고 나는 그 안에 있는 붉은 보석에 두 눈을 동그랗게 떴다.

그건 아주 작은 반지였다.

그것도 매우 붉은 루비가 박힌. 붉고 어쩐지 보랏빛도 도는 자적색의 루비가 내 시선을 사로잡는다. 한순간에 마음을 빼앗길 만큼 아주 예쁜 반지였다.

놀라서 고개를 드니 카이텔이 웃고 있었다. 평소와 다름없는, 어쩐지 비웃는 미소였지만 순간 그 웃음을 타박할 생각도 들지 않았다.

설마 이건 네 선물? 헐.

뭐라고 반응을 해야 할지 모르겠다. 정말 뭐라고 해야 할지 아무 생각도 나지 않았다. 입은 열었는데, 말은 나오지 않았다.

뭐라고 그래야 하지? 아니, 아……. 너 이 자식아, 이런 거 반칙이야.

애초에 카이텔이 내게 선물을 줄지도 몰랐다. 사실 생각해 보면 당연한 건데, 그래도 녀석이 이 상자를 내밀기 전까지는 몰랐다. 그 순간 그의 손이 내 머리를 가볍게 쓰다듬었다.

"축하한다."

낮고, 어쩐지 자상한 목소리.

"생일."

그렇게 말하는 그는 어쩐지 쑥스러워 보였다.

― End. Dranste

"후회할 거다."

난데없이 걷힌 커튼의 탓에 눈이 부셔 카이텔은 인상을 찌푸렸다. 팔을 들어 눈을 가린 카이텔은 아직 잠에서 덜 깨어난 상태였다.

"무슨 개소리야?"

아침이라 유난히 저기압인 탓에 화가 불같이 일었으나 짜증도 잠시, 카이텔은 이런 일이 결코 처음은 아니었으므로 곧 적응했다.

창문을 등지고 자신을 쳐다보는 인영은 역시나 드란스테였다. 상대가 누군지 확인한 카이텔의 얼굴이 무참히 구겨진다. 그 얼굴을 구경하며, 드란스테는 기분 좋게 웃었다.

그가 등진 창문에선 아침의 강렬한 햇살이 침실 안을 침범해 하얗게 빛나고 있었다.

"후회, 할 거라고."

"무슨 후회?"

새벽 댓바람부터 찾아와 한다는 소리가 예술이다. 저 소리는 언젠가 또 들었던지라 별 대수롭지도 않았다. 카이텔은 다시 눈을 감았다.

그의 귀로 의미심장한 목소리가 작게 속삭인다.

"글쎄, 그건 해 봐야 아는 거겠지."

드란스테는 꽤나 기분 좋은 표정이었다. 비록 상대하는 자는 그렇지 않겠지만.

카이텔은 짜증스럽게 얼굴을 구기더니 그대로 다시 눈을 떴다. 그리고 아무것도 없는 천장을 노려보며 입을 열었다.

"한동안 안 올 것처럼 말하더니 웬일이야?"

그렇게 묻는 카이텔의 목소리는 제법 매서웠다. 원래 환대를 받는 입장은 아니었다만 그래도 이렇게 대놓고 푸대접이라니. 드란스테는 무언가 조금쯤은 서러웠다.

'내가 잘못 살았나?'

갑자기 삶에 대한 회의감이 밀려온다. 잠시 미묘하게 미간을 좁히고 서 있자니 바로 짜증스러운 목소리가 날아왔다.

"그새 벙어리라도 됐나?"

전부터 생각한 거지만 카이텔은 정말 말하는 꼬라지가 예술이었다. 저렇게 말하다가 어디 가서 칼침 맞지 않을까 싶을 정도로.

그래도 꽤 어릴 적엔 예의는 발랐는데 말이야.

드란스테는 괜히 인생의 무상함을 느꼈다. 그래, 그래도 예전에는 저 말투 탓에 여러 번 치고받고 했다지만 이젠 황제라 그럴 일은 없었다. 그래도 언젠가 저 말투 때문에 큰일 한 번 치르겠거니, 드란스테는 괜히 예언이나 하나 했다.

"안타깝게도 벙어리는 안 됐어."

"커튼 쳐. 아직 아침 아니야."

대꾸를 하자마자 타박이 날아온다. 드란스테는 시계에 시선을 주었다가 어깨를 으쓱했다.

"네가 일어날 시간인 건 맞아."

카이텔의 짜증스런 목소리가 들린다. 정말 일어나기가 싫은 모양이었다. 애초에 잠을 자지 않으니 저런 기분이 무엇인지 알지 못하는 드란스테는 그저 왜 그러나 멀뚱멀뚱 구경이나 했다.

드디어 상체를 일으킨 카이텔이 비몽사몽한 얼굴로 머리를 짚는다. 머리가 울리는 모양이었다.

"인간은 과거를 쉽게 잊는다는 말, 널 보면 믿겨져."

카이텔의 눈동자가 드란스테에게 향한다. 드란스테는 팔짱을 낀 채 창가에 기대어 선 그 자세 그대로 멀거니 그 시선을 마주쳤다.

"하루에 한 시간도 제대로 못 자던 게 이렇게 잠에 취한 걸 보면 말이야. 넌 내가 쳐다보고 있으면 아무리 깊이 잠들었다가도 금세 깨어났잖아?"

그의 입에서 나온 예전 일에 카이텔은 시선을 돌렸다. 그리고 표정을 푼 채로 제 이마를 꾹꾹 누른다.

"변태냐. 남의 자는 모습을 쳐다보고 있게."

"네 꿈은 좀 재밌거든."

카이텔이 노려본다. 드란스테는 그 날카로운 시선에 그저 어깨만 으쓱했다.

솔직히 둘이 함께했던 그 시절은 드란스테에겐 신선하고 재미있기 그지없는 나날들이었지만 카이텔에겐 그 시절이 지옥 같은 나

날이었다는 걸 아주 잘 알고 있었으니까. 카이텔은 그때의 이야기를 싫어했다. 그 사실은 그의 꿈을 가만히 지켜보고 있노라면 알 수 있었다. 물론 카이텔은 징그럽게도 싫어하지만. 그렇다고 배려해 줄 생각은 없는 게 드란스테의 문제였다.

그리고 그 사실을 카이텔은 아주 잘 알고 있었다.

"됐으니 대답이나 해. 한동안 꺼질 거라며."

어쩔 수 없는 문제는 바로 넘겨 버리고, 카이텔이 짚는 다른 이야기에 드란스테가 어깨를 으쓱인다.

"꺼졌잖아."

"고작 이틀?"

코웃음 치는 꼬라지가 어이없다는 모양새였지만 드란스테는 별달리 할 말이 없었다. 일이 있는 건 사실이라 마냥 이곳에 죽치고 있을 수는 없었으니까.

그래서 오늘 아리아드나에게 그런 것도 전해 줄 예정이고 말이지.

그 사실은 굳이 언급해서 좋을 게 없었으므로 드란스테는 그냥 입을 다물었다. 그러고 보니······.

아, 참, 맞다. 그렇지.

갑자기 드란스테가 낮게 웃는다.

그가 미소 짓자 불길한 무언가를 예감한 건지 카이텔의 얼굴이 구겨졌다.

"아, 그건?"

"그건?"

"네 딸에게 흥미가 있어서 말이지."

역시나 예상대로 가차 없이 카이텔의 얼굴이 구겨진다. 바로 옆을 사수하는 행동을 보고 드란스테는 드물게 환한 미소를 지었다.

암살 시도를 받은 뒤 카이텔 옆에서 한 치도 떨어지지 못하는 작은 아기는 오늘도 그의 옆에서 깊게 잠들어 있었다. 오늘이 벌써 저 아기가 태어난 지 1년이라니. 감회가 조금은 새롭다.

시간이 간다는 걸 한 번도 의식해 본 적 없거늘. 아기를 보고 있자면 확실히 시간이 간다는 게 느껴지는 나날이었다.

잠시 딴생각에 빠지긴 했지만 자신을 드물게 심각할 정도로 노려보는 카이텔의 살벌한 시선을 드란스테도 느끼고는 있었다. 조금도 여지를 주지 않는 그 행동에 드란스테가 어깨를 으쓱인다.

"물론 탐은 나지만 아직 달라는 말을 하려는 건 아니야."

"아직?"

아니꼬운 목소리가 대꾸를 한다.

드란스테는 한없이 달콤한 미소를 양껏 지어 주었다. 그 상대가 여자였다면 바로 녹아 버렸을 정도로.

"그래, 아직."

"그럼 꺼져."

다만 상대가 카이텔이라 통하지 않았다는 게 문제였다.

소리 없이 열린 문으로 시녀 하나가 들어오다 드란스테를 보고 깜짝 놀란다. 그러더니 곧 정신을 차리고 담담하게 다가와 카이텔의 근처에 물 한 잔을 놓아두었다. 뒤이어 다른 시녀가 큰 대야를 들여온다. 간단하게 세수할 물이었다. 다른 시녀는 옷을 들고 들어왔으나 카이텔은 그 셋 전부를 감정 없이 훑어보더니 낮게 명령했다.

"나가 봐."

"예, 폐하."

시녀들은 옷을 두고 그대로 방을 나갔다.

그러나 곧 그 문으로 세르이라가 들어서더니 놀란 표정으로 드란스테를 본다. 허나 그녀 또한 곧 별 동요 없이 아직 잠이 깨지 않은 공주를 제 품에 안아 들고 그대로 방을 나갔다. 아무래도 다른 자들보다 일찍 하루를 시작하는 카이텔 탓에 종종 생기는 일이었다.

문이 완전히 닫히는 걸 지켜보다 드란스테가 카이텔에게로 시선을 돌린다. 카이텔은 여전히 잠이 덜 깬 표정이었다. 더불어 완전히 저기압. 아침엔 원래 저런 상태라지만 그래도 제 딸이 방을 나가자 완전히 아침이 왔다는 게 느껴진다는 얼굴이었다.

'그새 길들여졌군, 쯧쯧.'

"그래도 그 여자가 아니면 옷시중도 못 들게 하는 건 여전하구나."

드란스테가 언급한 그 여자라는 건 이 솔레이 궁의 시녀장이었다. 엄선해서 뽑은 제 시녀들조차 제 몸에 손을 대지 못하게 한다. 그게 가능한 건 오로지 카이텔의 시녀장뿐이었다.

그 사연을 알고 있다고 해도 드란스테는 여전히 황제가 스스로 옷을 갈아입는 건 조금 웃기다고 생각했다. 카이텔의 시선이 따갑다.

"시비 걸려고 온 건가?"

"응."

카이텔의 얼굴이 바로 일그러졌다. 그 표정을 보고 드란스테는 환하게 웃었다.

"난 네가 인상을 찌푸릴 때가 제일 좋더라."

"죽어."

"아하하."

작은 웃음소리가 울려 퍼진다.

카이텔의 표정은 더 가차 없이 일그러졌다. 본인이 싫어하면 싫어할수록 드란스테가 더 좋아한다는 건 잘 알고 있으면서도 항상 표정 관리가 안 되는 느낌이었다. 물론 드란스테는 얄밉게도 그 사실을 잘 알았다. 그래서 더 이렇게 구는 거니까.

"귀엽더라."

카이텔의 날카로운 시선이 꽂힌다.

드란스테는 일부러 더 달콤하게 미소 지었다.

"널 닮았어."

무슨 개소리냐는 듯 카이텔이 코웃음을 쳤지만 드란스테는 개의치 않았다.

"처음 만났을 때 너 말이야."

부러 꺼내는 이야기는 아니지만, 카이텔은 역시나 그때의 이야기를 매우 싫어했다. 카이텔의 얼굴이 굳는다. 단 몇 분 만에 시시각각으로 변하는 표정은 찍어서 어디에 따로 보관하고 싶을 정도로 흥미로웠다.

"작고 여려. 부서뜨리고 싶을 정도로. 아, 물론 부수겠다는 말은 아니야. 마음에 들었거든."

카이텔의 눈이 가늘어진다. 그 말이 진심인지 아닌지를 가늠하려는 듯한 행동이었다. 정말로 카이텔이 그 진위를 파악하기 전에 드란스테는 먼저 선수를 쳤다.

"솔직히 말해서 탐나더군. 어때? 네가 나한테 줘야 하는 그 한 가지를 네 딸로 하는 건?"

"이 제국을 주기로 하지 않았던가."

빙그레 웃는 얼굴에 카이텔이 대놓고 무심하게 대꾸한다. 드란스테는 픽 웃었다.

"내가 인간의 나라를 가져서 뭐해. 흥미 없어."

"안 돼."

어쩐지 그 대답이 유난히 확고하게 들려 드란스테는 조금 신기했다.

"왜? 어차피 팔아 버릴 거잖아."

낮은 목소리가 눈앞의 상대를 조롱한다.

"아니면 우리 폐하께서는 그새 따님이 좋아지기라도 하신 건가?"

"닥치지 않으면 그 목을 베어 주겠어."

살벌하게 협박하는 목소리는 이미 힘을 잃은 지 오래였다. 카이텔은 모르고 여전히 부정하고 있지만 이미 드란스테에겐 그의 모든 것이 손에 잡힐 듯 뻔하게 보였다.

"아, 사랑에 빠진 거구나!"

유치한 도발에 카이텔이 걸려든다. 어느새 그가 소환한 검이 드란스테의 목을 노리고 날아들었다.

허나 그 검은 드란스테가 선물한 검. 그의 몸에 통할 리가 만무했다. 오늘도 하극상에 실패한 카이텔이 분한 듯 제 얼굴을 구긴다.

그 표정을 보고 드란스테는 죽어라 웃었다. 입술을 깨물며 다시금 칼이 날아든다.

드란스테는 이번엔 그 칼을 받아 냈다. 하얗게 빛나는 칼날이 어느새 그의 손에서 빛난다. 그걸 보고 카이텔은 손에 더 힘을 주었지만 웃고 있던 드란스테의 눈동자는 까마득하게 가라앉아 있었다.

"경고하는 거야."

눈동자만큼이나 가라앉은 목소리가 말을 건다.

"후회할 거야, 정말로."

왜 자꾸 후회라는 걸 논하는 건지. 카이텔은 이를 악물며 대꾸했다.

"후회 안 해."

"진짜?"

"안 해."

그러나 가늠해 보듯 두 눈을 가늘게 뜬 드란스테는 그대로 비웃었다.

"내 눈엔 이미 후회하기 시작한 걸로 보이는데?"

이를 악문 카이텔이 작게 으르렁거린다.

이런 놈을 길들여야 할 아리아드나의 처지가 조금쯤은 가여웠으나 드란스테는 곧 다른 문제로 넘어갔다. 손에 쥐었던 칼날을 놓아주며 고개를 끄덕인다.

"뭐, 좋아."

카이텔은 찝찝한 표정으로 물러섰다. 칼은 어느새 사라지고 없었다. 드란스테가 속삭였다.

"잊지 않았겠지? 우리의 약속."

둘의 시선이 마주쳤다. 진홍의 눈동자가 증오를 담은 채 격렬히 타오른다. 드란스테는 유쾌하게 웃었다.

"넌 언젠가 나에게 대가를 지불해야 돼."

잔뜩 이를 가는 사이로 카이텔의 억눌린 목소리가 튀어나온다.

"……악마 새끼."

카이텔의 악마는 그저 하얗게 웃었다.

(황제의 외동딸 2권에서 계속)

BLACK LABEL CLUB 004

황제의 외동딸 1

1판 1쇄 2013년 1월 14일
1판 21쇄 2021년 9월 24일

지은이 윤슬
펴낸이 신현호
편집부장 예숙영
편집 박상희 최은지
편집디자인 한방울
마케팅·관리 김민원 조인희
물류 이순우 박찬수

펴낸곳 ㈜디앤씨미디어
출판등록 2002년 5월 1일 제117-90-51792호
주소 서울시 구로구 디지털로 26길 111 JnK디지털타워 503호
대표전화 (02)333-2513 **팩스** (02)333-2514
전자우편 dncbooks@dncmedia.co.kr
디앤씨북스 블로그 http://blog.naver.com/dncbooks

ISBN 978-89-267-6141-0 (04810)
ISBN 978-89-267-6140-3 (SET)